Die großen Religionen der Welt –

GÖTTER, MYTHEN UND LEGENDEN

Bisher erschienen:

Die Götter und Mythen Ägyptens
Die Götter und Mythen der alten Griechen
Die Götter und Mythen des antiken Rom
Die Götter und Mythen des alten Europa
Das Judentum und seine Legenden
Das Christentum und seine Legenden

DAS JUDENTUM UND SEINE LEGENDEN

במצרים מה הוא
ויאמרו
החרטמים אל פרעה אצבע
אלהים הוא ועל הים מה הו'
או' וירא ישראל את היד
הגדולה אשר עשה ה'
במצרים וייראו העם את ה' ויאמינו בה' ובמשה
עבדו

Das Judentum und seine Legenden

DAVID GOLDSTEIN

VERLEGT BEI
KAISER

Ich möchte Charlotte Deanne für ihre Hilfe bei der Zusammenstellung der Illustrationen danken.

Einbandvorderseite: Mose führt die Kinder Israels aus Ägypten hinaus, während der Pharao sie zu Pferd verfolgt und die Ägypter von einem Turm aus zusehen. 14. Jahrhundert. Magyar Tudományos Akademia, Könyvtára, Budapest. Foto: Behram Kapadia, Pitstone.

Seite 1: Ein 7,5 cm hoher Elfenbeincherub aus dem Palast des Ahab in Samaria. Rockefeller Archäologisches Museum, Jerusalem.

Seite 2: Mose, der seinen Stab trägt, führt die Israeliten durch das Rote Meer. Der Künstler nimmt den biblischen Bericht wörtlich und die Wellen erheben sich zu beiden Seiten wie Mauern. Oben lauscht der besorgte Pharao seinen Zauberern, die ihm erklären, daß es das Werk von »Gottes Finger« ist. Aus einem hebräischen handschriftlichen Gebetbuch aus dem 15. Jahrhundert, das 1427 in Deutschland kopiert wurde. Staats- und Universitätsbibliothek Hamburg.

Titel der englischen Originalausgabe: "Jewish Folklore and Legend"
Erstausgabe 1980
Neu überarbeitete Ausgabe, herausgegeben 1987 von Newnes Books, eine Abteilung von The Hamlyn Publishing Group Limited,
Bridge House, 69 London Road, Twickenham, Middlessex TW1 3SB und für sie verkauft von The Hamlyn Publishing Group Limited,
Rushden, Northants, England
Einzig berechtigte Übertragung aus dem Englischen von Hilde Linnert

ISBN 3-7043-3085-X

Einbandgestaltung: Volkmar Reiter
Druck: Gorenjski tisk, Kranj
Bindearbeit: Kaiser, Klagenfurt

Inhalts-verzeichnis

Einleitung

Im Mittelalter gab es in manchen jüdischen Gemeinden den Brauch, ein Kind die Tora (Thora) zum ersten Mal genießen zu lassen, indem man ihm einige ausgewählte biblische Verse zu essen gab. Die hebräischen Buchstaben der Heiligen Schrift wurden mit Honig auf eine Schiefertafel gemalt, das Kind leckte sie bereitwillig ab, gemäß den Versen: »Wie köstlich ist für meinen Gaumen deine Verheißung, süßer als Honig für meinen Mund« (Psalmen 119, 103), und »(die Rolle) wurde in meinem Mund süß wie Honig« (Ezechiel 3, 3).

Im engsten Sinn bedeutet die Tora den Pentateuch, der auch als die Fünf Bücher Mose bezeichnet wird, dem ersten Teil der hebräischen Bibel. Im weiteren Sinn schließt sie jedoch auch alle Verästelungen des Pentateuch – seine Auslegungen durch die Rabbiner, die von ihm abgeleiteten Gesetze, die Ausschmückungen der erzählenden Teile ein – die gesamte religiöse jüdische Literatur kann praktisch unter dem Überbegriff Tora zusammengefaßt werden. Da diese Tora letztlich von Gott kommt, kann es für einen Juden kein würdigeres Studienobjekt geben. »Blättere immer wieder in ihr, denn in ihr ist alles enthalten. Sinne über sie nach, werde alt und grau über ihr und weiche nicht von ihr ab, denn du kannst keine bessere Richtschnur haben als (die Tora)« (*Mischna Avot* 5, 22).

Daraus ergibt sich, daß die übliche Übersetzung des Wortes »Tora« als »Gesetz« unzureichend ist. Seine grundlegende Bedeutung ist eher »Lehre« oder »Unterweisung«. Sie ist mehr als nur das festgefügte, verehrte Fundament des jüdischen Glaubens. Sie ist auch ein Objekt der Liebe. Die *Sefer-Tora* (Tora-Rolle), aus der allwöchentlich in der Synagoge vorgelesen wird, ist der wertvollste Besitz einer jüdischen Gemeinde. Manchmal wird sie beinahe zu einer Person, wenn zum Beispiel beim Tora-Freudenfest *(Simchat-Tora)* ein Jude die Rolle in die Arme nimmt und freudig und hingebungsvoll mit ihr tanzt; oder wenn sie im *Minijan* als eine Person gezählt wird. Der *Minijan* ist das aus zehn Mitgliedern bestehende Quorum, das beim Aufsagen bestimmter vorgeschriebener Gebete erforderlich ist.

Die Tora wird natürlich nicht nur wegen ihres physischen Charakters geliebt, sondern wegen ihres geheiligten Inhalts. Die Gesetze, die im Lauf der Zeit kodifiziert und in zahllosen Kommentaren ausgelegt wurden, und noch immer bis in die letzten Einzelheiten analysiert und diskutiert werden, sind für jeden gläubigen Juden verpflichtend. Die biblischen Erzählungen sind so weitgehend durchleuchtet und ergänzt worden, daß ein Jude der »alten Schule« kaum zwischen dem tatsächlichen Text der Heiligen Schrift und den späteren Auslegungen durch Kommentatoren unterscheiden kann. Der rechtliche Gehalt der Tora wird *Halacha* genannt, während die Erzählungen die Grundlage der *Haggada* bilden. Haggada bedeutet einfach »erzählen«, und dieses Erzählen betrifft praktisch jeden Bereich des menschlichen Lebens. Sie kann die Einzelheiten zu einer biblischen Geschichte nachliefern, scheinbare Widersprüche erklären, Fragen beantworten (und auch stellen!), Mythen aus anderen Quellen einbeziehen, zu moralischen Schlüssen gelangen, zeitgenössische geschichtliche Bezüge herstellen, wichtige theologische Themen behandeln, sich biographische Anekdoten leisten und sogar zeitliche Anmerkungen machen, die eigentlich in das Reich der Halacha gehören. Die Haggada kann glasklar oder dunkel sein. Sie kann auch abschweifen, von einer Geschichte zur

Gegenüber: Das Tora-Freudenfest *(Simchat Tora)* im Oktober anläßlich der Vollendung der jährlichen Lesungen aus den Fünf Büchern Mose in der Synagoge. Die Rolle mit dem mosaischen Buch wird mit einer Prozession frohlockend durch die Straßen getragen.

nächsten, von einem Thema zum nächsten wandern, bis der Leser Gefahr läuft, den ursprünglichen Ausgangspunkt zu vergessen. Die Haggada kann ernst und philosophisch tiefschürfend sein, und sich im nächsten Augenblick in irrationalen Phantasien ergehen oder respektlos komisch erscheinen.

Wie Kain den Abel erschlug, ist aus dem Buch Genesis allgemein bekannt. Aber haben Sie je darüber nachgedacht, was sie mit der Leiche gemacht haben, »denn sie wußten nicht, was sie mit Abel tun sollten, weil sie noch kein Begräbnis erlebt hatten. Dann erschien ein Rabe, der einen seiner Gefährten verloren hatte. Er nahm den toten Vogel, scharrte ein Loch in den Boden und begrub ihn. Adam sah dies und sagte: ›Ich werde das gleiche tun wie der Rabe.‹ Er nahm Abels Leiche, grub ein Loch in den Boden und begrub sie« (*Pirke de-Rabbi Eliezer* 21). Dies ist ein einfaches Beispiel dafür, wie die Haggada »fehlende« Informationen liefert.

Das Buch Jona (Jonas) enthält eine faszinierende, rührende, moralische Erzählung, die eigentlich kaum einer Erklärung bedarf. Aber die Haggada möchte uns mehr über das rechtschaffene, gottesfürchtige Wesen der Seeleute erzählen, mit denen sich Jona eingeschifft hatte. Also berichtet sie, daß die Seeleute zögerten, Jona in die Wellen zu werfen. Sie wollten zuerst sehen, ob vielleicht das Eintauchen des halben Körpers genügte, ließen ihn bis zur Hüfte ins Wasser gleiten und hielten ihn fest. Tatsächlich legte sich der Sturm. Aber als sie Jona wieder an Bord zogen, setzte der Sturm von neuem ein. Das gleiche geschah, als sie ihn bis zum Hals eintauchten. Es blieb ihnen also nichts anderes übrig, als ihn

Gegenüber: Das Martyrium des Rabbi Hamina ben Teradion. Von der *Menora* von Benno Elkan, Jerusalem.

Rechts: Eine Seite aus der Pascha-*Haggada,* Prag 1526. Oben Adam und Eva, links Judit mit dem Haupt des Holofernes, rechts Samson mit den Toren von Gaza. Das Nebenbild zeigt Elija, der als Vorbote des Messias auf einem Esel eintrifft. Am Fuß der Seite ein böhmischer Wappenschild. Jüdische National- und Universitätsbibliothek, Jerusalem.

ins Meer zu werfen. Dasselbe Werk verbindet dann Jonas Geschichte mit Ereignissen, die sich laut der jüdischen Legende am Ende der Zeit abspielen werden. Der Fisch, der Jona verschluckt hat, macht ihn darauf aufmerksam, daß der Leviatan (Leviathan), das große Ungeheuer der Tiefsee, im Begriff ist, ihn zu fressen. »Bring mich zu ihm«, befiehlt Jona, stellt den Leviatan und erklärt ihm, daß er, Jona, ihn später einmal fangen, aus dem Meer ziehen und sein Fleisch den Gerechten im Paradies vorsetzen wird. Der Leviatan bekommt Angst und schwimmt fort. Als Dank für Jonas Eingreifen spuckt ihn der Fisch auf festes Land *(Pirke de-Rabbi Eliezer* 10).

Die Haggada enthält Hunderte und Aberhunderte Legenden und Fabeln, von denen die meisten dazu dienen, den biblischen Text zu erläutern, obwohl andere vollkommen unabhängig von ihm sind und eingefügt wurden, weil sie eine Moral oder eine historische Botschaft beinhalten, oder einfach, weil die Geschichte zu gut ist, um ausgelassen zu werden! Es gibt viele Sammlungen von Haggada-Material. Die ältesten entwickelten sich aus den Bibelauslegungen der Rabbiner in den Synagogen Palästinas von den ersten Jahrhunderten n. Chr. an. Eine solche Auslegung heißt *Midrasch* (Mehrzahl *Midraschim*), aus einer Zeitwortwurzel, die »Auslegen oder Deuten« bedeutet. Wenn der vorgeschriebene wöchentliche Abschnitt aus der Tora vorgelesen wurde, erklärte und ergänzte ihn der Rabbiner zur Erbauung und Freude der Gemeinde. Der Ausgangspunkt für die Auslegung ist der Text. Doch auch der Interpret kann eigene Ideen entwickeln, und der Auslegende sucht dann in den Worten der Heiligen Schrift Beweise für diese Ideen. Der Midrasch ist daher eine Übung in beide Richtungen: Er ist Inspiration und Rechtfertigung.

Die Erfindung eines Midrasch ist sowohl ein Akt des Glaubens als auch ein Instrument der Unterweisung. Der Umgang mit dem hebräischen Text erfordert oft große Findigkeit. Man stellt zum Beispiel fest, daß ein in der Bibel verwendetes Wort nur an einer einzigen anderen Stelle in genau der gleichen Form vorkommt, und zieht aus der Parallele einen moralischen oder theologischen Schluß. Sogar eine charakteristische Schreibweise kann zu einer Geschichte führen. Der Vorrat der Tora an Weisheit ist unerschöpflich, und deshalb kann jede Generation in ihr etwas Neues, Originales finden. Bis heute ist ein Rabbiner mit sich sehr zufrieden, wenn er in der Tora einen *Hiddusch* (etwas Neues) entdeckt, das noch niemandem aufgefallen ist. Ein Midrasch über Exodus 12, 23 liefert uns ein Beispiel dafür, wie man mittels einer genauen Erforschung des Textes zu einer moralisch-theologischen Ansicht gelangen kann: »›Der Herr geht umher, um die Ägypter mit Unheil zu schlagen.‹ Wir stellen fest, daß Gott die Generation der Sintflut im Sitzen richtete, denn es heißt in der Bibel: ›Der Herr thront über der Flut‹ (Psalmen 29, 10). Doch er richtete die Ägypter, als er umherging... Später wird sich Gott jedoch erheben, wenn er die Welt richtet, denn in der

Bibel heißt es: ›Seine Füße werden an jenem Tag auf dem Ölberg stehen...‹ (Sacharja [Zacharias] 14, 4). Künftige Generationen werden sagen: ›Wenn Gott die Generation der Flut im Sitzen richtete, und sie dennoch vernichtete; und wenn er die ägyptischen Erstgeborenen im Umhergehen tötete; wer wird in künftigen Tagen imstande sein zu bestehen, wenn Gott stehen wird, um die Welt zu richten?‹... Aber wird er stehen? Ja, als Antwort auf die Schreie der Armen, wie es in der Bibel steht: ›Die Schwachen werden unterdrückt, die Armen seufzen. Darum spricht der Herr: Jetzt stehe ich auf‹« (Psalmen 12, 6) (*Exodus Rabba* 17, 4).

Allerdings beruhen viele Geschichten der Midrasch-Literatur nicht auf dem Studium des Textes. Die jüdischen Lehrer in Synagogen machten sich beliebte, volkstümliche Erzählungen über biblische Themen oder Persönlichkeiten zu eigen, die dann in Midrasch-Sammlungen aufgenommen wurden. Gelegentlich finden wir allgemein verbreitete Legenden, die jedoch durch entsprechende Änderungen in spezifisch jüdische Geschichten umgewandelt und auf biblische Situationen angewendet wurden. Dazu gehören einige Geschichten über die Schöpfung und auch einige Berichte über den Kampf zwischen Salomo (Salomon) und dem Fürsten der Dämonen. Viele Motive sind in mehr als einer Volkskultur zu finden, und die Mühe, die es kostet, die chronologische und geographische Übertragungskette zurückzuverfolgen, ist berüchtigt.

Oben: Der Fluß Jordan, Schauplatz vieler biblischer Ereignisse. Josua hat diesen Fluß mit den Israeliten überquert, um in das Gelobte Land zu gelangen.

Gegenüber: Jona wird von dem »großen Fisch«, der allgemein als Wal identifiziert wird, verschluckt. Aus der Kennicott-Bibel, einer hebräischen Handschrift aus dem 15. Jahrhundert aus Spanien. Bodleian Library, Oxford.

Anderseits sind Midrasch-Interpretationen in die europäische Folklore eingeflossen, manchmal sogar durch die beiden Tochterreligionen des Judaismus: Christentum und Islam. Die frühe christliche Literatur steht in ihrem Wesen natürlich den jüdischen Texten sehr nahe, und es überrascht niemanden, daß man sowohl in den Evangelien als auch in den Schriften der Kirchenväter Bibelauslegungen findet, deren Parallelen man in jüdischen Quellen nachweisen kann. So kommt zum Beispiel die jüdische Vorstellung von Elija (Elias) als Vorläufer des Messias in Lukas 1, 17 vor.

Der Koran enthält zahlreiche Beispiele für den Einfluß des Midrasch. Mohammed erwarb einen Großteil seines Wissens über die Bibel und den Judaismus von jüdischen Weisen in seiner unmittelbaren Umgebung, die natürlich die biblischen Erzählungen auf traditionelle Midrasch-Art ausschmückten. Es gibt jedoch einen wesentlichen Unterschied in den Einstellungen der beiden Religionen zu den hebräischen Schriften. Für die Moslems sind die Patriarchen vollkommene menschliche Wesen, deren moralisches Verhalten konsequent und unanfechtbar rechtschaffen ist. Die moslemischen Behörden haben die Rabbiner sogar beschuldigt, den Text der Bibel zu verändern und Episoden einzufügen, die die Patriarchen weniger vollkommen erscheinen lassen. Für die Juden sind hingegen die Helden der biblischen Erzählungen fehlbare menschliche Wesen, die sich bemühen, ihre Fehler im Dienste des einzigen Gottes zu überwinden, dessen Überlegenheit und höchste Gewalt sie als erste erkannt haben. Kein Mensch ist vollkommen. Diese realistische Einstellung der jüdischen Überlieferung ist für einen Großteil des Midrasch-Schrifttums verantwortlich.

Abraham, Isaak, Jakob, Mose (Moses), Aaron, Josua (Joshua) sind natürlich Muster an gottesfürchtiger Frömmigkeit und Rechtschaffenheit. Aber für die Juden sind sie auch Menschen aus Fleisch und Blut, die viele der Fehler und Schwächen aufweisen,

ויהי דבר יהוה אל יונה בן אמתי לאמר
קום לך אל נינוה העיר הגדולה וקרא
עליה כי עלתה רעתם לפני ויקם יונה
לברח תרשישה מלפני יהוה וירד יפו
וימצא אניה באה תרשיש ויתן שכרה
וירד בה לבוא עמהם תרשישה מלפני
יהוה׃ ויהוה הטיל רוח גדולה אל הים
ויהי סער גדול בים והאניה חשבה להשבר׃
וייראו המלחים ויזעקו איש אל אלהיו
ויטלו את הכלים אשר באניה אל הים
להקל מעליהם ויונה ירד אל ירכתי
הספינה וישכב וירדם׃ ויקרב אליו רב
החבל ויאמר לו מה לך נרדם קום קרא
אל אלהיך אולי יתעשת האלהים לנו
ולא נאבד׃ ויאמרו איש אל רעהו לכו
ונפילה גורלות ונדעה בשלמי הרעה
הזאת לנו ויפלו גורלות ויפל הגורל על
יונה׃ ויאמרו אליו הגידה נא לנו באשר
למי הרעה הזאת לנו מה מלאכתך
ומאין תבוא מה ארצך ואי מזה עם אתה׃

die für den Rest der Menschheit charakteristisch sind. Aus diesem Grund haben die Juden eine persönliche, beinahe familiäre Beziehung zu den verehrten Weisen der Vergangenheit. Man kann sie sowohl als Freunde als auch als Ausbund an Tugend behandeln. Den Gipfel in der Kombination dieser beiden Elemente stellt die jüdische Mystik (Kabbala [Kabbalah]) dar, in der die Patriarchen Symbole für die verschiedenen Aspekte der Gottheit und daher logischerweise der alltäglichen menschlichen Wahrnehmung entrückt sind. Aber sie sind gleichzeitig dem Kabbalisten so vertraut, daß er sie als seine Gäste *(Uschpizin)* einladen und sie auffordern kann, während des Laubhüttenfestes seinen *Sukka* (provisorische Wohnung) aufzusuchen.

Wie ernst müssen wir die Haggada nehmen? Sollen die Geschichten und Legenden wörtlich geglaubt werden, oder sind sie nur künstlerische oder didaktische Ausschmückungen biblischer Themen? Auf diese Frage gibt es mehr als eine Antwort. Es ist klar, daß einige der phantastischeren Geschichten, zum Beispiel über den Riesen Og, die Phantasie des Lesers oder Zuhörers anregen sollten und genauso betrachtet werden müssen, wie wir die Legenden um den Hof von König Artus betrachten. Anderseits sind Geschichten über die Welt der Dämonen vermutlich vorbehaltlos geglaubt worden. Auch wenn wir heute den Eindruck haben, daß einige von ihnen in das Reich der primitiven Angst und des Aberglaubens gehören, haben sich in ihnen wahrscheinlich ursprünglich echte Überzeugungen gespiegelt, und als diese vom 12. Jahrhundert an zu einem Teil des Weltbildes des Kabbalisten wurden, wirkten sie sich auf sein Alltagsleben aus und beeinflußten die Art und Weise, wie er rituelle Handlungen vollzog.

Es wäre jedoch unrichtig zu behaupten, daß die gesamte Midrasch-Literatur eine Sammlung jüdischer Mythologie darstellt. Mythen versuchen in erster Linie, große kosmische Vorgänge zu erklären, und obwohl die Juden zweifellos von den alten Mythologien des Nahen Ostens beeinflußt wurden, schrieben sie sie so um, daß sie die Macht des einzigen Gottes, des Schöpfers des Universums, veranschaulichten. Die Mythologie kam erst in der jüdischen Mystik wieder zur Geltung, in der die kosmischen Kräfte zwar immer noch der Gottheit untertan waren, aber die Rolle von unabhängigen Mächten annahmen, die das irdische Leben beeinflußten.

Die Erzählungen der Haggada werden vielleicht in erster Linie wegen ihres Unterhaltungswertes geschätzt, doch die meisten von ihnen enthalten grundlegende moralische und theologische Ideen. Man muß sich klarmachen, daß die Rabbiner der Mischna- und Talmud-Periode, das heißt der ersten sechs Jahrhunderte n. Chr., keine moralischen oder theologischen Traktate schrieben. Ihre Ansichten über Lohn und Strafe, das Leben nach dem Tod, das Wesen und die Attribute Gottes, Israels Platz im göttlichen Plan, muß man aus den Kommentaren zusammensuchen, die in der gesamten umfangreichen rabbinischen Literatur verstreut sind – sowohl in der Haggada als auch in juristischen Diskussionen. Wir stoßen daher oft auf widersprüchliche Feststellungen oder auf Gedanken, die das Revier eines einzelnen Rabbiners sind und von seinen Kollegen nicht geteilt werden. Ganz gleich, ob die Geschichten, die sie erzählten, mit biblischen Themen in Zusammenhang standen oder nicht – sie waren ein Ausdrucksmittel für ihre grundlegenden religiösen Auffassungen.

Daher konnte die Haggada nicht über die zwingende Macht der Halacha verfügen. Da letztere die Juden darin unterwies, wie sie zu handeln hatten, mußte ihr gehorcht werden, denn sie erzwang die Einheitlichkeit der verschiedenen religiösen Praktiken. Die Haggada, die ihrem Wesen nach mehr geistig als praktisch orientiert war, mehr in das Reich des Glaubens als der Tat gehörte, war nicht imstande, eine solche allgemeine Festlegung durchzusetzen. Man glaubte ihre Geschichten oder glaubte sie nicht, und es stand jedem frei, seinen eigenen Midrasch zu schaffen oder die Interpretationen der anderen zu ergänzen. Dem Gedankenflug des menschlichen Geistes konnten keine Fesseln auferlegt werden, vorausgesetzt, er führte nicht zu Handlungen.

Wir können daher annehmen, daß der Zweck der Haggada in erster Linie darin bestand, den Juden den geheiligten Text der Bibel näherzubringen, indem man sie durch Erzählungen und Auslegungen lehrte, die Personen der Bibel zu lieben, ihnen eine klarere Erkenntnis der Natur, der Wege und Lehren Gottes vermittelte und in ihnen tieferes Verständnis für das Schicksal Israels weckte.

Der geographische Hintergrund der jüdischen Folklore und der Legenden hat weniger mit den physischen Charakteristika des Nahen Ostens und mehr mit dem geistigen Streben und der religiösen Hingabe des jüdischen Volkes zu tun. Natürlich stimmt es, daß die Wüste Sinai, in der der erste Bund zwischen dem jüdischen Volk und seinem Gott geschlossen wurde, und die später die Kulisse für zahlreiche prophetische Erfahrungen abgab, eine nachhaltige Wirkung auf das Wesen des Judaismus und seine Einstellung zur Lage des Menschen ausübte. Der Jordan und das Tote Meer, der Berg Karmel und vor allem die Höhen um Jerusalem spielten eine wichtige Rolle in der Entwicklung des biblischen Hebraismus. Auch die Sprache der Bibel ist mit Bildern, Metaphern und Symbolen durchsetzt, die von der Flora und Fauna des Heiligen Landes inspiriert sind. Man muß nur an das in diesem Teil der Welt herrschende akute Bedürfnis nach Wasser denken, um die Kraft folgender Sätze zu verstehen:

Meine Lehre wird strömen wie Regen,
Meine Botschaft wird fallen wie Tau,
Wie Regentropfen auf das Gras,
Und wie Tauperlen auf die Pflanzen.
(Deuteronomium 32, 2)

Doch für das Wachstum des nachbiblischen Judaismus war der Platz, den das Land in den Gefühlen und in der Empfindungswelt der Juden einnahm, wichtiger als all dies. Den größten Teil der dreitausend Jahre, in denen sich der Glaube und die Bräuche, die Literatur und die Gesetze der Juden entwickelten, war ihnen die Autonomie im Heiligen Land verwehrt. Nach der Zerstörung des Ersten Tempels 586 v. Chr. erlebten die Juden das Exil zum ersten Mal – in Babylon. Und nach einer relativ kurzen Zeitspanne, in der sie ihre Unabhängigkeit wiedererlangten, wurden sie neuerlich vertrieben, diesmal von den Römern, die 70 n. Chr. den Zweiten Tempel zerstörten. Bis zur Gründung des Staates Israel 1948 blieb ihnen die nationale Souveränität versagt.

Doch während des gesamten Exils blieb Palästina das Land, das sie als das Ihre bezeichneten. Die Geographie dieses Landes, und nicht die eines der von ihnen bewohnten Länder, blieb der Brennpunkt ihrer Zukunftsvision. »Mein Herz ist im Osten, während ich in den Tiefen des Westens bleibe«, schrieb der jüdische Dichter Juda Haleri (gest. 1141). Für ihn und für alle seine Zeitgenossen war Israel nicht nur der geistige, sondern auch der physische Mittelpunkt der Welt. Die Juden wenden sich nach Jerusalem, wenn sie beten, und wenn sie der Richtung nicht sicher sind (wenn sie

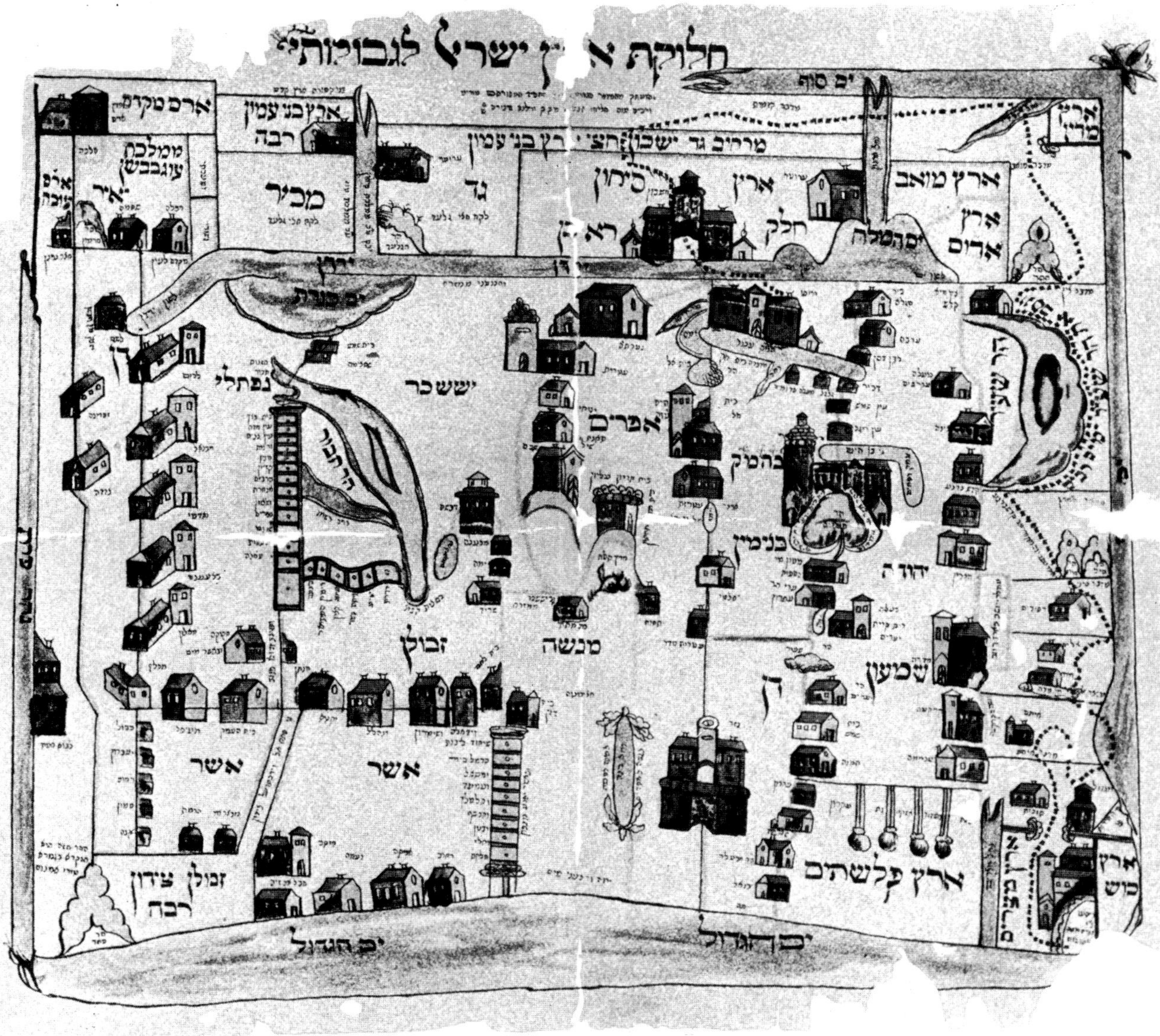

Eine handschriftliche Karte des Heiligen Landes, die dem Gaon von Wilna Elija (1720-97) zugeschrieben wird. Das Mittelmeer befindet sich am unteren und der Jordan, der nach rechts ins Tote Meer fließt, am oberen Rand. Die von den Stämmen besetzten Gebiete sind gekennzeichnet, und die punktierte Linie rechts zeigt die Route der Israeliten von Ägypten nach Kanaan. Jüdische National- und Universitätsbibliothek Jerusalem.

sich zum Beispiel auf einer Reise befinden und die Orientierung verloren haben), dann sollen sie ihre Herzen dem Allerheiligsten zuneigen.

Das Land selbst ist heilig, weil es Gott gehört. »Das Land darf nicht endgültig verkauft werden, denn das Land gehört mir« (Levitikus 25, 23). Das heißt, wenn man dort lebt, befindet man sich sozusagen Gott näher. Dort zu wohnen galt tatsächlich als Äquivalent dafür, daß man alle 613 Gebote befolgte. Einige dieser Gebote können überhaupt nur im Heiligen Land eingehalten werden – zum Beispiel jene, die die Landwirtschaft betreffen und vorschreiben, daß das Land jedes siebente Jahr brachliegen soll (obwohl die Rabbiner diesbezüglich unterschiedlicher Ansicht sind). Nur hier kann man die sieben Arten von Nahrung genießen, für die das Land berühmt ist: Gerste, Weizen, Honig, Trauben, Feigen, Granatäpfel und Oliven.

Das gesamte Land ist heilig, aber die heiligste Stadt ist Jerusalem, und innerhalb von Jerusalem ist die Stelle, an der sich der Tempel befand, der heiligste Ort. Wir werden uns später (S. 124) mit den Geschichten über die Errichtung von Salomos (Salomons) Tempel befassen. Hier geht es um den Platz, den er im religiösen Bewußtsein der Juden einnimmt. Der Tempel war das Haus Gottes und stand im Brennpunkt der Anbetung. Jeder männliche Jude war verpflichtet, dreimal jährlich bei den Pilgerfahrten Jerusalem zu besuchen und dem Tempel eine Gabe zu bringen. Die hier von den Priestern durchgeführten Opfer und andere Riten waren die wichtigste Möglichkeit für die Juden, Gott ihren Dank für seine Freigebigkeit auszudrücken, Buße zu leisten und Vergebung für ihre Sünden zu erlangen. Deshalb war die Zerstörung des Tempels ein Schlag, der den jüdischen Glauben und die jüdische Nation erschütterte, und in der Folge zu einer Veränderung der jüdischen Praktiken und des jüdischen Glaubens führte. Trotzdem übten der Tempel und die Erinnerung an ihn

eine magische Anziehung auf das jüdische Volk aus. Der letzte sichtbare Rest, ein Teil des Tempels des Herodes, der jetzt als Westmauer (früher Klagemauer) bezeichnet wird, ist das Ziel von jüdischen Pilgern aus der ganzen Welt. Sie ist sowohl ein Überbleibsel des einstigen Ruhms als auch ein Symbol der nationalen Katastrophe.

Die souveräne Heiligkeit des Tempelbezirks verbietet jedoch strenggläubigen Juden den Zutritt. Nur jemand, der sich im Zustand ritueller Reinheit befand, durfte das Tempelgebiet betreten, und heute kann dieser Zustand nicht erreicht werden, weil die für die Reinigung erforderlichen Riten nur nach der Wiederherstellung des Tempels vollzogen werden können. Deshalb findet der Besucher große Kundmachungen vor, die den Juden den Zugang zu dem Gebiet jenseits der Westmauer verbieten, in dem jetzt zwei moslemische Heiligtümer stehen: der Felsendom und die El-Aksa-Moschee.

Der Tempel ist jahrhundertelang ein wichtiges Symbol für die jüdische Identität und zukünftige Erneuerung gewesen. Der Tempelleuchter *(Menora)* war eines der frühesten nationalen und religiösen Symbole. Man findet ihn auf jüdischen Münzen aus römischer Zeit, in jüdischen Begräbnisstätten in den Katakomben Roms und an den anderen Orten. Darstellungen des Tempels tauchen in hebräischen Manuskripten aus Ägypten aus dem 11. Jahrhundert auf, und Bilder von Tempelgefäßen sind ein besonderes Kennzeichen mittelalterlicher handschriftlicher hebräischer Bibeln aus Spanien. Solche Bibeln wurden *Mikdasch Ja* (der Tempel des Herrn) genannt, und das diesen Darstellungen zugrunde liegende Motiv dürfte messianisch sein, weil die Wiedererrichtung des Tempels und die Wiederherstellung des Opferkults im jüdischen Glauben mit dem Kommen des Messias zusammenhängen. Aus dem gleichen Grund werden die auf das Tempelritual bezüglichen Gesetze und Vorschriften regelmäßig gelesen und studiert: dies wird als der beste Ersatz für die Ausübung des Rituals anerkannt, die mit der Zerstörung des Tempels 70 n. Chr. ein Ende fand.

Jerusalem und besonders der Tempel galten immer als das physische und geistige Zentrum des jüdischen Glaubens. In welchem Teil der Welt sich die Juden auch befanden, ihr Blick war immer nach Jerusalem gerichtet. Die spanischen Juden, die im frühen Mittelalter unter moslemischer Herrschaft lebten, waren stark von der arabischen Dichtkunst beeinflußt, aber die Bilder, mit denen die moslemischen Poeten die schönen Städte Andalusiens priesen, wurden von den Juden zur Verherrlichung Jerusalems entlehnt. In neuerer Zeit war in Osteuropa die Stadt Wilna, die ein lebenswichtiges Zentrum des jüdischen Geisteslebens und der jüdischen Kultur war, als das »litauische Jerusalem« bekannt; das war das höchste Lob, das man einer Stadt spenden konnte.

In der frühen rabbinischen Literatur kommt mit Ausnahme Jerusalems und des Tempels der Begriff »heiliger Ort« überhaupt nicht vor. Einige biblische Orte wurden mit dem späteren Sitz des Tempels identifiziert: der Berg Moria, wo Abraham Isaak fesselte; und Bet-El, wo Jakob seine Vision hatte und beim Erwachen erklärte: »Hier ist nichts anderes als das Haus Gottes, und das Tor des Himmels« (Genesis 28, 17). Erst verhältnismäßig spät, nach der Vollendung des Talmud, wurden andere Orte zu Heiligtümern und zum Ziel von Pilgerfahrten. Es ist möglich, daß die Juden in dieser Beziehung von den christlichen und moslemischen Gemeinden beeinflußt wurden, in denen sie lebten.

Die Erhebung von Hebron, wo sich die Höhle von Machpela befindet, in der die Patriarchen beigesetzt wurden, und von Rachels Grab in der Nähe von Bethlehem zu Heiligtümern, steht anscheinend im Widerspruch zur frühen rabbinischen Ansicht, daß jüdischen Helden keine übertriebene Verehrung zuteil werden darf. Zur Unterstützung dieser These berufen sich die Rabbiner auf die Tatsache, daß der Ort, an dem Mose begraben ist, bewußt geheimgehalten wurde (S. 83). Es ist auch bezeichnend, daß der Berg Sinai, der Berg Gottes, auch als Horeb bekannt, auf dem Gott den Hebräern seine Gesetze offenbarte, nicht zu einem jüdischen Wallfahrtsort wurde. Das kommt vielleicht daher, daß Gott dem Volk ausdrücklich verbot, während Seines Umgangs mit Mose dem Berg nahezukommen (Exodus 19, 12, 21–24). Jedenfalls unternahmen die Juden erst in neuester Zeit offiziell den Versuch, den Berg zu identifizieren.

Außer Hebron und Bethlehem sind besonders zwei weitere Orte mit biblischen Persönlichkeiten verbunden: das angebliche Grab des Königs David auf dem Berg Zion, und Elijas (Elias) Höhle auf dem Berg Karmel in der Nähe von Haifa. Da Elija laut den jüdischen Legenden in der Welt herumzieht, Recht spricht und den Armen hilft, werden vor allem in Nordafrika Orte mit ihm in Verbindung gebracht, und die Juden beten dort um seinen Beistand.

Unter dem mit nachbiblischen Gestalten zusammenhängenden Heiligtümern wird dem Grab des Rabbi Simeon ben Johai in Meron in Galiläa besondere Bedeutung beigemessen. Er ist ein Rabbiner aus dem 2. nachchristlichen Jahrhundert und gilt als Verfasser des *Sohar,* des grundlegenden Werks der jüdischen Mystik (S. 18). Das überlieferte Datum seines Todes ist *Lag be-Omer,* das ist der 33. Tag in der Zählung des Omer, der Periode zwischen Paschafest und Pfingsten. Die gesamte Periode ist eine Zeit der Halbtrauer (zum Beispiel sind während ihr keine Hochzeiten gestattet). Aber am 33. Tag sind die Einschränkungen zu Ende, und vor allem in Meron werden fröhliche Feste gefeiert.

Spätere Persönlichkeiten stehen in enger Beziehung zu heiligen Orten in Galiläa. Dort gibt es zwei heilige Städte: Safed und Tiberias, die beide Wallfahrtsorte sind. In ersterer finden wir die Gräber von Isaak Lurja (1534–72) und Mose Cordovero (1522–70), zwei hervorragenden Kabbalisten, sowie das Grab von Josef Karo (1488–1575), einem Mystiker, der die Gesetze kodifiziert hat. In Tiberias liegt die Grabstätte von Mose Maimonides (1135–1204), dem berühmtesten Juden des Mittelalters auf dem Gebiet der Medizin, der Philoso-

Oben: Der Pascha-*Seder* wird von einer jüdischen Familie gefeiert. Der Seder ist eine Mahlzeit, bei der die Pascha-Geschichte aus einem *Haggada* genannten Buch vorgelesen wird. Auf dem Tisch stehten besondere symbolische Speisen, darunter Mazza, das ungesäuerte Brot.

Gegenüber: Die Zeremonie der *Havdala* (Teilung) am Ende des Sabbat, die den Sabbat von den Wochentagen trennt. Das Kind hält eine Kerze, die in Wein gelöscht werden wird, in der Hand. Neben seiner linken Hand steht eine Gewürzdose, aus der die Mitglieder der Familie den süßen Duft des scheidenden Sabbat genießen werden.

phie und des Rechts. Seine sterblichen Überreste wurden aus Ägypten nach Tiberias überführt. Die Stadt enthält auch die Grabstätten vieler im Talmud erwähnten Rabbiner, darunter Akiba, Johanan ben Zakkai und Meir.

Das Grab des letzteren liegt außerhalb der Stadt und besitzt eine besondere Bedeutung. Es wird das »Grab des Rabbi Meir *Baal Ha-Nes*« genannt, das heißt Rabbi Meir, der Wundertäter. Einige Wissenschaftler verbinden ihn mit anderen Rabbinern des gleichen Namens und nicht mit dem Meir aus der talmudischen Zeit. Sei dem wie es wolle, der Ort wurde nicht nur zum Ziel von Pilgern, sondern auch zum Ziel von Botschaften und mildtätigen Spenden aus der gesamten jüdischen Welt. Die Absender hoffen, daß sie dadurch Hilfe für ihre eigenen Nöte bekommen werden, und wollen gleichzeitig ihrer Liebe und Treue zum Heiligen Land Ausdruck verleihen.

Die zentrale Rolle, die das Land Israel im Bewußtsein der Juden spielte, hat daher einen viel größeren Einfluß auf ihre religiösen Überlieferungen und deren Äußerungen ausgeübt als die geographischen Eigenheiten ihrer früheren oder jetzigen Umgebung. Der Judaismus ist fest in einer literarischen Vergangenheit verankert, und die Führer der Gemeinde, die Rabbiner, kannten die Wiege ihres Glaubens vor allem aus den Beschreibungen in der Bibel und den nachbiblischen Texten. Die Geographie war daher unauflöslich mit der Erzählung, der Liturgie und dem Gesetz verbunden. Der religiöse Zionismus sah das Heilige Land sowohl als die Quelle göttlicher Wahrheit (der Tora) und Prophezeihung als auch als den Schauplatz, auf dem sich die endgültige messianische Erlösung abspielen würde, und schuf so die Grundlagen für den politischen Zionismus.

Als die jemenitischen Juden in den Jahren 1949/50 nach Israel geflogen wurden, glaubten viele von ihnen, daß sie die Reise von Ägypten in das Gelobte Land wiedererlebten, »wie ich (Gott) euch auf Adlerflügeln getragen und hierher zu mir gebracht habe« (Exodus 19, 4). So vollständig war ihre Identifikation mit der Geschichte ihres Volkes und mit dem Land ihrer Väter. Aus dem Folgenden geht deutlich hervor, daß ich durch den zur Verfügung stehenden Raum gezwungen war, eine drastische Auswahl aus einem ungeheuren Überfluß zu treffen. Ich habe bewußt eine große Zahl von Legenden und Geschichten ausgelassen, die nicht direkt mit biblischen Motiven zusammenhängen. Ich habe deshalb nicht aus der chassidischen Sammlung geschöpft, die sich hauptsächlich mit den Aussprüchen der chassidischen Rabbiner und den sich um sie rankenden Legenden befassen; ich habe auch nicht Geschichten über einzelne Rabbiner des *Mischna* und des *Talmud* ausgewählt, außer in Fällen, in denen sie mit der Bibel in Verbindung stehende Themen behandeln. Ich habe außerdem versucht, jene Geschichten zu bringen, die sich am leichtesten durch Bilder illustrieren lassen.

Ein Panoramafoto der ummauerten Altstadt von Jerusalem. Der Tempelberg wird von der El-Aksa-Moschee links und vom Felsendom in der Mitte beherrscht.

Obwohl die Lage des Berges Sinai nie zweifelsfrei bestimmt wurde, vermittelt diese Radierung ein beeindruckendes Bild der ehrfurchtgebietenden Landschaft der göttlichen Offenbarung.

Hinweise auf die Quellen werden im Text gegeben. Sie umfassen die verschiedenen Sammlungen der Midraschim; den Jerusalem- und den Babylon-Talmud; den *Targumim* (aramäische Übersetzungen biblischer Bücher, die oft Midrasch-Elemente enthalten); mittelalterliche Bibelkommentare; und einige Sekundärquellen, denen ich zum Beispiel moslemische Parallelen entnommen habe. Zitate aus der Bibel stammen aus den hebräischen Ausgaben.

Ein paar Worte über die wichtigsten benützten Quellen werden uns helfen, das Material in einen chronologischen Zusammenhang zu stellen. Die beiden *Talmudim* sind Erweiterungen des *Mischna,* einer jüdischen Gesetzessammlung, die der Rabbiner Juda der Fürst um etwa 200 n. Chr. zusammengetragen hat. Der Jerusalem-Talmud (auch als der palästinensische bekannt) wurde in Palästina geschrieben und erhielt seine jetzige Form um die Mitte des 5. Jahrhunderts. Der babylonische Talmud ist sowohl umfassender als auch maßgeblicher. Er wurde Mitte des 6. Jahrhunderts in Babylonien, dem heutigen Irak, beendet. Beide Talmudim werden nach ihren verschiedenen Traktaten zitiert, also *Sanhedrin, Megilla, Berachot* usw.

Die grundlegendste Sammlung von Midraschim ist der *Midrasch Rabba* oder große Midrasch. Er ist ein Midrasch über den Pentateuch und über die fünf sogenannten *Megillot,* die das Hohe Lied, Rut (Ruth), die Klagelieder, Kohelet und Ester (Esther) umfassen. Sein ältester Teil über die Genesis geht auf das 5. nachchristliche Jahrhundert zurück, aber Zusätze wurden über einen langen Zeitraum hindurch eingefügt, und das Gesamtwerk erhielt erst 1100 seine jetzige Form.

Das *Pirke de-Rabbi Eliezer* (Kapitel des Rabbi Eliezer) ist ein Midrasch-Werk über die Genesis sowie über Teile von Exodus und Numeri und wurde dem im 1. Jahrhundert n. Chr. lebenden Rabbiner Eliezer ben Hyrkanos zugeschrieben, obwohl es wahrscheinlich im 8. Jahrhundert in Palästina entstanden ist.

Das Hauptwerk der Kabbala ist der *Sohar* (Herrlichkeit), als dessen Verfasser zwar der Rabbiner Simeon ben Johai aus dem 2. Jahrhundert n. Chr. gilt, der aber erst Ende des 13. Jahrhunderts in Spanien erschien und wahrscheinlich dort vom Rabbiner Mose de Leon zusammengestellt wurde.

Sehr oft kommt eine bestimmte Geschichte in mehr als einer Quelle vor, und wird von einer Quelle zur nächsten erweitert, gekürzt oder irgendwie verändert. Das ist bei der teilweise nur mündlichen Überlieferung einer Legende zu erwarten. Die Zitate beziehen sich nicht notwendigerweise auf die früheste Quelle, sondern auf diejenige, die die Grundlage meiner Version bildet.

Die Schöpfung

Es lohnt sich, die Einzelheiten der Schöpfungsgeschichte (oder eigentlich Geschichten) in der Bibel mit Berichten in den Mythologien des Nahen Ostens zu vergleichen. Die Phantasie des Menschen erfand Geschichten, um die ihn umgebenden Naturphänomene zu erklären, Kräfte, die stärker waren als er und von denen seine Existenz abhing. Die Hitze der Sonne, die befruchtende Kraft des Regens, die zerstörerische Wirkung des Sturms, die drohende Weite des Meeres und der nie endende Zyklus von Leben und Vergehen waren einige der Hauptelemente, die ihn mit Angst, aber auch mit Staunen erfüllten. Er war ihnen ausgeliefert. Indem er sie mit einer Persönlichkeit ausstattete, die ihm ähnlich, aber in jeder Hinsicht überlegen war, bekam er die Möglichkeit, sich mit ihnen zu verständigen. Er konnte mit ihnen reden, sie anflehen, ihnen Versprechungen machen, und eine Reihe ritueller Handlungen vornehmen, durch die er sie beherrschte oder zumindest beeinflußte. Es ist natürlich möglich, daß das Ritual vor der Mythologie kam, daß sich der Mensch zuerst vor den Kräften der Natur zu Boden warf, und ihm dann erst »Ereignisse« im Leben dieser Kräfte bewußt wurden. Wie dem auch sei, der Mensch hatte den Eindruck, daß die gesamte natürliche Welt göttlich war. Jeder Teil besaß ein Eigenleben, und zwischen den einzelnen Teilen bestanden Beziehungen – Abhängigkeit, Überlegenheit, Feindschaft oder Freundschaft. Wasser, Feuer und der Wind; die Erde, Sonne, Mond und Sterne; Berge, Quellen und Grotten bildeten die geheiligte Umgebung, in der der Mensch lebte, arbeitete und sich fortpflanzte.

Die Mythologien, die sich um diese Phänomene entwickeiten, erklärten ihren Ursprung und die Funktionen, die sie im Drama der Natur, in dem der Mensch nur eine kleine, unbedeutende Rolle spielt, erfüllten. Die alten Götter des Meeres und des Himmels, des Feuers und der Fruchtbarkeit trugen gelegentlich einen göttlichen Kampf gegeneinander aus, waren aber auch gelegentlich in göttlicher Liebe vereint; die Ereignisse »im Himmel« wirkten sich direkt auf die irdische Sphäre und damit den Menschen aus. Manchmal, vor allem in der späteren griechischen Mythologie, wurde der Mensch aufgefordert, aktiv in die Angelegenheiten der Götter einzugreifen. Man kann daher sagen, daß die gegenseitige Abhängigkeit des Menschlichen und des Göttlichen, die ein so wichtiges Merkmal der Religion darstellt, ihren Ursprung in der Mythologie hat.

Auf den folgenden Seiten wird es uns gelingen, Parallelen zwischen der Mythologie des Nahen Ostens und biblischen Geschichten oder bestimmten Grundzügen dieser Geschichten zu entdecken. Es muß jedoch festgestellt werden, daß der mythologische Gehalt der biblischen Erzählungen sehr gering ist. Die ihnen zugrunde liegenden Mythen sind Veränderungen unterzogen worden, die ihnen ihr mythisches Element vollkommen geraubt haben. Die Geschichten sind so umgestaltet oder neu erzählt worden, daß wir manchmal außerordentliche Findigkeit an den Tag legen müssen, um die zugrunde liegende mythologische Vorstellung zu finden. In den frühen Kapiteln der Genesis spielt sich geradezu ein Prozeß der Entmythologisierung ab.

Die Veränderung in der religiösen Einstellung ist fundamental und vollkommen klar. Die grundlegenden Elemente der Natur wurden ihrer Göttlichkeit beraubt. Die himmlischen Sphären sind keine Götter mehr. Wind und Regen besitzen keine göttliche Unabhängigkeit, sondern sind alle einem Gott unterworfen. Dieser Gott hat keine Rivalen, und man akzeptiert seine Existenz als über jeden Disput und jede Erforschung erhaben. Die Beschäftigung mit dem Ursprung der göttlichen Macht, ein vorherrschendes Thema der alten Mythologie, fehlt in der biblischen Erzählung vollkommen. Es genügt einfach zu erklären: »Gott sagte«, »Gott sah«. Man könnte sogar

פסח

behaupten, daß der wichtigste Einfluß des Mythos auf die Darstellung Gottes in der Bibel darin besteht, daß man ihm menschliche Handlungen zuschreibt, und dieses Problem beschäftigt heute noch den Geist jedes westlichen Theologen. Denn wie kann man von Gott sprechen, ohne die für uns gebräuchliche Ausdrucksweise zu verwenden?

In der Bibel gibt es zwei Hauptberichte über die Erschaffung der Welt. Sie unterscheiden sich in Stil und Inhalt, widersprechen einander aber eigentlich nicht. Der zweite Bericht, der mit Genesis 2, 4 beginnt, ist dramatischer und bildhafter und befaßt sich hauptsächlich mit dem ersten Menschen Adam und mit der Beziehung zwischen Gott und ihm. Der erste Bericht (der direkt vor dem zweiten kommt) ist streng chronologisch und außerdem analytischer und abstrakter; man könnte sogar sagen »wissenschaftlicher«. Auch hier wird der Mensch als die Krone der Schöpfung, als Herr über die Welt der Tiere und Pflanzen, dargestellt, aber der Bericht schließt nicht mit dem Menschen, sondern mit der Beschreibung des ersten Sabbat, und es ist anzunehmen, daß diese Geschichte der Schöpfung in sechs Tagen die Einführung und das Einhalten des Sabbat rechtfertigen sollte.

Diese geordnete Darstellung des göttlichen Schöpfungsprozesses soll vollkommen klar und unumstößlich die Art und Weise schildern, auf die Gott dem Chaos Ordnung aufgezwungen hat. Die Bibel spricht nicht von einer *creatio ex nihilo:* »Der Schöpfungsakt bestand darin, aus dem Chaos Ordnung zu schaffen und nicht darin, aus dem Nichts Materie ins Leben zu rufen.«* Die ersten Worte der Bibel müßten richtig so übersetzt werden: »Als Gott begann, Himmel und Erde zu schaffen, war die Erde wüst und wirr.« Ein charakteristisches Merkmal dieses Chaos war das Vorhandensein einer wirbelnden, unbegrenzten Wassertiefe (hebräisch *tehom*).

DAS UNTERE WASSER

Die Schöpfungsgeschichte im babylonischen Epos *Enuma Elisch* berichtet ebenfalls vom Anfang, als sich Tiamat, der Ozean aus Salzwasser, mit Apsu, dem Ozean aus Süßwasser, vereinigte und alle Götter hervorbrachte. Das ursprüngliche Vorhandensein von Wasser ist ein in vielen alten Mythologien

Oben: Ein 7,5 cm hoher Elfenbeincherub aus dem Palast des Ahab in Samaria. Rockefeller Archäologisches Museum, Jerusalem.

Gegenüber: Silberne Brustplatte für die Torarolle. Frühes 18. Jahrhundert, wahrscheinlich Frankfurt am Main. Musée de Cluny, Paris.

vorkommendes Motiv; in manchen von ihnen muß der Gott oder die Göttin des Meeres – vielleicht in Form einer großen Seeschlange – von einer wohlgesinnten Macht besiegt werden, ehe die Welt, die wir kennen, entstehen kann. Von dieser Vorstellung sind in der Bibel nur Reste in der Gestalt des Ungeheuers Leviatan vorhanden, und Genesis 1, 21 stellt unzweideutig fest: »Gott schuf alle Arten von großen Seetieren«, als wolle sie die Vorstellung, daß diese Ungeheuer irgendeine Rolle in der göttlichen Kosmogonie spielten, im Keim ersticken. Wie alle übrigen Geschöpfe sind auch sie Gott untertan.

Auch in der Bibel, im zweiten Bericht über die Schöpfung, ist das Wasser ursprünglich vorhanden, denn wir lesen, daß vor dem Erscheinen der Vegetation und vor dem ersten Regen »ein *ed* von der Erde aufstieg und die ganze Fläche des Ackerbodens tränkte« (Genesis 2, 6). *Ed* wird üblicherweise mit »Feuchtigkeit« übersetzt, bedeutet aber beinahe sicher ein Aufwallen von Wasser. Speiser (S. 14) übersetzt: »Eine Flut stieg aus dem Boden auf«, während es in der *New English Bible* heißt: »Eine Flut stieg aus der Erde empor.« Dieses unterirdische Wasser trug zu Noachs (Noah) Zeit zur Sintflut bei: »Alle Quellen der gewaltigen Urflut *(Tehom)* brachen auf« (Genesis 7, 11).

Um die Welt in ihrem heutigen Zustand zu schaffen, mußte Gott diese Wasser in Schach halten. Er teilte sie waagrecht, indem er über sie eine *Rakia* breitete, was eine Platte aus gehämmertem Metall bedeutet, ein »Firmament«, und dann sammelte er die Wasser unterhalb der *Rakia* in bestimmten Gebieten, so daß das trokkene Land zwischen ihnen erscheinen konnte. Er »befestigte droben die Wolken und ließ Quellen strömen aus dem Urmeer« und »gab dem Meer seine Satzung« (Sprichwörter 8, 28–9).

Dieses Thema entspricht dem späteren mythologischen Thema des Kampfes der Götter mit den »unteren Wassern« und deren schließliche Unterwerfung. Obwohl wir in der Bibel nur einen schwachen Widerhall dieser Kämpfe finden, kommen sie in der späteren jüdischen Literatur wieder zum Vorschein.

In *Man and Temple* (S. 62 ff.) weist Patai darauf hin, daß in manchen Midraschim die unteren Wasser als weiblich und die oberen Wasser als männlich gelten. Ihr ständiges Verlangen nach Vereinigung bedroht die Welt mit allgemeiner Verwüstung. Deshalb mußte Gott sie trennen.

Im Jerusalem-Talmud heißt es in einer Geschichte, daß David einmal das Fundament des Tempels aushob. Er gelangte über 2000 Fuß unter die Erdoberfläche und stieß auf eine Scherbe. David bückte sich, um die Scherbe aufzuheben, aber sie schrie auf und riet ihm, es nicht zu tun. »Warum nicht?« fragte David. »Weil ich den Abgrund bedecke«, erwiderte die Scherbe. Dann erklärte die Scherbe weiter, daß Gott sie hierher gelegt hatte, als er auf dem Berg Sinai verkündete: »Ich bin Jahwe, dein Gott.« In anderen Versionen heißt es, daß die Scherbe seit der Erschaffung der Welt dort lag. Doch David hörte nicht auf sie. Er hob sie auf, und die Wasser begannen, aus dem Abgrund emporzusteigen und drohten, die ganze Erde zu verschlingen. David wußte, daß es nichts nützen würde, wenn er die Scherbe einfach wieder ins Wasser warf, weil sie vielleicht nicht genau an der Stelle landen würde, von der sie kam. Er bat sein Gefolge um Hilfe. Ahitofel trat vor und ließ den göttlichen Namen auf die Scherbe schreiben. Die Scherbe wurde in den Abgrund geworfen und die Wasser begannen zurückzugehen. Sie sanken so schnell, daß David befürchtete, die Erde würde vollkommen austrocknen und verdorren. Deshalb dichtete er die 15 Psalmen mit dem Titel *Gesang des Aufsteigens,* damit das Wasser wieder auf ein akzeptables Niveau stieg. *(J. Talmud Sanhedrin* 10, 29a). Der *Sohar* (II, 91b) berichtet, daß das moralische Verhalten der Menschen die Fähigkeit der Scherbe, die »unteren Wasser« zu-

* Hooke, *Middle Eastern Mythology,* S. 109

Links: Die drei Engel werden von Abraham gastfreundlich willkommen geheißen. Sarah versteckt sich hinter der Tür. Silberner *Kiddusch*-Weinkelch in Kokosnußform, Anfang des 19. Jahrhunderts. Jewish Museum, London.

Gegenüber: Eine Teppichseite aus einer hebräischen Pentateuch-Handschrift, die 1469 im Jemen kopiert wurde. Das mittlere Feld sowie die beiden Felder darüber und darunter bestehen aus mikrographischen Darstellungen mit Versen aus den Psalmen. British Library, London.

rückzuhalten, beeinflußt. Wenn ein Mensch in Gottes Namen falsch schwört, verschwinden die Buchstaben dieses Namens auf der Scherbe, und die Wasser brechen hervor, um die Welt zu verschlingen. Deshalb hat Gott dem Engel Jasriel die Aufsicht über die Scherbe übertragen. Dieser Engel bewahrt die 70 Stichel auf, sorgt mit ihnen dafür, daß die Buchstaben des göttlichen Namens auf der Scherbe ständig ersetzt werden, und rettet damit die Welt. In der Kabbala hat die Macht des Bösen, »die andere Seite«, die auch als die Schlange bezeichnet wird, ihren Wohnsitz »in den Spalten der großen Tiefe« *(Tehom Rabba)*.

DAS LICHT

Gott mußte nicht nur die ungestümen Wasser beherrschen. Die Tiefen waren in »dichte Finsternis« gehüllt. Und die allererste göttliche Tat war die Erschaffung des Lichts. Wenn man jedoch die Worte der Heiligen Schrift buchstäblich nimmt, entsteht ein Problem, denn die Quelle des Lichts, die Sonne und der Mond, wurden erst am vierten Tag erschaffen. Der Midrasch löst das Problem, indem er annimmt, daß das am ersten Tag erschaffene nicht das Licht war, das wir auf der Erde kennen, sondern ein besonderes, nur für den himmlischen Gebrauch vorbehaltenes Licht. Es ist das Licht, das für die Frommen und Guten aufbewahrt wird, das »Licht, das für die Gerechten erstrahlt« (Psalmen 97, 11). Als solches wird es zum Objekt jeglicher mystischen Betrachtung und jeglichen Strebens. Es ist jedoch bemerkenswert, daß es im Gegensatz zu manchen alten Mythen, von denen der Prometheus-Mythos der bekannteste ist, in der Bibel keinen Hinweis darauf gibt, daß Gott sein Licht jemals eifersüchtig hütete, oder versuchte, der Menschheit die Fähigkeit vorzuenthalten, selbst Licht zu machen. Wie wir noch sehen werden, war der verbo-

Links: Die drei Engel werden von Abraham bewirtet, während Sarah hinter der Tür steht. Laut dem Midrasch kam einer der Engel, um Abraham nach seiner Beschneidung zu heilen, einer, um ihm die Geburt Isaaks anzukündigen, und der dritte, um Sodom und Gomorra zu zerstören. Aus der Goldenen Haggada, einer hebräischen Handschrift aus dem 14. Jahrhundert aus Spanien. British Library, London.

tene Bereich das »Wissen um Gut und Böse« und die sich daraus ergebende Unsterblichkeit.

Gott schuf die beiden Lichter, das »größere Licht« und das »kleinere Licht«, das heißt die Sonne und den Mond, die jeweils über Tag und Nacht herrschten. Wieder einmal schließt die einfache, direkte Feststellung der Bibel die Möglichkeit aus, daß diese beiden Himmelskörper eine unabhängige, eigene Macht besitzen. Ihre Macht ist der Oberhoheit ihres Schöpfers untertan. Es war notwendig, solche unwiderlegbare Anschauungen zu schaffen, denn es gab Zeiten, in denen die Juden begannen, Himmelskörper zu verehren, wie man aus den prophetischen Verdammungen dieser Praxis schließen kann. Jeremia (Jeremias) verurteilt zum Beispiel die Gelübde, die das Volk »der Königin des Himmels« ablegte, und auch die Rauch- und Trankopfer, die es ihr darbrachte (44, 15 ff.). Kleine Figürchen der Mondgöttin Astarte, der Königin des Himmels, gehören zu den häufigsten Darstellungen, die Archäologen sogar an von Juden besetzten Orten gefunden haben.

Die Faszination des Mondes kam in der jüdischen Tradition zu einem viel späteren Zeitpunkt wieder zur Geltung, und zwar in der kabbalistischen Betrachtung des Universums, das von der mystischen Welt der *Sefirot* beherrscht wurde. Laut dem *Sohar*, dem grundlegenden Werk der jüdischen Mystik aus dem 13. Jahrhundert, ist der Mond ein Symbol der *Schechina* (göttliche Anwesenheit), jenem Aspekt der Gottheit, der am engsten mit der Welt verbunden ist. Die *Schechina* ist weiblich und die Partnerin des von der Sonne symbolisierten *Tiferet*, von dem sie Einfluß und Macht erhält, so wie der Mond nur das Licht der Sonne widerspiegelt, ohne eigenes Licht zu besitzen. Für den Kabbalisten kann die Einhaltung der Gebote und vor allem das Rezitieren von Gebeten nicht an das wahre Wesen Gottes gerichtet sein, der sich weit außerhalb der Wahrnehmung und der Einsicht des Menschen befindet. Der Mystiker konzentriert sich auf die Schechina, versucht, sie durch seine guten Taten zu ihrem »Ehemann« Tiferet zu »erhöhen«, und setzt damit einen Prozeß der Harmonie in den oberen Welten in Gang.

Die untere Welt, in der wir leben, besitzt ihr Gegenstück in der oberen, göttlichen Welt. Die Sonne, der Mond und die Sterne, der Tempel, die Patriarchen, das Volk Israels – sie alle sind nach dem Muster der überirdischen Vorbilder in der oberen Welt geschaffen. Alles, was auf dieser Welt geschieht, übt einen wohltuenden oder schädlichen Einfluß auf den entsprechenden Teil der oberen Welt aus. Obwohl die Verzweigungen dieser Vorstellungen erst im Mittelalter detailliert schriftlich festgehalten wurden, haben sie ihren Ursprung in der rabbinischen Auslegung der Schöpfungsgeschichte, die wir im *Talmud* und dem Midrasch finden. Die Rabbiner wieder könnten sehr wohl unter dem Einfluß der platonischen Theorie gestanden haben, laut der es im »Himmel« ideale abstrakte Urbilder gibt, die konkrete parallele Ebenbilder auf der Erde haben.

DIE TORA UND DIE SCHÖPFUNG

Die wesentlichen Punkte der Schöpfungsgeschichte in den ersten Kapiteln der Genesis wurden später von der jüdischen Überlieferung ergänzt. Die biblische Erzählung weist zum Beispiel der Tora keinen Platz im biblischen Schöpfungsplan zu, und doch war für

Rechts: Jakobs Traum im Bet-El von einer Leiter, die bis in den Himmel reicht, und auf der die Engel hinauf- und hinuntersteigen. Aus der Goldenen Haggada, einer hebräischen Handschrift aus dem 14. Jahrhundert aus Spanien. British Library, London.

die Rabbiner die Tora, die Lehre Gottes, die er den Menschen am Sinai offenbart hatte, sein größtes Geschenk. Man nahm daher ganz selbstverständlich an, daß sie zu den ersten geschaffenen Dingen gehörte. Der Überlieferung zufolge schuf Gott tatsächlich die Tora zuerst und zog sie zu Rat, bevor er die Welt erschuf. Dies wurde oft als Auslegung der Sprichwörter 3, 19 angeführt: »Der Herr hat die Erde mit Weisheit gegründet und mit Einsicht den Himmel befestigt« (»Weisheit« und »Einsicht« sind Synonyme der Tora); und vor allem von 8, 22: »Der Herr hat mich (d. h. Weisheit) geschaffen im Anfang seiner Wege, seinen Werken in der Urzeit: in frühester Zeit wurde ich gebildet, am Anfang, beim Ursprung der Erde ...« Die Tora wurde dann als eine Art Kunsthandwerker personifiziert, als ein Werkzeug, mittels dem die Schöpfung in Bewegung gesetzt und der gesamte Schöpfungsprozeß geplant wurde. In diesem Sinn kann sie als der Logos oder das göttliche Wort gesehen werden.

Mit der Vorstellung, daß die Tora bei der Schöpfung an Gottes Seite gestanden hatte, ist die Ansicht verknüpft, daß die Buchstaben des hebräischen Alphabets bei der Entstehung der Welt mitgewirkt haben. Diese Ansicht wird am direktesten am Anfang des *Sefer Jezira* (Buch der Schöpfung) ausgedrückt, das dem Patriarchen Abraham zugeschrieben wurde, aber von einem unbekannten Autor aus dem 3. (?) Jahrhundert n. Chr. stammt. In ihm wird festgestellt, daß die Welt von den 22 Buchstaben des hebräischen Alphabets und den zehn Zahlen geschaffen wurde, die zusammen die 32 Pfade der Einsicht bilden.

Ein köstlicher Midrasch erzählt, wie die Buchstaben des Alphabets miteinander wetteiferten, um als erster in die Tora aufgenommen zu werden. Der Anspruch jedes einzelnen Buchstaben wurde geprüft und zurückgewiesen, bis sich der Buchstabe *Beth* vorstellte. Weil er am Beginn des Wortes *Baruch* (gesegnet) steht und daher das Werkzeug ist, mit dem die gesamte Menschheit Gott benedeit und preist, wurde er ausgewählt. Daher beginnt die Bibel mit dem hebräischen Wort *Bereschit* (Im Anfang). Der erste Buchstabe des Alphabets, *Alef,* war äußerst demütig und bestand überhaupt nicht auf seinem Anspruch, und deshalb belohnte ihn Gott, indem er ihn mit dem Wort *Anochi* (ich) an die Spitze der Zehn Gebote stellte.

DIE ENGEL

In der jüdischen Überlieferung gibt es keine methodische Erklärung für den Ursprung der engelhaften Wesen. Ihre Erschaffung, ihr Wesen und ihre Funktion werden in den verschiedenen Stadien der jüdischen religiösen Entwicklung unterschiedlich dargestellt, und erscheinen dem jeweiligen Stadium entsprechend in der Literatur.

In der biblischen Schöpfungsgeschichte kommen Engel überhaupt nicht vor. Für die Schöpfung ist Gott allein verantwortlich. In späteren Teilen der biblischen Erzählung tauchen sie auf, aber ihr Wesen wird nicht definiert. Das für gewöhnlich mit »Engel« übersetzte hebräische Wort ist *Malach,* was einfach »Bote« bedeutet (so wie die griechische Übersetzung *Angelos*). Malach wird in der Bibel sowohl für menschliche als auch für überirdische Wesen verwendet. Jakobs Gegner in Penuel (Genesis 32, 25 ff.) wird als »ein Mann« und als »Gott« beschrieben, aber in seinem Bericht über den Kampf bezeichnet ihn Hosea als Malach (Hosea 12, 5). Der unter dem Namen »Malachi« bekannte Prophet hieß demnach einfach »mein Bote«. Das Wesen, das Manoachs (Manoa)

Frau Samsons Geburt verkündet (Richter 13, 2 ff.), wird als »Malach (Engel) des Herrn« bezeichnet, aber als sie ihrem Mann davon erzählt, sagt sie, »ein Gottesmann ist zu mir gekommen«. Das kann allerdings daher kommen, daß sie ihn nicht als Engel erkannte. Die Erzählung erwähnt ausdrücklich, daß Manoach »nicht wußte, daß es der Engel des Herrn war«. Erst als der Engel »in der Flamme des Altars mit emporstieg«, wurde ihnen klar, um wen es sich wirklich handelte. In der berühmten Geschichte von Balaams Esel (Numeri 22, 21 ff.) erscheint der Engel mit dem Schwert in der Hand dem Esel, ist aber für Balaam unsichtbar. Nur in dem Buch Daniel, dem jüngsten der biblischen Bücher, werden den Engeln Namen gegeben. Dort finden wir die Namen Gabriel und Michael.

In der Bibel kommen keine körperlichen Beschreibungen der Engel vor, es sei denn, sie erscheinen in menschlicher Gestalt. Jesaja (Isaias) sieht im Tempel eine große Vision der Serafim (Seraphim) (Jesaja 6, 2). Sie gehörten zu Gottes Gefolge und waren anscheinend Geschöpfe des Feuers (*Seraf* bedeutet »brennen«), aber sie waren auch geflügelt. »Jeder hatte sechs Flügel: mit zwei Flügeln bedeckten sie ihr Gesicht, mit zwei bedeckten sie ihre Füße, und mit zwei flogen sie.« Aber Jesaja identifiziert die Serafim nicht mit Engeln. Auch die Cherubim werden nicht mit ihnen gleichgesetzt. Diese waren sphinxartige Geschöpfe mit einem Menschenkopf, dem Körper eines Löwen und Flügeln. Von ihnen wird erwähnt, daß sie im Tempel die Basis für den göttlichen Thron bilden. Die großen Wächter an den Toren des assyrischen Ninive hatten vermutlich die gleiche Gestalt wie die Cherubim. Ezechiels Schilderung seiner Vision von Gottes Wagen-Thron ist voller komplizierter Bilder: »Sie sahen aus wie Menschen. Jedes Lebewesen hatte vier Gesichter, und vier Flügel. Ihre Beine waren gerade und ihre Füße wie die Füße eines Stieres; sie glänzten wie glatte und blinkende Bronze« (Ezechiel 1, 5 ff.). Aber auch hier werden sie nicht als »Engel« identifiziert.

Ijob (Hiob) 1, 6 und 2, 1 spricht von den »Gottessöhnen«, die kommen, »um vor den Herrn hinzutreten«. Unter ihnen befindet sich einer, der Satan (der Feind) heißt, und in einer Vision wiedererscheint, die Sacharja (Zacharias) durch einen Engel gewährt wird (Sacharja 3, 1 ff.). Die »Gottessöhne« sind auch Gegenstand einer in Genesis 6, 1 ff. erzählten Episode (siehe S. 28), aber daraus geht nicht klar hervor,

was ihr wahres Wesen und ihre Bestimmung sind. Zu dieser Fülle nicht systematisierten Materials über überirdische Wesen können wir zwei Hypothesen aufstellen: Entweder gab es keine klare Vorstellung von dem himmlischen Gefolge Gottes, seiner Hierarchie und Nomenklatur; oder es gab eine solche Vorstellung, und diese war dem Publikum so geläufig, daß die biblischen Schriftsteller nicht näher darauf eingehen mußten. Eines steht jedoch fest: daß alle diese Mächte Gott untertan und nicht seine Rivalen sind.

In den jüdischen nachbiblischen Schriften spielen Engel eine viel größere und bedeutendere Rolle. Das gilt besonders für Bücher mit einem eschatologischen Thema, zum Beispiel das erste Buch Enosch (Enoch). Dort treffen wir auf vier namentlich genannte Engel: Michael, Gabriel, Rafael (Raphael) und Phanuel, die als »Erzengel« bezeichnet werden. In der rabbinischen Literatur tritt Uriel an die Stelle von Phanuel. Die in Qumran gefundenen Schriften der Sekte vom Toten Meer enthalten ebenfalls viele Hinweise auf Engel und andere himmlischen Wesen, sie an dem Kampf am Ende der Zeit beteiligt sind: dem Krieg zwischen den Söhnen des Lichts und den Söhnen der Finsternis.

In der Talmud- und der Midrasch-Literatur wird oft auf Engel Bezug genommen. Einer Auffassung zufolge wurden sie am zweiten Tag der Schöpfung geschaffen und nicht am ersten, damit die Menschen nicht glaubten, daß sie für das Vorhandensein von Himmel und Erde verantwortlich seien (*Genesis Rabba* 1, 3; 3, 8); nach einer

Gegenüber: Die ersten drei Tage der Schöpfung; in der ersten Reihen oben von links nach rechts die Erde »wüst und leer«, und die Trennung von Licht und Finsternis; darunter die Schaffung des Firmaments und das Erscheinen von trockenem Land und den ersten Pflanzen. Aus der Sarajevo-Haggada, einer hebräischen Handschrift aus dem 14. Jahrhundert aus Spanien. Zemaljski Muzej, Sarajevo.

Links: Die letzten Tage der Schöpfung; oben von links nach rechts Sonne, Mond und Sterne und die Erschaffung von Fischen und Vögeln; darunter der Mensch, die Tiere und der Sabbat. Aus der Sarajevo-Haggada, einer hebräischen Handschrift aus dem 14. Jahrhundert aus Spanien. Zemaljski Muzej, Sarajevo.

anderen Auffassung wurden sie zusammen mit den Vögeln am fünften Tag erschaffen. Es gibt eine aus zehn Stufen bestehende Hierarchie, an deren Spitze die bereits erwähnten vier Erzengel stehen. Jede Nation der Welt (im rabbinischen Weltbild gab es insgesamt 70) verfügt in der himmlischen Sphäre über einen eigenen Fürsten, der ihre Interessen vertritt. Wenn die Nation leidet, leidet auch der Fürst.

Manchmal werden in diesem Zusammenhang astrologische Ausdrücke verwendet, da jede Nation unter der Zuständigkeit und Führung eines bestimmten Planeten oder Sterns steht. Israel bildet die Ausnahme. *En mazzal le-Jisrael:* »Israel besitzt keinen Leitstern«, da Gott allein für Israels Schicksal verantwortlich ist *(Schabbat* 156a). *(Mazzal,* »Planet«, erhielt mit der Zeit die Bedeutung »Glück«; daher der Glückwunsch *Mazzal Tov*: »Viel Glück«.)

Eine der Hauptaufgaben der Engel bestand darin, Gott zu preisen. Manche werden nur für einen Augenblick geschaffen, preisen Gott und verschwinden wieder. Laut einigen Erklärungen hängen die Lobgesänge im Himmel davon ab, daß menschliche Wesen auf der Erde Gott preisen. Die Engel warten darauf, daß die Juden unten ihre Gebete sprechen. Dadurch wird dem menschlichen Anbeter eine große Verantwortung auferlegt *(Hullin* 91a). Als die Engel gegen diesen Tatbestand protestierten, tadelte sie Gott, indem er feststellte, daß die menschlichen Wesen den Engeln in einer Hinsicht überlegen sind: Sie müssen ihre bösen Neigungen überwinden, von denen die Engel nicht geplagt werden. Es gibt eine weitere berühmte Gelegenheit, bei der sich die preisenden Engel das göttliche Mißvergnügen zuzogen, und zwar als sie begannen, den Allmächtigen wegen seines Wunders am Roten Meer*, wo die Ägypter ertränkt wurden, mit Lobpreisungen zu überhäufen. Gott gebot ihnen Einhalt, indem er sagte: »Es sind meine Geschöpfe, die ertrinken. Wie wagt ihr da zu singen?« (*Sanhedrin* 39b).

In der rabbinischen Literatur behalten die Engel ihre Bedeutung als Boten des Göttlichen. Gott verwendete

* Ich habe diesen Namen beibehalten, weil er der bekannteste ist. Moderne kritische Gelehrte glauben, daß die richtige Übersetzung »Meer des Schilfes« lauten sollte, und daß es sich um einen See in Ägypten in der Nähe der Mittelmeerküste handelt.

sie bewundernswert sparsam. »Kein Engel führt zwei Missionen durch, noch führen zwei Engel die gleiche Mission durch.« Wenn also zwei Engel gleichzeitig erscheinen, haben sie getrennte und unterschiedliche Aufgaben zu erfüllen. Das ist die Erklärung dafür, daß nicht weniger als drei Engel Abraham aufsuchten (Genesis 18, 1 ff.). Der Midrasch erzählt uns, daß es sich um Michael, Gabriel und Rafael handelte. Rafael kam, um Abraham zu heilen, der gerade Gottes Befehl ausgeführt und sich beschnitten hatte. Michael brachte ihm die Nachricht, daß Sarah einen Sohn gebären würde. Und Gabriels Aufgabe bestand darin, Sodom und Gomorra sowie die übrigen »Städte der Ebene« zu vernichten *(Baba Mezia* 86b). Da das Land Israel das heiligste Land der Welt ist, verfügt es über eigene Engel, die sich nicht über seine Grenzen hinauswagen.

Dies erklärte Jakobs Traum in Bet-El (Bethel). Er sah eine Leiter, deren Spitze in den Himmel reichte, und »auf ihr stiegen Engel Gottes auf und nieder« (Genesis 28, 12). Man könnte annehmen, daß die Zeitwörter in der falschen Reihenfolge stehen. Die Engel steigen doch bestimmt zuerst vom Himmel herab und dann wieder hinauf! Aber die Heilige Schrift erklärt uns, daß die Engel, die Jakob bis jetzt begleitet hatten, in den Himmel zurückkehrten, und daß andere herunterkamen, weil Jakob im Begriff war, das Heilige Land zu verlassen und dazu ein anderes Engelsgefolge erforderlich war (Kommentare des Raschi*).

DAS BÖSE

Die Engel sind natürlich ihrem Wesen gemäß wohlmeinend. Sie sind Werkzeuge Gottes. Aber eines der größten Probleme jüdischer Denker sowie aller Exponenten von Religionen, die die Existenz eines einzigen, allmächtigen und allwissenden Gottes postulieren, besteht in der Quelle des Leidens und des Bösen. Der Judaismus mit seiner starken Betonung des Monotheismus lehnt das Vorhandensein einer bösen Macht, die Gott an Stärke oder Ansehen gleichkommt, absolut ab. Eine Zeitlang drohte die persische Lehre von zwei Mächten, der des Lichts und der der Finsternis, in den jüdischen Glauben einzudringen, wurde jedoch ausgemerzt und hinterließ nur in einigen volkstümlichen Anschauungen und Bräuchen Spuren ihres Einflusses. Obwohl es sich dabei um kein wesentliches Gebiet in der »Hauptströmung« oder im »normativen« Judaismus handelte, führte es zu einer Fülle von Legenden und Sagen, die vom Aberglauben bis zur mystischen Betrachtung reichen.

Die Bibel bezeichnet das eine göttliche Wesen als den Ursprung aller Dinge. Jesaja sagt: »Ich bin der Herr und sonst niemand. Ich erschaffe das Licht und mache das Dunkel, ich bewirke das Heil und erschaffe das Unheil. Ich bin der Herr, der da alles vollbringt« (Jesaja 45, 6 ff.). Wie die Geister des Bösen tatsächlich in die Welt kamen, wurde in der späteren Überlieferung entwickelt. Der Begriff der »gefallenen Engel« taucht in der pseudoepigraphischen Literatur, besonders im Buch Enosch (6–8; 12–16) auf, in dem es eine ausführliche Auslegung eines Abschnittes der Genesis (6, 1–4) gibt. Diese merkwürdigen Verse schildern die Betörung der »Gottessöhne« durch die »Menschentöchter«, und wie als Folge ihrer Vereinigung »berühmte Männer« geboren wurden. Daß Gott mit dieser Entwicklung nicht einverstanden war, geht aus dem nächsten Vers hervor, in dem es heißt, daß »der Herr sah, daß auf der Erde die Schlechtigkeit des Menschen zunahm, und daß alles Sinnen und Trachten seines Herzens immer nur böse war«. Für den Autor des Buches

* Der Name, unter dem Rabbi Schelomo Jizchaki allgemein bekannt ist. Er ist der bekannteste Bibelkommentator und hat 1040-1105 in Nordfrankreich gelebt.

Gegenüber: Ein Amulett gegen den bösen Blick aus dem 18. Jahrhundert aus Persien. In der Mitte der Lebensbaum und darüber ein Hahn. Darunter befinden sich heilige Namen, von denen einige aus den ersten oder letzten Buchstaben von Bibelversen bestehen. Sammlung Einhorn, Tel Aviv.

Rechts: Ein Amulett zum Schutz eines neugeborenen Kindes, Bagdad, 16. oder 17. Jahrhundert. Rechts und links vom Kopf befinden sich die Namen von männlichen und weiblichen biblischen Gestalten, beginnend mit Adam und Eva. Oben steht der göttliche Segen, und im Körper »Lilith ist gefesselt«. Sammlung Einhorn, Tel Aviv.

Enosch waren die »Gottessöhne« Engel, denen es nach den Frauen der Erde gelüstete. Ihre Nachkommen waren Riesen und böse Geister. Die traditionellen jüdischen Kommentatoren schließen sich dieser Auslegung allerdings nicht an. Für sie waren die »Gottessöhne« menschliche Wesen, Richter und andere hochgestellte Persönlichkeiten, die sich anmaßend verhielten. Den Ursprung der bösen Geister fanden sie in einer anderen Überlieferung, laut der Gott sie im letzten Augenblick der Schöpfung am Vorabend des Sabbat erschaffen hatte. Er schuf Geister, doch bevor er ihnen eine körperliche Gestalt verleihen konnte, begann der Tag der Ruhe, und deshalb blieben sie ohne Körper. Die Tatsache, daß böse Geister im Volksglauben keine Schatten werfen, hängt wahrscheinlich mit dieser Legende über ihren Ursprung zusammen.

Die Welt ist von bösen Geistern bevölkert, die im Reich des Bösen – »die andere Seite« – die gleiche Stellung einnehmen wie die Engel im Himmel. Sie werden von zwei Erzdämonen beherrscht, einem weiblichen und einem männlichen: Lilith und Samael. Obwohl die populäre Etymologie Lilith von *layla* (Nacht) ableitet, muß man ihren Ursprung wahrscheinlich bei einem babylonischen weiblichen Dämon namens Lilitu (die Nächtliche) suchen. Sie sollte Adams erste Frau sein, aber sie stritt mit ihm und flog fort. Gott schickte ihr drei Engel hinterher. Sie hießen Snwy, Snsnwy und Smnglf, und fanden sie im Roten Meer. Sie drohten ihr damit, daß täglich hundert ihrer Kinder sterben würden, wenn sie nicht zu Adam zurückkehrte, aber sie weigerte sich starrsinnig und erlitt die angedrohte Strafe (2 *Alphabet von Ben Sira* 23a–b, 33a–b). Seither greift sie die neugeborenen Kinder anderer Frauen an. Ein männlicher Säugling ist ihren Angriffen während der ersten acht Tage, ein weiblicher während der ersten zwanzig Tage seines Lebens ausgesetzt. Um ihre Kinder zu schützen, haben jüdische Mütter in vielen Teilen der Welt zu magischen Amuletten gegriffen. Es gibt mehrere Arten; sie können die Zeichnung einer Hand, einer Menora, eines »Davidsterns«, eines

Links: Ein Amulett für Schwangere, abgedruckt im *Buch des Raziel,* Amsterdam 1701. In jeder der beiden Abteilungen befinden sich Darstellungen der drei Engel, die den weiblichen Dämon Lilith gefangennahmen, nämlich Snwy, Snsnwy und Smnglf.

Links: Das sogenannte »Alphabet der Engel« aus dem *Buch des Raziel*, Amsterdam 1701. Es wurde für magischen Zwecke verwendet und über seinen Ursprung ist nur wenig bekannt. Die Buchstaben ähneln in ihrer Form dem hebräischen und dem samaritanischen Alphabet.

Gegenüber: Oben magische Schlangen. Der rechts sitzende Pharao sieht zu, während Aaron den Schwanz einer Schlange berührt, die die Schlangen der links von ihm stehenden Zauberer verschlingt. Mose steht hinter Aaron. Unten die Blutplage, die von Aaron hervorgerufen wird, der auf der linken Seite des Bildes das Wasser mit einem Stab berührt. Der Pharao und sein Gefolge reiten von rechts ins Bild. Mose steht zwischen ihnen. Aus der John Rylands Haggada, einer hebräischen Handschrift aus dem 14. Jahrhundert aus Spanien. John Rylands University Library of Manchester.

פרעה
ויבלע מטה אהרן את מטותם
חרטמים
פרעה שיוצא המימה
דם
משה
אהרן

Links: Adam benennt die Tiere. Wenn man die Namen von Pflanzen, Tieren oder Menschen kannte, besaß man große Macht. Die Tatsache, daß Adam den Tieren Namen gibt, hängt damit zusammen, daß er über das Reich der Tiere herrschte. Aus der Goldenen Haggada, einer hebräischen Handschrift aus dem 14. Jahrhundert aus Spanien. British Library, London.

»Siegels Salomos« oder andere geometrische Muster tragen; dazu kommen passende Verse aus der Heiligen Schrift, die manchmal nur aus dem ersten Buchstaben jedes Wortes bestehen. Amulette wurden verwendet, um Krankheiten fernzuhalten, um während einer Reise geschützt zu sein, und vor allem während der Niederkunft. Letztere Amulette enthalten öfter ein Bild der manchmal in Ketten liegenden Lilith, und dazu die Namen der drei Engel, die sie gefangennahmen. Gelegentlich tragen Amulette ein seltsames hebräisches Alphabet, das als »kabbalistisches Alphabet« oder »Alphabet der Engel« bezeichnet wird und bis jetzt noch nicht zufriedenstellend erklärt wurde.

Die Zahl von Liliths Nachkommen, den bösen Geistern *(Schedim)*, ist ungeheuer. Sie kann es sich ohne weiteres leisten, täglich 100 von ihnen zu verlieren. In der kabbalistischen Literatur des 13. Jahrhunderts gilt sie als die Frau Samaels, des Fürsten der Dämonen. Samael kommt schon in viel früheren Quellen vor. In der Midrasch-Literatur erscheint er als der Schutzengel von Esau, und im *Pirke de-Rabbi Eliezer* reitet er die Schlange, die Adam und Eva in Versuchung führt. Er nimmt im *Sohar* und in kabbalistischen Schriften im allgemeinen einen wichtigen Platz ein. Samael und die ihn unterstützenden Mächte sind vor allem bestrebt, Macht über die *Schechina* (siehe S. 24) zu erhalten. Dabei helfen ihm die Sünden der Menschen. Aber er kann beschwichtigt oder bestochen werden. Die im Tempel dargebrachten Opfer waren zum Teil für die Mächte des Bösen bestimmt und sollten sie daran hindern, die Verbindung zwischen den Menschen und der *Schechina* zu stören, zu der es gleichzeitig kam. Die Ziege, die am Versöhnungstag dem Dämon Asasel geschickt wurde (Levitikus 16, 10), war für den Kabbalisten eindeutig eine solches Opfer. Im *Sohar* steht auch, daß das Wasser, das während des Mahls zum Händewaschen benützt wird, weggeschüttet werden soll, um damit »die andere Seite« zu bestechen und in gebührender Entfernung zu halten.

Das Ende des sechsten Schöpfungstages, also die Augenblicke vor dem Beginn des ersten Sabbat, war auch die Zeit, in der laut der rabbinischen Legende die wunderbaren Dinge erschaffen wurden, darunter das sprechende Maul von Balaams Esel, der Regenbogen, das Manna, Aarons Stab, der sich in eine Schlange verwandelte, der Brunnen, über dem gesungen wurde (Numeri 21, 16), und der Schamir (siehe S. 125), der an der Errichtung des Tempels beteiligt war *(Mischna Avot* 5, 9). Während der ersten Tage der Welt sah Gott auch vor, daß für Israel bestimmte Wunder gewirkt werden sollten: Das Rote Meer sollte sich vor den Israeliten teilen, wenn sie aus Ägypten flohen; die Sonne würde für Josua in Gibeon stillstehen; die Raben würden Elija ernähren *(Genesis Rabba* 5, 4). Diese Einschätzung der göttlichen Voraussicht wurde vom großen Philosophen des Mittelalters, Maimonides, ausdrücklich gutgeheißen, denn er sah darin die Erklärung dafür, wie die Naturgesetze durch wunderbare

Ereignisse unterbrochen werden konnten. Für ihn waren die Wunder bereits in den im Universum herrschenden Gesetzen »eingetragen«. Sie waren keine neuen Phänomene, sondern alte Schöpfungen, und nun war die Zeit gekommen, sie zu offenbaren.

Als Gott die Welt schuf, war ihm ihr gesamtes Schicksal und das Schicksal der Völker, die sie bewohnen sollten, bewußt. Dies ist eine der entscheidenden rabbinischen Einsichten in das Wesen der Schöpfung. Gott schuf eine Welt, die Bestand hatte. Die Haggada berichtet uns, daß er vor der unseren viele Welten geschaffen hatte, daß aber keine von ihnen bestehen konnte, weil in ihnen das Gesetz der strengen Gerechtigkeit herrschte. Deshalb rief er, bevor er die heutige Welt schuf, die Reue ins Leben, so daß die menschlichen Wesen die göttliche Gerechigkeit mit ihrer Zerknirschung besänftigen konnten. Wir haben gesehen (S. 24), daß auch die Tora bereits vor der Schöpfung existierte. Dank dieser beiden Elemente, dem göttlichen Gesetz, das die Menschheit leitete, und der Reue, die sie von ihren Irrwegen zurückführt, konnte die Welt der Vernichtung entgehen.

DER MENSCH

Der Mensch steht im Mittelpunkt der von Gott geschaffenen Welt. Der erste biblische Bericht stellte die Erschaffung des Menschen an das Ende des Schöpfungsaktes – der Höhepunkt der göttlichen Aktivität. Laut dem Midrasch sieht Gott erst nach der Erschaffung des Menschen, daß sein Werk »sehr gut« ist. Er ist »als Abbild Gottes geschaffen«, und erhält die Herrschaft über alle Geschöpfe der Erde. Der zweite Bericht über die Schöpfung stattet den Menschen noch entschiedener mit Macht aus. Alles dreht sich um ihn. Die ganze Geschichte betrifft den Menschen – seine Möglichkeiten, sein Schwanken und sein Versagen.

Die biblische Darstellung der Ursprünge des Menschen hat natürlich ihre Probleme. Vor allem beinhaltet Gottes Erklärung »laßt uns Menschen machen« (Genesis 1, 26), daß außer Gott andere Wesen an der Erschaffung des Menschen beteiligt waren, obwohl moderne Gelehrte sagen würden, daß wir es hier mit einem Beispiel für den *pluralis maiestatis* zu tun haben. Dieser Satz veranlaßt die Rabbiner zu der Behauptung, daß Gott zu seinem Gefolge, den Engeln, sprach und sie aufforderte, mit ihm gemeinsam den Menschen zu erschaffen. Viele von ihnen erhoben Einwände und wiesen auf den künftigen Ungehorsam des Menschen hin. Doch Gott verwarf diese Einwände und stellt einen für den Menschen günstigen Vergleich zwischen ihm und den Engeln an, indem er bemerkte, daß der Mensch seine böse Neigung überwinden müsse, mit der die Engel nicht behaftet waren. Daher der rabbinische Ausspruch, daß »der vollkommen Gerechte nicht dort stehen kann, wo der reuige Sünder steht«. Daß Gott sich berät, ist jedoch ein Hinweis auf seine Bescheidenheit und seine Bereitschaft, die Meinung anderer zu hören; er stellt damit hohe Anforderungen, und die menschlichen Wesen würden gut daran tun, ihnen zu entsprechen. Auf die gleiche Art hat Gott allen Richtern ein Beispiel gegeben, indem er selbst das Verhalten der Erbauer des Turms von Babylon untersuchte, denn in der Heiligen Schrift heißt es: »Da stieg der Herr herab, um sich Stadt und Turm anzusehen ...« (Genesis 11, 5). Erst nachdem er sich mit eigenen Augen von ihrer Verderbtheit überzeugt hatte, bestrafte er sie.

Auch wir können uns nur schwer mit der Vorstellung abfinden, daß der Mensch als Abbild Gottes geschaffen wurde; vor allem, weil uns die Bibel eingeprägt hat, daß wir uns kein Abbild Gottes machen dürfen. Bei dem in den Zehn Geboten enthaltenen Verbot von Abbildern handelt es sich natürlich um Götzenanbetung, die Verehrung von physischen Figuren, die angeblich eine Darstellung des Göttlichen oder sogar einer bestimmten Gottheit sind. Der Kontext der Schöpfungsgeschichte ist ganz anders gelagert. Hier haben wir es mit einem Vergleich zwischen der Macht und Stellung des Menschen in bezug auf das Universum zu tun. Gott gibt dem Menschen Gewalt über die eine Welt, behält sich aber die letzte Entscheidung über die gesamte Schöpfung vor. Der Mensch ist daher eine begrenzte Nachbildung des Göttlichen. Diese Vorstellung ist in der alten Mythologie des Nahen Osten häufig anzutreffen. In den ägyptischen *Lehren des Ari* lesen wir, daß »der Mensch das Gegenstück Gottes ist«, während uns die *Maximen des Khety* aus dem Mittleren Königreich lehren, daß »die Menschen als Abbilder Gottes aus seinen Gliedern entsprungen sind«.

Diese Übereinstimmung zwischen dem Menschlichen und dem Göttlichen findet in umgekehrter Form im *Talmud* Ausdruck; es gibt Schilderungen Gottes, in denen er sich auf fast menschliche Weise verhält, und in denen das Göttliche in unüblicher körperlicher Form beschrieben wird. In *Berachot* 7a erzählt man uns, daß Gott *Tefillin* (Gebetsriemen) trägt, wenn er betet. Aber was sagt er in seinen Gebeten? »Möge es mein Wille sein, daß mein Mitgefühl meinen Zorn überwindet, daß es über meine Attribute (Gerechtigkeit und Strafe) die Oberhand gewinnt, daß ich mit meinen Kindern gemäß meinem Attribut des Mitgefühls verfahre, und daß ich mich ihnen gegenüber nicht gemäß der strengen Richtschnur der Gerechtigkeit verhalte.« Unter dem Namen Rav erzählt uns Rabbi Juda, wie Gott seinen Zwölfstundentag verbringt: »In den ersten drei Stunden sitzt Gott und beschäftigt sich mit der Tora; in den nächsten drei sitzt er und richtet die Welt, und wenn er sieht, daß die ganze Welt schuldig ist, dann erhebt er sich von seinem Thron der Gerechtigkeit und setzt sich auf den Thron der Gnade; in den nächsten drei Stunden sitzt er und ernährt die ganze Welt vom gehörnten Büffel bis zu den Eiern der Laus; in den letzten drei Stunden sitzt er und spielt mit dem Leviatan, denn es steht geschrieben: ›Der Leviatan, den du geformt hast, um mit ihm zu spielen‹ (Psalmen 114, 26)« *(Avoda Zara* 3b). Natürlich kann man diese anthropomorphischen Beschreibungen Gottes genausowenig wörtlich nehmen wie die biblische Feststellung, daß der Mensch als Abbild Gottes geschaffen wurde.

Im zweiten Bericht über die Schöpfung heißt es, daß der Mensch »aus Erde vom Ackerboden« geschaffen wurde, und dafür gibt es ebenfalls mythologische Parallelen. Im *Gilgamesch-Epos* wird erwähnt, daß Enkidu von der Göttin Aru geschaffen wurde, die »Lehm abbrach« und ihn nach dem göttlichen Bild formte (2, 35 ff.). Man vergleiche, wie Elihu zu Ijob sagt: »Schau, ich bin wie du vor Gott, auch ich bin nur aus Lehm geformt« (Ijob 33, 6). In der biblischen Geschichte kommt zusätzlich dazu, daß der Name des Menschen durch seinen erdhaften Ursprung erklärt wird. Er heißt »Adam«, weil er aus dem Boden genommen wurde *(Adama)*. Dies wurde zur hebräischen Bezeichnung für die gesamte menschliche Spezies; wenn sich Juden auf den Stammvater Adam beziehen wollen, nennen sie ihn deshalb Adam *ha-rischon,* »der erste Adam«.

Laut der Haggada nahm Gott, um den Menschen zu schaffen, aus jeder der vier Ecken der Welt ein Stück Erde. Deshalb kann ihn die Erde nicht verleugnen und sich weigern, seinen Körper zu empfangen, ganz gleich, wo zer stirbt. Es ist klar, daß der erste

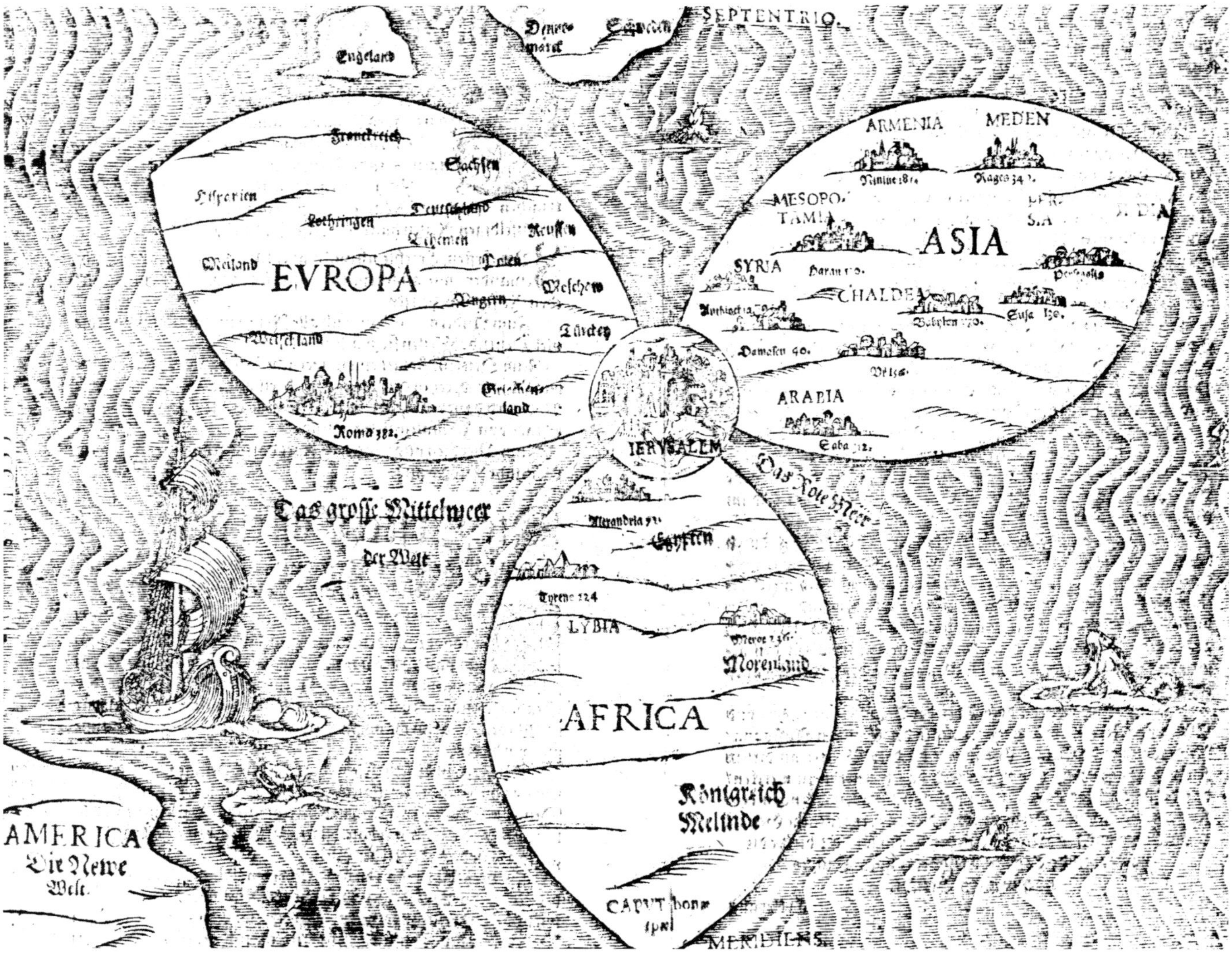

Mensch ein allumfassendes Urbild sein mußte, das die gesamte Menschheit repräsentierte, und der *Talmud (Sanhedrin* 38a-b) geht sogar auf spezifische Einzelheiten ein: Der Leib wurde aus der Erde Babylons geschaffen; der Kopf stammte aus Palästina; und die Extremitäten aus allen übrigen Teilen der Welt; die Genitalien kamen aus einer Stadt names Akra de-Agma, die wegen der Sinnenlust ihrer Bewohner berühmt war.

DIE SEELE

Die Erde lieferte jedoch nur Adams physische Gestalt. Die Seele kam von Gott. Am Ende des menschlichen Lebens »fällt der Staub zur Erde zurück als das, was er war, und der Atem kehrt zu Gott zurück, der ihn gegeben hat« (Kohelet 12, 7). Die Seele oder der Geist, oder der Atem, den Gott Adam eingehaucht hat, ist das Element, das Materie in ein Lebewesen verwandelt. Es gibt drei hebräische Worte, um dieses Element zu bezeichnen: *Rua,* das auch »Wind« bedeutet; *Neschama,* das konkret »Atem« bedeutet; und auch *Nefesch,* das auch »Leben« und »Ich« bedeuten kann. Gott »blies in seine Nase den Lebensatem (*Neschama*)«, und dann wird er zum lebendigen Wesen (*Nefesch*)« (Genesis 2, 7). Der gleiche Ausdruck »lebendiges Wesen« wird in der Genesis 1, 30 auch auf Tiere angewandt, während die lebendigen Geschöpfe, die in der Sintflut umkamen, als jene bezeichnet werden, »die durch die Nase Lebensgeist atmeten« *(Nischamat Rua Hajim)* (Genesis 7, 22).

Die Tatsache, daß es für den Begriff »Seele« mehr als ein Wort gibt, führte bei den jüdischen Philosophen und Mystikern des Mittelalters zu der Ansicht, daß es drei Aspekte der menschlichen Seele, oder sogar drei Seelen im Menschen gibt; die unterste ist der Nefesch, den er gemeinsam mit der Tierwelt besitzt, und die höchste ist der Neschama, mit dem er mit der Gottheit kommuniziert.

Da die Seele direkt von Gott kommt und das göttliche Element im Menschen darstellt, kann man logischerweise annehmen, daß sie vor der Erschaffung der Welt existierte, oder daß sie zumindest zu den ersten geschaffenen Dingen gehörte. Wenn man sie mit »dem Geist Gottes, der über den Wassern schwebte« identifiziert, ging sie eindeutig der Schöpfung voraus. Jedenfalls ist es eine anerkannte rabbinische Ansicht, daß zu Beginn der Schöpfung die Seelen der gesamten Menschheit existierten, und daß sie weiterhin unter dem göttlichen Thron der himmlischen Herrlichkeit aufbewahrt werden.

Einer anderen Ansicht zufolge sind alle Seelen auf den Vorhang gemalt, der vor dem göttlichen Thron hängt und ihn verbirgt. Wenn ein Kind gezeugt wird, wählt Gott eine Seele aus diesem Vorrat und pflanzt sie in den neuen Embryo ein, obwohl sie dagegen protestiert, daß sie das Reich Gottes verlassen muß. Gott trifft seine Auswahl sorgfältig, weil er das Schicksal jedes menschlichen Wesens von seiner Geburt an kennt, und er wählt jene Seele, die sich am besten für dieses

Gegenüber: Eine Landkarte, die Jerusalem als Mittelpunkt der Welt zeigt. Laut der jüdischen Legende begann die Erschaffung der Welt am »Grundstein«, der Stelle, an der sich später das Allerheiligste des Tempels in Jerusalem befand. In diesem Holzschnitt aus einem christlichen Buch zweigen die drei Kontinente von Jerusalem ab. Heinrich Buenting, *Itinerarium Sacrae Scripturae,* Helmstedt 1581, Nationales Seemuseum Haifa.

Rechts: Die Erschaffung und Versuchung Evas. Rechts entspringt Eva aus Adams Rippen. Links der Baum der Erkenntnis, um den sich die Schlange ringelt, und zu beiden Seiten Adam und Eva, bereits mit Feigenblättern bekleidet. Ein Engel ist im Begriff, sie aus dem Garten Eden zu vertreiben. Aus der Goldenen Haggada, einer hebräischen Handschrift aus dem 14. Jahrhundert aus Spanien. British Library, London.

Schicksal eignet. Ein Engel begleitet die Seele auf ihre Reise in die untere Welt und lehrt sie, noch während sie sich im Mutterleib befindet, alle Geheimnisse des Universums. Aber wenn das Kind im Begriff ist, zur Welt zu kommen, klopft es der Engel leicht auf den Mund, und es vergißt alles, was es gelernt hat. Deshalb beginnt es zu weinen. Sein gesamtes Leben ist von nun an eine ununterbrochene Entdekkungsreise, um die verlorene Weisheit wiederzuerlangen (Jellinek, *Bet ha-Midrasch* I, 153–5).

Die platonischen Untertöne dieser Einstellung sind unüberhörbar, und die jüdischen Denker des Mittelalters haben sie sorgfältig entwickelt, um das menschliche Streben nach Erkenntnis des Göttlichen zu erklären.

Die Seele kommt unbefleckt aus ihrer göttlichen Quelle. Ein Teil der traditionellen Morgenliturgie lautet: »O mein Gott, die Seele, die du mir gegeben hast, ist rein; du hast sie erschaffen, du hast sie geformt, und hast sie mir eingehaucht; du erhältst sie in mir; und du wirst sie mir nehmen, wirst sie mir aber in der Zukunft wiedergeben« (Singer, S. 6). Die Seele fühlt sich daher in der Welt der Materie beklommen. Sie sehnt sich danach, in ihr wirkliches Heim zurückzukehren. Die Kabbalisten behaupten, daß die Seele (oder ihr höchster Aspekt) nachts, während der Mensch schläft, ihr himmlisches Zuhause besucht, und ihm am Morgen zurückgeben wird. Dies ist die Erklärung für die Visionen Gottes, die dem Gerechten während der Nacht geschenkt werden. Sie sind auf die enge Verbindung zwischen der Seele und dem Göttlichen zurückzuführen. Anderseits ist der Mensch, der während des Schlafes all seiner physischen Fähigkeiten beraubt ist, in diesem Zustand bösen Geistern besonders wehrlos ausgeliefert.

Doch der Mensch ist noch während seiner irdischen Existenz imstande, regelmäßig einen Vorgeschmack des geistigen Lebens zu erhalten. Der Sabbat ist »ein Vorgeschmack der künftigen Welt«. Der *Talmud Beza* 16a berichtet, daß der Mensch am Sabbatabend eine zusätzliche Seele erhält. Es wird auch wiederholt erwähnt, daß am Sabbat zwei Engel vom Himmel herabsteigen und den Juden auf den Weg zur und von der Synagoge begleiten, um seine frommen sowie seine bösen Taten aufzuzeichnen. Wenn der Sabbat zu Ende geht, verlassen die Engel und die zusätzliche Seele den Juden. Das Ritual der *Havdala,* das dieses Ende anzeigt, verlängert symbolisch die Süße ihrer Gegenwart, indem die Feiernden den Duft aus einer Gewürzschachtel einatmen.

DAS LEBEN NACH DEM TOD

In der jüdischen Überlieferung sind zahlreiche Mutmaßungen über das Schicksal der Seele nach dem Tod angestellt worden. Der Judaismus beschäftigt sich mehr mit der Befolgung von Gottes Geboten in dieser Welt als mit den Belohnungen im Jenseits. Deshalb gibt es keinen detaillierten, allgemein anerkannten, methodischen Bericht darüber, wie es der Seele nach dem Tod ergeht. Außerdem gibt es die uralte Ermahnung, nicht zu viel darüber zu spekulieren, »was oben ist, was unten ist, was vor der Zeit war und was nach ihr sein wird« *(Mischna Hagiga* 2, 1). Trotz diese Rates entwickelten sich zahlreiche unterschiedliche Ansichten über das Leben nach dem Tod. Alle sind sich darüber einig, daß die von Gott kommende Seele unsterblich sein muß. Aber was geschieht mit ihr, sobald sie den Körper verläßt? Die Bibel spricht nur von einer schattenhaften Welt namens *Scheol,* was von der Wurzel eines Zeitwortes mit der Bedeutung »fragen« abgeleitet ist. Dieses nicht definierte Gebiet scheint eine Art Hades zu sein, in dem Personen nach ihrem Tod gefunden werden können. Jesaja bezieht sich in seiner Prophezeiung über den König von Babylon darauf:

Das Totenreich drunten gerät in Erregung
wenn du hinabkommst;
deinetwegen weckt es die toten Geister auf;
alle Fürsten der Erde;
alle Könige der Völker läßt er aufstehen von ihren Thronen ...
Hinabgeschleudert zur Unterwelt ist deine Pracht ...

(Jesaja 14, 9-11)

Zweifellos hat die Hexe von Endor auf Sauls Bitte hin den toten Samuel aus Scheol zurückgeholt.

Die klarste Aussage über Belohnung und Strafe im Leben nach dem Tod finden wir in Daniel (12, 2–3), dem jüngsten der hebräischen kanonischen Bücher: »Von denen, die im Land des Staubes schlafen, werden viele erwachen, die einen zum ewigen Leben, die anderen zur Schmach, zu ewigem Abscheu. Die Verständigen werden strahlen, wie der Himmel strahlt; und die Männer, die viele zu rechtem Tun geführt haben, werden immer und ewig wie die Sterne leuchten.«

In der nachbiblischen Zeit wurden Belohnung und Strafen im Jenseits stärker betont. Als die Rabbiner mit dem ewigen Problem der Theodizee kämpften: das Leiden der Gerechten und das Wohlergehen der Bösen, beschäftigten sich die Juden immer intensiver mit dem Thema. Wie konnte ein gerechter, liebevoller Gott diesen Zustand dulden? Eine in der jüdischen Überlieferung häufige Lösung des Problems lautet, daß die Gerechten wegen der wenigen Sünden, die sie begannen haben, in dieser Welt leiden, aber im Jenseits eine große Belohnung erhalten werden; die Bösen hingegen werden im Jenseits schrecklich leiden. Eine andere Lösung, die besonders von den Kabbalisten bevorzugt wurde, war die Interpretation der Ereignisse aufgrund des vorhergehenden Lebens der Seele. Die meisten jüdischen Mystiker akzeptierten, daß eine Seele von einem Körper in den anderen übersiedeln kann, und die unverdienten Leiden eines Menschen konnten dem vorherigen Besitzer der Seele in die Schuhe geschoben werden. Das Prügeln am Grab, das in einigen jüdischen Gemeinden Brauch ist, hängt damit zusammen, daß man für Sünden auf dieser Welt büßt, um Leiden in der nächsten zu vermeiden. Während der Sarg zu Grabe getragen wird, stellt man ihn in regelmäßigen Abständen auf den Boden, was eine symbolische »Bestrafung« der Leiche darstellt. Angeblich hält sich die Seele nach dem Begräbnis einige Tage in der Nähe der Leiche auf – etliche Sachverständige behaupten, daß dies viel länger, beinahe ein Jahr der Fall ist –, bis ein Gedenkstein auf dem Grab aufgestellt wird. Sobald dieser Akt des Gedenkens vollzogen ist, kann sich die Seele entfernen; wenn die Familie des Toten dieser Verpflichtung nicht nachkommt, verurteilt sie die Seele dazu, auf der Erde umherzuirren.

Die größte Belohnung der Gerechten im Paradies besteht darin, daß sie mit Kronen auf den Häuptern auf dem Thron sitzen und das Leuchten der Schechina genießen *(Berachot* 17a). Das wird manchmal so ausgelegt, daß die Gerechten die Tora studieren und Gott selbst ihr Lehrer ist. Der Zusammenhang zwischen dem guten Leben auf dieser Welt und dem Glück im Jenseits faßt ein Rabbiner namens Jakob prägnant zusammen: »Eine Stunde der Reue und guten Taten in dieser Welt ist besser als das ganze Leben im Jenseits; und eine glückliche Stunde der Seele im Jenseits ist besser als das ganze Leben auf dieser Welt« *(Avot* 4, 22). Ein materialistischeres Bild der für die Gerechten vorgesehenen Belohnung ist das große Bankett, das Gott für sie vorbereitet hat, und bei dem sie das köstliche Fleisch des Meeresungeheuers Leviatan essen werden.

Das Los der Bösen in der Gehenna (Hölle) wird nicht mit den grausigen Einzelheiten geschildert, die wir im Christentum finden. Das ist vielleicht nicht nur darauf zurückzuführen, daß die Rabbiner ungern über das Leben nach dem Tod spekulieren, sondern auch darauf, daß es keine bildnerische Tradition gibt. Die Leiden der Bösen sind real, aber laut den meisten Berichten nicht für immer. Die Gehenna ist ein Land des Fegefeuers, und sobald die Bösen für ihre Schandtaten gebüßt haben, können sie in eine glücklichere Welt übersiedeln. Die Qualen der Gehenna hören jedoch auf jeden Fall am Sabbat auf, wenn sogar die Bösen den Frieden Gottes genießen können.

Ein Prinzip des traditionellen Judaismus lautet, daß die Toten am Ende der Welt körperlich auferstehen werden, und daß diese Auferstehung im Heiligen Land stattfinden wird. Einer der Gründe, warum orthodoxe Juden keine Leichenverbrennung zulassen, liegt darin, daß die Auferstehung an einem der unteren Wirbel des Rückgrats beginnen wird, und daß sie verhindert wird, wenn dieser Wirbel fehlt. Die Tatsache der Auferstehung im Heiligen Land wurde so wörtlich genommen, daß die Rabbiner über die unterirdische Reise bestürzt waren, die die außerhalb des Landes begrabenen Toten zurücklegen müssen – eine schmerzhafte und schwierige Prozedur. Der Midrasch berichtet uns, daß Josef seine Nachkommen dieser Reise wegen schwören ließ, seine Gebeine aus Ägypten mitzunehmen, wenn sie endlich in das Gelobte Land aufbrachen. Noch heute besitzen fromme Juden in der Diaspora einen kleinen Beutel mit Erde aus dem Heiligen Land, die ihnen in den Sarg gelegt werden soll, so daß sie, wenn es soweit ist, an Ort und Stelle auferstehen und die lange, mühsame Reise vermeiden können.

Natürlich muß eine Art Gericht stattfinden, bevor über das Schicksal der Gerechten und der Bösen entschieden werden kann. Die jüdische Überlieferung drückt sich in bezug auf die Reihenfolge der Ereignisse nach dem Tod nur vage aus. Der gebräuchliche Ausdruck »das zukünftige Reich« bedeutet sowohl das unsterbliche Leben

Gegenüber: Drei mythische Tiere. Rechts der Leviatan, links der Behemot, darüber der Vogel Zev. Unterhalb von ihnen ist das Festmahl der Gerechten im Jenseits dargestellt, bei dem sie das Fleisch dieser Tiere essen. Aus der Ambrosianischen Bibel, einer hebräischen Handschrift aus dem 13. Jahrhundert aus Süddeutschland. Biblioteca Ambrosiana, Mailand.

Gegenüber: Ein Mann mit einen *Tallit* (Gebetsmantel) bläst den Schofar (das Widderhorn). Der Klang des Widderhorns hat für die Juden eine tiefe Bedeutung, weil er sie an die Offenbarung auf dem Berg Sinai erinnert, wo Trompeten zu hören waren, die sie zur Buße mahnten. Es wird vor allem am Rosch Haschana (dem Neuen Jahr) geblasen, das angeblich der Jahrestag der Erschaffung der Welt ist. Es wird auch mit der Fesselung Isaaks sowie mit Abrahams vollkommenem Glauben in Verbindung gebracht, denn er opfert statt seines Sohnes einen Widder.

Rechts: Am Ende der Welt verschlingt der Leviatan eine Stadt, oder zerstört vielleicht Sodom. Aus einer hebräischen Handschriftensammlung vom Ende des 13. Jahrhundert aus Nordfrankkreich. British Library, London.

der Seele nach dem Tod als auch die Auferstehung des Leibes, das Kommen des Messias sowie jedes einzelne oder mehrere dieser Ereignisse zusammen. Doch in bezug auf die relative Stellung dieser Phänomene in den letzten Tagen scheiden sich die Geister. Irgendwo innerhalb dieses Ablaufes findet das göttliche Gericht statt.

Es gibt viele Schilderungen des göttlichen Gerichts mit dem gesamten Aufgebot eines Gerichtshofs: Engel der Anklage, Engel der Verteidigung (diese werden oft mit den guten und bösen Taten des Toten gleichgesetzt), Gerichtsbeamte, Herolde und Gott selbst auf dem Richterstuhl. Das jüdische Bestreben, eine absolute Trennung zwischen Körper und Seele zu vermeiden, wird durch eine Parabel aus dem *Talmud* veranschaulicht *(Sanhedrin* 91a). »Ein gewisser Antigonus sagte zu Rabbi Juda, dem Fürsten: Körper und Seele könnten einander von Strafe befreien. Der Körper könnte behaupten: ›Es war die Seele, die gesündigt hat. Seit sie mich verlassen hat, habe ich still wie ein Stein in meinem Grab gelegen.‹ Und die Seele könnte behaupten: ›Es war der Körper, der gesündigt hat. Seit ich ihn verlassen habe, bin ich wie ein Vogel in der Luft herumgeflogen.‹ Der Rabbi (Juda) sagte zu Antigonus: Laß es mich mit einer Parabel erläutern. Ein König besaß einmal einen Obstgarten mit schönen Feigenbäumen und beauftragte einen Lahmen und einen Blinden, ihn zu bewachen. Der Lahme sagte zum Blinden: ›Ich kann in diesem Obstgarten schöne Feigen sehen. Laß mich auf deinen Rücken klettern, dann kann ich sie pflücken und wir können sie zusammen essen.‹ Nach einigen Tagen kam der Besitzer des Gartens und fragte: ›Wo sind meine schönen Feigen?‹ Der Lahme antwortete: ›Kann ich auf diesen Füßen herumgehen, um sie zu pflücken?‹ Und der Blinde antwortet: ›Habe ich Augen, um sie zu sehen?‹

Was tat der König? Er setzt den Lahmen auf den Rücken des Blinden und richtete sie gemeinsam. Genauso wird der Erhabene, er sei gepriesen, die Seele nehmen, sie in den Körper zurücktun und beide miteinander richten.«

Das letzte Gericht ist nur der Höhepunkt einer Reihe von jährlichen Gerichten, die sich dem jüdischen Geist unauslöschlich eingeprägt haben. Die *Jamim Nora'im* (Tage der Ehrfurcht), die das Neue Jahr einleiten, sind eine Vorbereitung auf die göttliche Beurteilung der menschlichen Taten. Gott führt ein Hauptbuch über unser Tun. Am ersten Tag des Neuen Jahres schlägt er das Buch auf und beginnt, die Namen jener hineinzuschreiben, die das kommende Jahr überleben werden. Entscheidend sind die Taten jedes Menschen, seine Bereitschaft, seine Sünden zu gestehen, und seine Entschlossenheit, sie nicht zu wiederholen. Bis zum Ende des zehnten Tages, des Versöhnungstages, hat man die Möglichkeit zu bereuen; an diesem Tag fasten die Juden zum Zeichen ihrer Reue. Der Brauch, die Gräber der Toten kurz vor den Tagen der Ehrfurcht zu besuchen, hängt damit zusammen, daß sich die Toten für die Lebenden verwenden können, und geht auf die alte Vorstellung zurück, daß die Patriarchen zuviel Verdienste angehäuft hatten und den Überschuß zugunsten der anderen Gläubigen verwenden konnten.

Weil jeder bestrebt ist, für das kommende Jahr in das Buch des Lebens eingetragen zu werden, besuchen die Juden an den Tagen der Ehrfurcht bewußt oder unbewußt ihre Synagogen viel zahlreicher als an allen anderen Tagen des Jahres. Der traditionelle Neujahrsgruß drückt diesen Wunsch für andere aus: *Le-schana tova tikatevu vetihatemu* (Mögest du für ein gutes Jahr eingeschrieben und besiegelt werden), das für gewöhnlich zu *Le-schana tova* (Auf ein gutes Jahr) abgekürzt wird.

Vor den Patriarchen

EDEN

Die jüdischen Vorstellungen von der Auferstehung und dem Leben nach dem Tod sind nirgends dogmatisch und detailliert festgehalten; tatsächlich ist man sich über viele Aspekte dieses Themas uneinig. Doch in den meisten Schilderungen spielt der Garten Eden eine wesentliche Rolle. Obwohl Eden in der späteren rabbinischen Überlieferung als Heimstatt der Seelen, sowohl vor ihrem Eintritt in die körperliche Welt als auch nach ihrer Rückkehr aus dieser, vergeistigt wurde, verlegt die ursprüngliche biblische Beschreibung den Garten des Paradieses entschieden in die physische Welt. Ihm entspringen vier Flüsse, von denen zwei eindeutig als Euphrat und Tigris identifiziert wurden, daher dürfte feststehen, daß man Eden im nördlichen Teil des Persischen Golfs suchte. In der sumerischen Mythologie liegt Eden, »die Heimstätte der Götter«, auf Tilmun, das mit Bahrain identifiziert wurde.

Die Phantasie späterer Generationen erblickte in Eden den Schauplatz des Goldenen Zeitalters der Menschheit, so wie in der Zeit Jeremias die Wüste zum Symbol des Goldenen Zeitalters des hebräischen Glaubens wurde. Adam lebte dort glücklich und betreute die Bäume, die ihm Nahrung lieferten (damals war Fleisch für die Menschen offenbar tabu), aber es gab zwei »verbotene« Bäume: den Baum des Lebens, der Unsterblichkeit verlieh, und den Baum der Erkenntnis von Gut und Böse. Letzterer war ein Baum, der Wissen im allgemeinen vermittelte, nicht nur moralisches Bewußtsein, denn der Ausdruck »Gut und Böse« bezeichnet alles Vorhandene, so wie zum Beispiel der Ausdruck »Himmel und Erde« das gesamte Universum beinhaltet. Sonst könnte man kaum erklären, warum Gott dagegen war, daß der Mensch den Unterschied zwischen Gut und Böse erkannte. Auch wenn es nicht mit der modernen Einstellung übereinstimmt, ist es verständlich, daß Gott sein göttliches Wissen eifersüchtig gehütet hat. Sobald der Mensch dieses Wissen erlangt hat, gibt Gott zu, daß er »wie einer von uns geworden ist«, und vertreibt ihn aus dem Paradies, damit er nicht auch noch vom Baum des Lebens ißt und dadurch unsterblich wird.

Im Midrasch stehen der Baum des Lebens und der Baum der Erkenntnis miteinander in Verbindung. Im Mittelpunkt des Gartens stand der Baum des Lebens, und rings um ihn, als würde er ihn schützen, befand sich der Baum der Erkenntnis, der von wunderbarer Größe war. Man hätte 500 Jahre reisen müssen, nur um seinen Stamm zu umrunden, geschweige denn die ganze Fläche unter seinen Zweigen zu erforschen *(Genesis Rabba* 15, 6). Wuchs also der Baum des Lebens irgendwie aus dem Baum der Erkenntnis? Dieser Ansicht war offenbar einer der Kommentatoren der Genesis, Rabbenu Bahija ben Ascher (gest. 1340), der schrieb, daß »beide Bäume am Boden einen Baum bildeten, und sich zu zwei Bäumen verzweigten, als sie eine bestimmte Höhe erreichten«.

Rechts: Adam und Eva, die Schlange und der Baum der Erkenntnis von Gut und Böse. Beachten Sie, daß die Schlange ein menschliches Gesicht und Hände hat. Aus einer jüdischen Sammelhandschrift vom Ende des 13. Jahrhunderts aus Nordfrankreich. British Library, London.

Die Bibel erwähnt nicht, welche Frucht der Baum der Erkenntnis trug. Die Rabbiner schlugen etliche Früchte vor, doch seltsamerweise erwähnte keiner von ihnen den Apfel, obwohl dies die Frucht ist, die die Menschen mit dem Paradies in Verbindung bringen. Die Rabbiner sprechen von »Paradiesapfel«, meinen damit jedoch die Zitrone, die eine so wichtige Rolle im jüdischen *Sukkot* (Laubhüttenfest) spielt. Andere Auslegungen erwähnen die Weintraube, weil der Wein in der antiken Welt als das Getränk der Götter galt, und angeblich auch das sinnliche Verlangen weckt (Adam hatte erst Beziehungen mit Eva, nachdem sie vom Baum der Erkenntnis gegessen hatten); die Feige, weil das erste Menschenpaar seine Blöße mit Feigenblättern bedeckte; und ganz außergewöhlich der Weizen, der im Paradies so hoch wuchs wie die Zeder des Libanon. Diese letzte Identifizierung beruht auf der Ähnlichkeit der beiden hebräischen Wörter *Hita* (Weizen) und *Het* (Sünde).

Die Schlange gilt in der antiken Mythologie allgemein als das intelligenteste und »raffinierteste« aller Geschöpfe, aber natürlich handelt es sich beim ursprünglichen Versucher im Garten Eden nicht um eine Schlange. Erst nach dem Sündenfall wurde die Schlange von Gott verflucht und mußte daraufhin auf dem Bauch kriechen und Staub fressen. Bis dahin hatte sie Beine wie die anderen Tiere und sah nach einer rabbinischen Überlieferung wie ein Mensch aus, der aufrecht auf zwei Beinen steht. Deshalb sind viele Darstellungen der Versuchung, bei denen sich die Schlange um den Baum der Erkenntnis ringelt, eine falsche Auslegung des biblischen Textes.

Daß das Motiv der Schlange in erster Linie Neid war, beruht entweder darauf, daß der Mann und die Frau bei Gott in besonderer Gunst standen, oder auf Gottes Weisheit und Macht, und wird von vielen Quellen bezeugt. Die Art, wie sie diese heimtückische Tat durchführte, beweist ihre hinterlistige Natur. Sie nützt einen Fehler aus, den Eva in aller Unschuld beging. Die Schlange wollte Eva umgarnen und fragte sie deshalb, ob Gott ihnen tatsächlich verboten hätte, von den Früchten des Gartens zu essen. Eva wollte auf Gottes Gunst hinweisen und antwortete: »Natürlich nicht. Wir können jede Frucht essen, nach der es uns gelüstet. Wir dürfen nur von dem Baum in der Mitte des Gartens weder essen noch ihn berühren, sonst werden wir sterben.« Natürlich hatte Gott nichts vom Berühren des Baumes gesagt; das war Adam gewesen, der vollkommen sicher sein wollte, daß sie nicht sündigten. Die Schlange nützte diese Gelegenheit und stieß Eva gegen den Baum. Als diese sah, daß sie nicht starb, war sie davon überzeugt, daß das Verbot grundlos war. Es war alles nur göttlicher Neid, und wenn sie von der Frucht aß, würde sie werden wie Gott, aber nicht in Gefahr geraten (*Genesis Rabba* 19).

Wie sehr veränderten sich Adam und Eva, nachdem sie von der verbotenen Frucht gegessen hatten! Mit der ursprünglichen Herrlichkeit war es vorbei. Sofort nach seiner Erschaffung war Adam so strahlend schön gewesen, daß das Leuchten seiner Fußsohle den Glanz der Sonne überstrahlte, und er konnte von einem Ende der Erde bis zum anderen sehen. Eine muschelartige Haut schützte ihn vor Verletzungen. Nach seinem Sündenfall wurde seine Ausstrahlung schwächer, und seine Haut wurde weich und verletzlich, bis auf die Finger- und Zehennägel, die ihren früheren Zustand behielten, um

Oben: Die Tiere betreten die Arche. Laut einer biblischen Überlieferung kamen die »reinen Tiere« zu je sieben in die Arche, und die »unreinen« paarweise. Unten eine siebenarmige, auf dem Kopf stehende *Menora* (Kandelaber). Ein Mosaikfußboden aus der Synagoge von Gerasa, 5. Jahrhundert n. Chr.

Gegenüber: Das *Fest Sukkot* (Laubhüttenfest) wird an der Westmauer in Jerusalem gefeiert. Ein Mann trägt eine Torarolle, andere tragen Palmzweige und Zitronen. Laut einer rabbinischen Überlieferung war die Zitrone die Frucht, mit der die Schlange Eva in Versuchung führte.

ihn an seine vergangene Herrlichkeit zu erinnern. Am Ende des Sabbat, der ein irdischer Vorgeschmack auf das Leben im Paradies ist, betrachten die Juden bis zum heutigen Tag beim Licht der Havdala-Kerze ihre Fingernägel, um sich an die Güte Gottes zu erinnern, die er dem ersten Menschen im Garten Eden zuteil werden ließ.

Obwohl die Juden nicht glauben, daß Adams Sündenfall die gesamte Menschheit mit der Erbsünde belastete, betrachten die jüdischen Mystiker den »ersten Menschen« im Paradies als den idealen Empfänger göttlichen Wissens und göttlicher Lehre. Und der Kabbalist kann den ursprünglichen Adam immer noch erkennen, wenn auch nur in symbolischer Gestalt, weil die gesamte Welt der Sefirot, die für gewöhnlich in der Form eines Baumes dargestellt wird, auch als der Körper des Urmannes *Adam Kadmon* gesehen wird, bei dem jedes Organ eine mystische Bedeutung besitzt.

KAIN

Kain, Abel und Set (Seth), die drei Kinder Adams und Evas, bildeten die zweite Generation der Menschheit. Es gab insgesamt zehn Generationen, bis Abraham auf dem Schauplatz erschien, der erste Mensch, der den einzigen, alleinigen Gott erkannte. Diese Generationen waren bis auf wenige besondere Persönlichkeiten wie Enosch und Noach vollkommen böse und verderbt. Das ist eigentlich nicht erstaunlich, weil sie größtenteils Nachkommen von Kain waren, der laut der Legende gar nicht Adams Kind war, sondern von der Schlange Samael gezeugt worden war, die immer schon lüstern nach Eva geschielt hatte.

Aus dem biblischen Text kann man schließen, daß der Konflikt zwischen Kain und Abel den Kampf zwischen den nomadischen Hirten und den seßhaften Ackerbauern symbolisierte, der in diesem Fall mit Abels Sieg endete, weil Gott sein Schafopfer Kains Opfer »der Früchte des Feldes« vorzog. Jüdische Kommentatoren bevorzugen jedoch eine andere Erklärung. Kain hat vielleicht sein Opfer unaufrichtig dargebracht oder den größten Teil selbst gegessen und Gott nur die Reste geopfert. Andere behaupten, daß die beiden über das Wesen Gottes stritten. Wieder andere meinen, daß Kain sich in Abels Schwester verliebte (denn im Midrasch heißt es, daß Kain und Abel bei ihrer Geburt jeweils mit einer Zwillingsschwester zur Welt kamen), und daß seine Werbung abgewiesen wurde.

Ganz gleich, welche Motive ihn bewegten – Kain erwarb den zweifelhaften Ruhm, der erste Mörder der Welt zu sein. Und da der hebräische Text in der wörtlichen Übersetzung lautet: »Das Blut deines Bruders schreit zu mir vom Ackerboden« (Genesis 4, 10), können wir annehmen, daß Gott Kain beschuldigte, nicht nur Abel, sondern auch alle potentiellen Nachkommen Abels getötet zu haben. Doch Gott übte nicht sofort Rache an Kain; erstens behauptete Kain, daß er die Folgen seiner Tat nicht hatte erkennen können, da noch niemand den Tod gesehen hatte und er nicht wissen konnte, daß ein Schlag mit einem schweren Stein tötete; und zweitens, weil Kain bereute und rief: »Zu groß ist meine Schuld, als daß ich sie tragen könne« (Genesis 4, 13). Eine schöne Auslegung dieses Verses macht aus Kain eine mitleiderregende Gestalt, die sich mit den Worten »Ist meine Sünde zu groß für dich, um ertragen zu werden?« an Gott wendet. Daher gab Gott Kain ein »Zeichen«, um ihn zu schützen. Die Bibel verrät uns nicht, um welches Zeichen es sich gehandelt hat. Manche sagen, daß es ein Buchstabe des göttlichen Namens war, denn das hebräische Wort für »Zeichen« *(ot)* bedeutet auch »Buchstabe«; andere lassen ihn mit dem Zeichen des Aussatzes behaftet sein; und wieder andere meinen bezaubernderweise, daß Gott ihm einen Hund zu seinem Schutz gegeben hat.

Es wurde auch behauptet, daß Kain ein Horn aus der Stirn wuchs, das schließlich zu seinem Tod führte. Er lebte bis zur siebenten Generation und wurde dann von Lamech getötet. Das geschah folgendermaßen: Lamech ging gern auf die Jagd, aber er war blind und verließ sich auf seinen Sohn, der die Beute für ihn aufspürte. Eines Tages sah der Sohn ein gehörntes Wesen, gab seinen Vater die Richtung an und sagte ihm im richtigen Augenblick, er solle seinen Pfeil abschießen. Der Pfeil erreichte sein Ziel. Sie näherten sich der Leiche, und als Lamech das Horn auf der Stirn berührte, wurde ihm klar, daß dies »das Zeichen« war, und daß er Kain getötet hatte *(Tanhuma Bereschit* II).

Links: Noach und die Arche. Die Taube kehrt mit einem Olivenzweig im Schnabel zurück und zeigt dadurch an, daß die Wasser der Sintflut begonnen haben zurückzugehen. Der Rabe sitzt auf dem Dach. Aus einer hebräischen Sammelhandschrift vom Ende des 13. Jahrhunderts aus Nordfrankreich. British Library, London.

Gegenüber: Noach war der erste Mensch, der Wein anbaute. Rechts sieht man ihn beim Abschneiden der Trauben, links sinnlos betrunken. Seine beiden Söhne Sem und Jafet bedecken seine Blöße, ohne ihn dabei anzusehen. Aus der Goldenen Haggada, einer hebräischen Handschrift aus dem 14. Jahrhundert aus Spanien. British Library, London.

Die genealogische Liste der Nachkommen von Kain und Set hat Generationen von Bibellesern Kopfzerbrechen bereitet, vor allem wegen der ihnen zugeschriebenen Langlebigkeit. Man darf jedoch nicht vergessen, daß diese Vor-Sintflut-Helden als Übermenschen galten, da sie dem Anfang der Welt nahe waren; von diesem Goldenen Zeitalter an waren die Menschen einem unaufhörlichen körperlichen Verfall ausgesetzt. Ihre Lebensdauer ist daher Symbol für ihr übermenschliches Wesen. Das gleiche kann von parallelen genealogischen Listen in anderen nahöstlichen Kulturen gesagt werden: Zum Beispiel die Liste der sumerischen Könige, deren Lebensspannen länger waren als die ihrer biblischen Entsprechungen. Ein weiterer naheliegender, aber oft übersehener Punkt ist, daß die »Generationen« infolge ihrer Langlebigkeit größtenteils Zeitgenossen waren. Zehn Generationen von Adam bis Noach umfassen insgesamt 1656 Jahre, obwohl einzelne Persönlichkeiten 800 oder 900 Jahre oder länger lebten. Noach starb erst, als Abraham 60 Jahre alt war! Diese Chronolgie wurde jedoch von den Rabbinern so ernst genommen, daß sie sie als Grundlage für ihr Datierungssystem benützten. Der jüdische Kalender zählt seine Jahre von der Erschaffung der Welt an. Daher entspricht das Jahr 1986 n. Chr. ungefähr dem jüdischen Jahr 5746 A. M. *(anno mundi).*

Unter diesen langlebigen Patriarchen stellt Henoch eine Ausnahme dar. Bereits die Bibel widmet ihm einen besonderen Kommentar. »Henoch war seinen Weg mit Gott gegangen, dann war er nicht mehr da; denn Gott hatte ihn aufgenommen« (Genesis 5, 24). Das ist ein Hinweis auf die Tatsache, daß er jung gestorben ist – er wurde nur 365 Jahre alt. Hinter dem sehr kurzen Hinweis in der Bibel auf den Sonderfall Henochs verbirgt sich bestimmt eine detaillierte Legende über ihn, die verlorengegangen ist. Doch ihre Folge waren Geschichten über Henochs große Weisheit und Heiligkeit und über seine enge Beziehung zu Gott. In den pseudoepigraphischen Schriften, dem *Äthiopischen Buch Henoch,* dem *Slawischen Buch Henoch,* dem *Buch der Jubiläen* sowie in der Literatur der Sekte vom Roten Meer, nimmt Henoch einen sehr hohen Rang ein. Er wurde von den Engeln, ja von Gott selbst in den Mysterien des Universums unterwiesen und starb nicht wie gewöhnliche Menschen, sondern wurde wie später Elija zu Gott in den Himmel »hinaufgebracht«. Die Geschichten über Henoch waren jedoch anscheinend nur in esoterischen Kreisen oder unter jüdischen Sektierern im Umlauf, weil sie weder im babylonischen noch im palästinensischen Talmud erwähnt werden. Daß ihn die Kirche als christologische Gestalt übernahm, hat zweifellos dazu beigetragen, daß ihn die frühe jüdische rabbinische Literatur vergleichsweise übergangen hat. Er taucht jedoch in der Kabbala wieder auf, wo er mit dem Engel Metatron identifiziert wird.

DIE SINTFLUT

Die Geschichte von Noach und der Sintflut ist eine der bekanntesten Episoden der Bibel. Sie ist musikalisch, dramatisch und in der bildenden Kunst immer wieder behandelt worden, und die Szene, in der die Tiere paarweise die Arche betreten, hat sich zahllosen Generationen von Kindern eingeprägt.

Die Legende ist älter als die Erzählung in der Genesis. Ihr Ursprung ist wahrscheinlich eine reale, katastrophale Überschwemmung im mesopotamischen Becken, die dann mündlich in mythologischer Form von einem Zeitalter zum nächsten weitergegeben wurde. Die der Bibel am nächsten kommende, detaillierteste Parallele ist die Sintflutepisode im *Gilgamesch-Epos.* Auch dort wird der Held Utnapischtim vor der bevorstehenden Katastrophe gewarnt und erhält den Rat, ein Boot zu bauen. Die Beschreibung der Sintflut selbst ist die gleiche wie in der Bibel, und der Held verwendet Vögel, darunter eine Taube und einen Raben, um zu erfahren, ob das Wasser zurückgeht. Aber die Unterschiede sind genauso bemerkenswert, vor allen jene, die veranschaulichen, wie verschiedenartig der theologische und der moralische Hintergrund sind. Grund für Gottes Mißfallen ist in der Bibel die moralische Verderbtheit der Menschen, während die Götter im Gilgamesch-Epos zornig sind, weil der von der Menschheit erzeugte Lärm so laut ist, daß sie nicht schlafen können: »Die Welt brüllt wie ein wilder Stier, und der große Gott wurde durch den Lärm geweckt... Der Tumult der Menschheit ist unerträglich und Schlaf ist nicht mehr möglich... Deshalb wurden die Götter in ihren Herzen bewogen, der Sintflut freien Lauf zu lassen.« Um seine Rettung zu feiern, brachte Noach Gott ein Opfer dar, »und der Herr roch den beruhigenden Duft«, während sich die sumerischen Götter zusätzlich »wie Fliegen über dem Opfer versammelten«*.

Die auf der Erde begangenen Sünden waren so schwer, daß Gott seiner Ansicht nach keine andere Wahl blieb, als die gesamte Generation auszulöschen. Die Bibel beschreibt die Welt als korrumpiert und von Gewalttätigkeit erfüllt. Die Rabbiner legten dies so aus, daß die Menschen sexuell pervers und ausschweifend waren und daß sie einander beraubten. Selbst wenn man ihnen Gelegenheit zur Reue bot, blieben sie verstockt und änderten ihre Lebensweise nicht.

Nur Noach und seine Familie sollten überleben und den Grundstein für eine neue Welt legen. Von Noachs Geburt

an war offenkundig, daß er zu Großem bestimmt war. Von seinem Körper ging strahlendes Licht aus, und sein Vater Lamech suchte Metuschelach (Methusalem), den Großvater des Kindes, auf, um zu erfahren, was diese Tatsache bedeutete. Metuschelach wandte sich an Henoch, der alle Geheimnisse des Universums kannte. Dieser schlug im wunderbaren *Buch Raziel* nach, das ursprünglich Adam gegeben worden war, und dort las er von Noachs Rolle bei der Rettung der Menschheit. Noachs künftiges Schicksal hätte man auch voraus erkennen können, daß er beschnitten zur Welt gekommen war, was bei den vor Abraham Geborenen nur bei Adam, Set und Melchisedek der Fall gewesen war.

Die Aussage der Bibel über Noachs Tugenden ist allerdings ein wenig zweideutig. Es heißt dort, daß er »ein gerechter, untadeliger Mensch unter seinen Zeitgenossen war« (Genesis 6, 9). Das kann bedeuten, daß er selbst in einer so verderbten Zeit wie der seinen gerecht war, und in einer besseren Zeit noch gerechter gewesen wäre. Es kann aber auch heißen, daß er in dieser Zeit noch im Vergleich zum Rest der Menschheit gerecht war, daß er aber in einer tugendhafteren Zeit nicht so glänzend dagestanden hätte *(Genesis Rabba* 30, 10).

Im Gegensatz zu späteren christlichen Erzählungen über Noachs Frau N'ama, vor allem in den englischen mittelalterlichen Mysterienspielen, wo man sie als Xanthippe schilderte, heißt es in der jüdischen Legende ausnahmslos, daß sie ihrem Mann hilft und ihn unterstützt. Das ist nicht weiter verwunderlich, weil sie die Tochter des tugendhaften Henoch war. Noachs drei Söhne Sem, Ham und Jafet standen ihrem Vater ebenfalls zur Seite. Nur Noach zweifelte gelegentlich, und war erst als ihm das Wasser bis zu den Knien reichte, davon überzeugt, daß wirklich Gefahr drohte.

In dieser Zeit befanden sich alle Bewohner der Arche bereits sicher im Schiff. Die Tiere waren freiwillig zu

* Das *Gilgamesch-Epos,* übersetzt von N. Sandars, Penguin, 1970, Seiten 105-109.

Noach und die Arche. Oben erteilt er Anweisungen zum Bau der Arche. Unten überwacht er den Auszug der Tiere und seiner Familie nach der Sintflut. Die Taube sitzt auf dem Dach. Aus einer spanischen Haggada aus dem 14. Jahrhundert. British Library, London.

Der Turm zu Babel veranschaulicht die rabbinische Legende, daß die Erbauer miteinander stritten, als ihre Pläne vereitelt wurden. Aus einer spanischen Haggada aus dem 14. Jahrhundert. British Library, London.

Noach gekommen, weil es ihm unmöglich gewesen wäre, alle zu sammeln. Die Fische konnten natürlich in ihrem Element bleiben. Ein besonderes Problem für Noach stellte das sagenhafte Ungeheuer Re-em dar. Es war zu groß, um in der Arche Platz zu finden, und mußte deshalb hinterher geschleppt werden (*Genesis Rabba* 31). Ein weiterer Überlebender war der Riese Og, König von Baschan. Er überstand das Ereignis auf dem Dach der Arche (*Pirke de-Rabbi Eliezer* 23).

Die Flut dauert ein Jahr, und es war eine ungeheure Aufgabe, die Tiere während dieser Zeit zu füttern. Man mußte genau in Erfahrung bringen, was jedes Tier fraß und das geeignete Futter bereitstellen, und außerdem mußte man sich streng an ihre jeweiligen Freßzeiten halten. Angeblich griff der Löwe Noach nur deshalb an, weil dieser zu spät mit dem Futter kam; seitdem hinkte Noach. Die Raubtiere mußten von ihren Beutetieren getrennt werden. Außerdem mußte Noachs Familie die Unterkünfte der Tiere reinigen. Laut einer von Raschi zitierten Überlieferung war das unterste der drei Stockwerke der Arche dem Abfall vorbehalten. Diese Probleme wurden dadurch ein wenig erleichtert, daß es in der Arche weder menschliche noch tierische Fortpflanzung gab, denn es gehörte sich nicht, daß Geschöpfe sich diesem Vergnügen hingaben, während der Rest der Welt ein tragisches Schicksal erlitt.

Als der Regen aufgehört hatte, und die Wasser zurückzugehen begannen, schickte Noach Vögel aus, damit sie herausfanden, ob die Wipfel der Bäume bereits über dem Wasser erschienen. Zuerst schickte er den Raben, obwohl dieser Einwände erhob. Es war ein unreines Tier und deshalb gab es in der Arche nur ein Paar von seiner Art. »Warum schickst du kein reines Tier?« protestierte der Rabe. »Von denen gibt es jeweils sieben. Wenn ich sterbe, wird die gesamte Art der Raben verschwinden.« Aber Noach blieb hart, und der Rabe kehrte aus Rache nicht zurück. Er fand Aas, blieb auf trockenem Land, und schlug sich den Bauch voll (*Sanhedrin* 108a-b). Deshalb wählte Noach beim zweiten Mal einen reinen Vogel. Die Taube war zuverlässiger, kehrte mit einem Olivenzweig im Schnabel zurück und zeigte damit an, daß bald alle an Land gehen konnten. In Wirklichkeit war das »Zeichen« nicht ganz verläßlich, denn die Taube hatte den Olivenzweig am Ölberg gepflückt, und das Heilige Land war von der Sintflut verschont geblieben!

Noach und seine Familie wurden zu den Vorfahren eines neuen Menschenschlags, denn alle anderen Nachkommen Adams waren vernichtet worden. Damit künftige Generationen den Fortbestand der menschlichen Rasse nicht wieder durch ihre Torheit gefährdeten, gab Gott Noach sieben grundlegende Gesetze, die die gesamte Menschheit von nun an befolgen mußte. Sie wurden »die Gesetze der Söhne Noachs« genannt. Die Rabbiner waren der Ansicht, daß diese Vorschriften Gottes für alle Völker galten, auch wenn sie sich weigerten, die 613 Gebote der Tora zu befolgen. Die sieben Gebote lauten: »Du sollst keine Götzenbilder anbeten; du sollst Gott nicht lästern; du sollst nicht töten; du sollst nicht Blutschande trei-

Links: Der Turmbau zu Babel. Laut der rabbinischen Legende begannen die Erbauer miteinander zu kämpfen, als sie nicht mehr imstande waren, einander zu verstehen. Hier sehen wir, wie sie einander erstechen und mit Steinen bewerfen. Aus der Goldenen Haggada, einer hebräischen Handschrift aus dem 14. Jahrhundert aus Spanien. British Library, London.

ben; du sollst nicht rauben; du sollst Gerichtshöfe einrichten; du sollst nicht das Fleisch eines lebenden Tieres essen« (*Sanhedrin* 56a).

Das letzte Gebot war bedeutsam, weil den Menschen erst nach der Sintflut erlaubt war, Fleisch zu essen, und gewisse Vorbehalte gemacht werden mußten, einschließlich des Verbotes, das Blut eines Tieres zu essen.

In der jüdischen Legende wird Noach die Erfindung von landwirtschaftlichen Geräten zugeschrieben, denn er stand vor der schwierigen Aufgabe, den Boden zu bebauen. Einige seiner Entdekkungen hatten jedoch negative Folgen; zum Beispiel die Erfindung des Weinbaues, die dazu führte, daß er betrunken wurde und sich vor seiner Familie entblößte.

Während des Aufenhalts in der Arche ertrug Noachs Familie selbstverständlich beträchtliche Entbehrungen, und infolge der Enge und der Nähe der Tiere erkrankten sie an Leiden, mit denen sie noch keine Erfahrung hatten. Um diese Situation zu ändern, brachte einer der Engel Sem in das Paradies im Osten, wo er ein wunderbares Buch der Medizinen erhielt. Dieses Buch war der Ursprung aller späteren medizinischen Werke. Alle wissenschaftlichen und philosophischen Schriften der Griechen und anderer Nationen wäre von dem Sem gewährten Wissen abgeleitet (Jellinek, *Bet ha-Midrasch* III, 155).

Sems Nachkommen wurde das Heilige Land als ihr Erbe zugesprochem, weil es im Mittelpunkt der Welt lag. Ham war der Vorfahre aller Bewohner Afrikas, und unter Jafets Nachkommen befanden sich die Griechen. Die gesamte Bevölkerung der Welt bestand aus insgesamt 70 Nationen, eine Zahl, die von der Liste in Genesis 10 abgeleitet ist (*Midrasch ha-Gadol* I, 196).

DER TURMBAU ZU BABEL

Zuerst sprachen alle Menschen die gleiche Sprache und verstanden einander vollkommen, aber diese Gnade wurde ihnen genommen, weil sie sich gegen Gott auflehnten. Laut den meisten rabbinischen Überlieferungen war der Anführer des Aufruhrs Nimrod. Er wird in der Bibel als großer Jäger geschildert, aber er war mehr. Er war der mächtigste Herrscher, den die Welt bis zu diesem Zeitpunkt erlebt hatte. Seine Tapferkeit verdankte er der magischen Kleidung, die er trug. Es waren die Gewänder, die Gott Adam und Eva gegeben hatte, als sie den Garten Eden verließen. Sie waren aus der Haut des Leviatans angefertigt, machten ihren Träger unsichtbar und ließen ihn über alle seine Feinde siegen. Noach hatte sie geerbt, aber Ham hatte sie in der Arche gestohlen und seinem Sohn Kusch geschenkt, der sie an seinen Sohn Nimrod weitergegeben hatte (*Sefer ha-Jaschar, Noach* 17a).

Nimrod brachte die anderen Völker dazu, einen großen Turm als zentralen Mittelpunkt zu bauen, damit sie nicht über die ganze Erde zerstreut würden. Doch sein wirkliches Vorhaben war, gegen Gott im Himmel Krieg zu führen. Sie errichteten sogar an der Spitze des Turms eine Statue mit einem Schwert in der Hand, die dem Himmel drohte. Der Bau des Turms dauerte über 40 Jahre, und man brauchte ein ganzes Jahr, um bis zu seiner Spitze zu steigen. Eine der abscheulichsten Sünden dieser Generation war ihre Liebe zu materiellen Dingen. Wenn während des Baues des Turms ein Mann oder eine Frau von ihm stürzten, kümmerte sich niemand darum, aber wenn ein Ziegel herunterfiel, sorgte man dafür, daß er wiedergefunden wurde (*Pirke de-Rabbi Eliezer* 24).

Anderseits besaßen die Menschen eine Eigenschaft, die dies wettmachte: sie lebten miteinander in Harmonie. Das war der Grund, warum Gott sie nicht völlig vernichtete, wie er es mit der Generation der Sintflut getan hatte. Er vereitelte ihren Plan schließlich, indem er ihre Sprachen verwirrte, so daß sie einander nicht mehr verstehen konnten. Der Midrasch stellt es folgendermaßen dar: A sagte zu B: »Reiche mir meine Axt!« Daraufhin reichte ihm B einen Hammer. Sie prügelten sich, der Turm blieb unvollendet und wurde irgendwann verlassen.

Abraham

Einige von Nimrods Untertanen weigerten sich, bei der Errichtung des Turms mitzuwirken. Der berühmteste von ihnen ist Abraham, der bereits als Kind erfaßt hat, daß es nur einen einzigen Gott, den Herrn über das Universum und die Menschheit, gibt.

Mit Abraham wechselt die biblische Erzählung von der Geschichte der Menschheit zu einem Bericht über den Ursprung eines einzigen Volkes, der hebräischen Nation, und zur immer stärker werdenden Verpflichtung dieser Nation zum Dienst Gottes. Da der Schauplatz enger wird und sich auf spezifische geographische Gebiete und auf bestimmte Familien konzentriert, schreiten wir von der Urgeschichte zu Ereignissen fort, die zunehmend stärkere Erhärtung durch Quellen außerhalb der Bibel erfahren. Zu Personennamen, Orten, Sitten und Gesetzen gibt es in den historischen Dokumenten anderer Völker des Nahen Osten Parallelen.

Die jüdische Legende kümmert sich jedoch nicht um historische Treue. Sie ist vor allem bestrebt, die Tugenden der Patriarchen zu rühmen, sich liebevoll mit jeder Einzelheit ihrer Taten zu befassen und sie als Musterbeispiele an Aufopferung, Mut und Frömmigkeit darzustellen. Abraham, der »Freund Gottes«, war eine Gestalt, die die Rabbiner besonders liebten und bewunderten. Sein Glaube und seine vollkommene Unterwerfung unter den Willen Gottes bildeten die Grundlage des jüdischen Volkes als »heilige Nation«. Nur Mose gelang es, in der jüdischen Überlieferung die gleiche hervorragende Stellung einzunehmen wie Abraham.

Die Geschichten um Abrahams Kindheit sind offensichtlich von den biblischen Erzählungen über Mose beeinflußt. Nimrod erfährt von seine Magiern und Zauberern, daß ein Knabe zur Welt kommen wird, der sein Todfeind sein wird. Er erläßt daher den Befehl, alle schwangeren Frauen an einen besonderen Ort zu bringen, sobald ihre Zeit gekommen ist, und jedes neugeborene männliche Kind zu töten. Um ihr Kind nicht zu verlieren, verheimlicht Abrahams Mutter ihre Schwangerschaft vor ihrem Mann Tera, der ein getreuer Anhänger Nimrods ist, und erwartete die Geburt ihres Sohnes an einem abgelegen Ort in einer Höhle. Der Engel Gabriel steht ihr bei. Als Abraham zur Welt kommt, geht von ihm, wie seinerzeit von Noach, strahlendes Licht aus, und seine Mutter verläßt ihn voll Bestürzung. Gabriel sorgt dafür, daß das Kind nicht verhungert, indem er aus seinem kleinen Finger Milch fließen läßt.

Noch während seiner Kindheit erkannte Abraham den wahren Gott. Zuerst betete er die Sterne an, doch als der Mond aufging und die Sterne überstrahlte, galt seine Verehrung ihm. Bei Sonnenaufgang übertrug er seine Ergebenheit auf die Sonne, und als diese von Wolken verdeckt wurde, erkannte er, daß es einen unsichtbaren Gott gab, der alle diese Mächte der Natur, von denen keine seine ungeteilte Loyalität verdiente, lenkte *(Genesis Rabba* 38).

Abraham beschloß daher, andere Menschen zu seinem neuen Glauben zu bekehren und dem zügellosen Götzendienst in Nimrods Reich ein Ende zu setzen. Er wurde wieder mit seinen Eltern vereint; sein Vater verdiente seinen Lebensunterhalt an Nimrods Hof, indem er Idole herstellte. Als sein Vater eines Tages nicht daheim war, zerschlug Abraham alle Idole in der Werkstatt und ließ nur eines übrig, dem er einen Hammer in die Hand drückte. Als Tera zurückkehrte, beschuldigte Abraham dieses eine Idol, alle übrigen zerstört zu haben. Tera erklärte, daß dies unmöglich sei. »Wie konntest du dann ein Bildnis anbeten, das keine Macht besitzt?« fragte sein Sohn.

Nimrod fand, daß Abraham eine schwere Bedrohung seiner Autorität darstellte, beschloß, ihn loszuwerden und ließ für ihn einen Feuerofen errichten. Dies war eine der Prüfungen, die der Patriarch bestehen mußte, um die Stärke seines Glaubens zu beweisen. Die Geschichte beruht sichtlich auf einer ähnlichen Erzählungen aus

Links: Abraham zerstört die Götzenbilder. Laut der jüdischen Überlieferung stellte sein Vater Terach Götzenbilder her, und sein Sohn, der die Sinnlosigkeit der Götzenverehrung erkannte, zerstörte sie. Aus einer handschriftlichen Haggada, die Joseph Leipnik 1740 in Hamburg malte. British Library, London.

Gegenüber: Oben begrüßt Abraham die drei Engel und unten lädt er sie zu einer Mahlzeit ein. Aus einer hebräischen Handschriftensammlung vom Ende des 13. Jahrhunderts, Nordfrankreich. British Library, London.

dem Buch Daniel. Und genau wie die drei Helden in jener Geschichte überlebt Abraham mit Hilfe eines Engels. Nimrod und sein Gefolge sahen verblüfft, wie Abraham es sich in der Nachbildung des Gartens Eden im Feuer gemütlich machte (Jellinek, *Bet ha-Midrasch* I, 33).

Auf Gottes Geheiß verließ Abraham Nimrods Königreich und begab sich zu einem unbekannten Bestimmungsort. Daß er sich bereit erklärte, eine solche Reise zu unternehmen, war ein Beweis für sein absolutes Gottvertrauen. Er nahm seine Frau Sarah mit, die die Tochter seines älteren Bruders Haran war, sowie »die Knechte und Mägde, die sie in Haran gewonnen hatten« (Genesis 12, 5). Dieser Satz bezieht sich auf jene Personen, die sich zu dem neuen Glauben bekehrt hatten. Abraham bekehrte die Männer und Sarah die Frauen. Noch heute wird ein Konvertit zum Judaismus als »Sohn« oder »Tochter« von »Abraham, unserem Vater« bezeichnet.

Eine weitere Prüfung, die Abraham bestehen mußte, war die Hungersnot in Kanaan. Um ihr zu entgehen, zog er nach Ägypten, und als er dieses Land betrat, wurde ihm zum ersten Mal klar, wie schön seine Frau war. Laut Bibel sagte Abraham zu Sarah: »Ich weiß, du bist eine schöne Frau« (Genesis 12, 11). Wie kam es, daß er diese Tatsache nicht schon früher bemerkt hatte? Nun, Abraham führte ein sehr keusches Leben und hatte bis dahin seine Frau kein einziges Mal angesehen. Doch als sie einen Fluß überquerten, um nach Ägypten zu gelangen, erblickte er im Wasser ihr Spiegelbild und erkannte erst jetzt ihre Schönheit (Raschi, *Sifte Hachamim*). Seine List, Sarah als seine Schwester auszugeben, bereitete viele späteren Kommentaren Kopfzerbrechen. Wir wissen jetzt, daß die Hurrianer, unter denen Abraham in Mesopotamien gelebt hatte, eine gesetzlichen Brauch kannten, bei dem Ehemänner ihre Frauen als ihre Schwester »adoptierten«. Diese Einrichtung war offenbar zu der Zeit, als der biblische Bericht geschrieben wurde, bereits in Vergessenheit geraten, was die Einzelheiten der Geschichte erklärt. Der Midrasch weist darauf hin, daß Abrahams und Sarahs Aufenthalt in Ägypten erfreuliche Folgen zeitigte. Der Pharao gab Abraham nicht nur Schaf- und Rinderherden, sondern er wies Sarah das Land Goschen zu, das später von ihren Nachkommen besiedelt werden sollte, und er gab ihr auch seine eigene Tochter, die Prinzessin Hagar, zur Dienerin (*Pirke de-Rabbi Eliezer* 26).

Kurz nach seiner Rückkehr nach Kanaan hatte Abraham nachts eine Vision der künftigen Geschichte seiner Nachkommen. Gott unterrichtete ihn über die 400 Jahre Sklaverei, die die Hebräer in Ägypten erdulden würden; und in dem Bund, den Gott mit Abraham schloß (Genesis 15), zeigte er ihm, daß die Juden unter vielen fremden Herrschern leiden, daß sie aber schließlich triumphieren würden. All dies geschah teilweise, um Abraham zu beruhigen, weil er bis dahin noch nicht mit Kindern gesegnet war. Der göttliche Befehl, daß Abraham sich und seine männlichen Nachkommen beschneiden soll, hängt in der Bibel sowohl mit dem Versprechen künftiger Größe als auch mit einer Namensänderung zusammen. Dies ist der erste Fall eine solchen Änderung. Bisher war das Ehepaar Abram und Sarei genannt worden, doch jetzt sollte er Abraham und sie Sarah heißen. Rabbiner wiesen sofort darauf hin, daß Gott zu beiden Namen den Buchstaben H hinzugefügt hatte, der im Namen Gottes YHVH zweimal vorkommt. Außerdem ist es bedeutungsvoll, daß Abraham und Sarah ihr Kind Isaak erst nach der Beschneidung und der Namensänderung bekamen. Die Beschneidung ist natürlich im jüdischen Glauben und der jüdischen Praxis zu einem sehr wichtigen Ritual geworden. Nicht einmal der nachlässigste Jude wird leichtferig darauf verzichten. Auch die Namensänderung hat einen festen Platz im jüdischen Brauchtum. Ein schwerkrankes Kind erhält oft einen anderen oder einen zusätzlichen Namen; die häufigsten sind Hajim für einen Jungen oder Hajia für ein Mädchen; beide bedeuten »Leben«.

Drei Engel prophezeiten Abraham und der ungläubigen Sarah die Geburt Isaaks. Zwei von ihnen zogen nach Sodom weiter. Die Zerstörung von Sodom und den anderen Städten der Ebene war nicht nur die Folge der sexuellen Perversion, sondern auch der erbarmungslosen Gier ihrer Bewohner. Ihr Fremdenhaß war sprich-

wörtlich. Sie hatten strengen Befehl von ihren Oberen, Fremde keine Gastfreundschaft zu gewähren. Jeder, der Reisenden einen Brocken bot, ganz gleich, wie bedürftig und notleidend diese waren, wurde getötet. Sie hatten auch eine perverse Wertskala. Je ärmer man war, desto weniger Lohn erhielt man für seine Arbeit. Als Abrahams Diener Eliezer Lot in Sodom besuchte, wurde er mit Steinen beworfen, und aus einer Wunde in seiner Stirn floß Blut. Er ging zum örtlichen Richter, um Klage zu erheben, und der Richter erklärte ihm, daß er für den Vorzug, daß man ihn zur Ader gelassen hatte, zahlen müsse *(Sefer ha-Yashar, Va-jera)*.

Dennoch flehte Abraham, der die Großzügigkeit, Gastfreundschaft und das Mitgefühl in Person war, Gott an, wegen der Gerechten, die vielleicht in den Städten lebten, Mitleid mit ihnen zu haben. Laut einer jüdischen Überlieferung braucht jede Generation mindestens 36 Gerechte, sonst kann sie nicht überleben. Abraham ging noch weiter und bat inständig für die Städte, vorausgesetzt, daß zehn Gerechte in ihnen lebten. Er führte deshalb keine niedrigere Zahl an, weil er aus dem Beispiel der Sintflut wußte, daß es sinnlos gewesen wäre *(Genesis Rabba* 49).

Bei der Zerstörung von Sodom wurde Lots Frau bestraft, weil sie zurückblickte. Die Ähnlichkeit mit der Erzählung von Orpheus und Eurydike ist nicht zu übersehen; es handelt sich überhaupt um ein bekanntes Legendenmotiv. Die Rabbiner nahmen an, daß sie zurückblickte, weil sie sich Sorgen um ihre beiden verheirateten Töchter machte, die in der Stadt geblieben waren, und sie erblickten die Schechina, die im Begriff stand, die Städte zu zerstören *(Pirke de-Rabbi Eliezer* 25). Die Salzsäule war offenbar zur Talmud-Zeit noch zu erkennen, denn im *Berachot* (45a-b) heißt es, daß man bei ihrem Anblick zwei Segenssprüche aufsagen soll; einer soll Gott, »den wahren Richter«, preisen, und wird für gewöhnlich bei schmerzlichen

Rechts: Rechts im Bild Nimrod, vor dem seine Weisen sitzen. Er gibt Befehl, Abraham in den Feuerofen zu werfen. Zwei Engel warten jedoch schon mit ausgestreckten Händen darauf, ihn zu empfangen und zu retten. Aus der Goldenen Haggada, einer hebräischen Handschrift aus dem 14. Jahrhundert aus Spanien. British Library, London.

Gegenüber: Abraham wird aus dem Feuerofen gerettet. Links wird Abraham vor König Nimrod angeklagt. Er wird zum Feuertod verurteilt, aber rechts von einer Engelshand gerettet. Die Juden tragen den für Deutschland typischen Judenhut. Aus dem Leipziger Mahsor, einem Gebetbuch für Feste, das Anfang des 14. Jahrhunderts in Deutschland kopiert wurde. Universitätsbibliothek Karl-Marx-Universität, Leipzig.

Links: Abraham im Feuerofen. Darunter ist er im Begriff, Ismael zu opfern. Diese islamische Handschrift aus der Türkei, etwa 1583, zeigt, wie die Moslems jüdische Themen bearbeiten. Die Moslems glauben, daß Gott Abraham befahl, Ismael und nicht Isaak zu opfern. Den Widder sieht man in der rechten oberen Ecke des Bildes. Chester Beatty Library, Dublin.

Gegenüber: Abrahams Opfer. Ein Engel greift hinunter und faßt Abrahams Schwert. Dieses Bild macht deutlich, daß das Ereignis auf einem Berggipfel stattfand. Aus einer Handschrift der *Mischne Tora* des Maimonides, um 1295 in Deutschland kopiert. Magyar Tudományos Akadémia Könyvtára, Budapest.

Verlusten rezitiert, und der zweite soll Gott preisen, »weil er sich der Gerechten erinnert hat«, das heißt, weil er Lot gerettet hat.

Das Versprechen, das die Engel Abraham gegeben hatten, ging in Erfüllung, als Sarah einen Sohn, Isaak gebar. Alle Zweifel, die ihre Zeitgenossen wegen des hohen Alters von Abraham und Sarah in bezug auf Isaaks Abstammung vielleicht gehegt hatten, wurden rasch zerstreut. Erstens glich Isaak seinem Vater auf ein Haar, und zweitens hatte Sarah in ihren Brüsten soviel Milch, daß sie alle Säuglinge der Nachbarschaft stillte. Diesen Säuglingen brachte die matriarchalische Ernährung große Vorteile. Sie wurden die Vorfahren aller aufrichtigen Konvertiten zum Judaismus und aller Gerechten in den nicht jüdischen Nationen *(Genesis Rabba* 53).

Die Beziehung von Ismael und Isaak zu ihrem Vater Abraham einerseits und zu ihren geistigen Nachkommen anderseits wurde zum Gegenstand tiefschürfender Untersuchungen und erbitterter Kontroversen. Die Juden leiten ihre Abstammung von Abraham über Isaak her, während die Moslems

בשם יי אל עולם
לב טהור ברא לי אלהים ורוח נכון חדש בקרבי
והויו ספר טהרה
הלכותיו שמונה וזהו סדורן
הלכות טומאת מת
הלכות פרה אדומה
הלכות טומאת צרעת
הלכות מטמאי משכב ומושב
הלכות שאר אבות הטומאות
הלכות טומאת אוכלין
הלכות כלים
הלכות מקואות
הלכות טומאת מת
מצות עשה אחת והיא דין טומאת מת
הלכות פרה אדומה
יש בכללן שתי מצות וזו פרטן
דין פרה אדומה
דין טומאת מי נדה וטהרתן
הלכות טומאת צרעת
יש בכללן שמנה מצות שש מצות עשה ושתים מצות לא תעשה וזהו פרטן
להורות בצרעת אדם היאך בתורה
שלא יקוץ סימני טהרה
שלא יגלח הנתק
שיהיה המצורע משולח בקריעת בגדיו ופריעת ועטייה על שפם
טהרת צרעת
שיגלח המצורע כל שערו כשיטהר
דין צרעת הבגד
דין צרעת הבית
הלכות מטמאי משכב ומושב
יש בכללן ארבע מצות וזו פרטן
דין טומאת נדה
דין טומאת יולדת
דין טומאת זבה
דין טומאת זב
הלכות שאר אבות הטומאות
יש בכללן שלש מצות עשה וזהו פרטן
דין טומאת נבלה
דין טומאת שרץ
דין טומאת שכבת זרע
הלכות טומאת אוכלין
מצות עשה אחת והיא דין טומאת אוכלין והכשרן
הלכות כלים
ההלכות לידע הכלים שמקבלין טומאה

ihre Abstammung von Abraham auf Ismael zurückführen. Diese entscheidende Meinungsverschiedenheit spiegelte sich in den Legenden der beiden Religionen in bezug auf die beiden Söhne Abrahams wider. Die beiden Überlieferungen überschneiden sich eindeutig in der Geschichte, in der der verkleidete Abraham Ismaels Haus aufsucht. Dieser Besuch führt dazu, daß Ismael sich von seiner ersten Frau scheiden läßt und wieder heiratet. Die Namen seiner beiden Frauen sind Aischa und Fatima, und so heißen auch Mohammeds Frau und Tochter *(Pirke de-Rabbi Eliezer* 30).

Die Moslems behaupten, daß sie die wahren Erben Abrahams sind, weil Ismael sein Erstgeborener war, während die Juden darauf hinweisen, daß Ismaels Mutter eine Dienerin war, und daß nur in Isaaks Adern das Blut von Abraham und Sarah floß. Diese Einstellung wird in einem Midrasch sichtbar *(Sanhedrin* 89b), in dem von einem Streit zwischen den beiden Söhnen berichtet wird. Ismael prahlt damit, daß er würdiger sei, weil er 13 Jahre alt

Oben links: Der sitzende Abraham begrüßt die drei Engel, während Sarah in der Tür steht. Aus einer deutschen handschriftlichen Haggada aus dem 18. Jahrhundert. British Library, London.

Links: Die Zerstörung von Sodom und Gomorra. In der Mitte steht die zur Salzsäule erstarrte Frau Lots, während rechts Lot mit seinen Kindern flieht. Aus der Goldenen Haggada, einer hebräischen Handschrift aus dem 14. Jahrhundert aus Spanien. British Library, London.

Gegenüber: Abrahams Opfer. In der Mitte ist Abraham im Begriff, Isaak auf dem Altar zu töten. Der Engel, oben, hält ihn zurück. Der Widder befindet sich rechts; links stehen die beiden Diener mit dem Maultier. Dieser mit 1835 datierte, wahrscheinlich aus Wien stammende Teller ist am Rand mit den Tierkreiszeichen verziert. The Jewish Museum, London.

war, als er beschnitten wurde, und beträchtlichen Mut aufbringen mußte, während Isaak nur ein acht Tage alter Säugling war, der von nichts wußte. Isaak erwidert darauf, daß er bereit wäre, sein Leben für Gott zu opfern, wenn dieser es von ihm verlangte.

ISAAKS FESSELUNG

Natürlich wurde ein solches Opfer von ihm verlangt. Allerdings legen die Moslems die Geschichte anders aus und glauben, daß nicht Isaak, sondern Ismael Abraham auf der Reise zu dem Berg begleitete, auf dem das Opfer stattfinden sollte. Für die Juden besteht natürlich nicht der geringste Zweifel, denn Genesis 22 erwähnt ausdrücklich Isaak. Durch ihr Pathos und ihre Dramatik sowie durch die einfache, direkte Erzählweise wird diese Geschichte zu einer der großen schöpferischen Episoden der westlichen Kulturgeschichte. Der Nachhall dieses Ereignisses ist noch heute spürbar. Das absolute Vertrauen Abrahams, der bereit war, den Sohn zu opfern, nachdem er sich so viele Jahre leidenschaftlich gesehnt hatte, und die edle, mutige Haltung Isaaks, der kein Kind war (laut der Überlieferung war er 37) und genau wußte, was sein Vater vorhatte, sind für die Juden das unüberbietbare Beispiel für den vollkommenen Glauben. Der Abschnitt wird am Neujahrstag zu Beginn der Bußzeit in der Synagoge verlesen, um die Gläubigen daran zu erinnern, was die wahre Ergebenheit Gott gegenüber beinhalten kann.

Doch – und das ist eine naheliegende, aber trotzdem notwendige Anmerkung – Isaak wurde nicht geopfert. Wie bitter und schmerzlich die Prüfung auch war, es genügte, daß Abraham und Isaak zum Opfer bereit waren. Die Tötung war nicht mehr erforderlich. Deshalb heißt die Episode in der jüdischen Überlieferung nicht Isaaks Opferung, sondern Isaaks Fesselung *(Akeda)*. Durch diesen Ausdruck distanzieren sich die Juden von der christlichen Auslegung, die in Isaaks Erlebnis einen Hinweis auf die christliche Geschichte sehen.

Über das theologische Problem, warum Gott Abraham zu einer so quälenden Erfahrung zwang, wird immer noch leidenschaftlich diskutiert. Einer der Hauptgründe könnte sein, daß eine öffentliche Demonstration des Glaubens an Gott erforderlich war, um die Ungläubigen von der göttlichen Allmacht zu überzeugen. Gleichzeitig schildert die Haggada jedoch auch Gottes Mitgefühl mit Abrahams Lage. Der Anfang seines Befehls: »Nimm deinen Sohn, deinen einzigen, den du liebst, Isaak«, wird als vorsichtige Eröffnung betrachtet, um Abraham so schonend wie möglich auf das Folgende vorzubereiten. »Deinen Sohn« konnte Isaak oder Ismael bedeuten; das gilt auch für »deinen einzigen Sohn«, denn Isaak war der »einzige« Sohn Sarahs, und Ismael der »einzige« Sohn Hagars; »den du liebst« machte das Ganze auch nicht klarer, denn Abraham liebte beide. Erst als der Name »Isaak« ausgesprochen wurde, verstand Abraham genau, was Gott von ihm verlangte *(Sanhedrin* 89b).

Man kann die Episode auch anders sehen: Nicht als Demonstration des Glaubens, sondern als Ablehnung des Menschenopfers. Der Ersatz durch einen Widder ist integrierender Bestandteil dieser Ansicht. Aber für die Rabbiner war es ein besonderer Widder, der sowohl ewige als auch örtliche Bedeutung besaß. Seine Haut lieferte Elija einen Mantel, seine Eingeweide die Saiten von Davids Harfe und seine beiden Hörner zwei Trompeten: Die eine wurde später bei der großen Offenbarung Gottes auf dem Berg Sinai geblasen; die zweite wird am Ende der Zeit geblasen werden, um die Ankunft des Messias zu verkünden *(Pirke de-Rabbi Eliezer* 31). Die Stelle, an der sich der von Abraham errichtete Altar befand, war die gleiche, an der Abel und Noach ihre Opfer dargebracht hatten; sie war auch der Standort des künftigen Tempels. Wenn diese Auslegung auch noch so weit hergeholt erscheint, so stellt sie doch die Akeda in einen symbolischen Kontext. Sie steht in allen Einzelheiten mit allen wesentlichen Phänomenen der jüdischen religiösen Erfahrung in Verbindung und veranschaulicht die rabbinische Aussage, daß es in der Tora kein »früher oder später« gibt, was bedeutet, daß die chronologische Reihenfolge unwichtig ist. Alles ist gleichzeitig oder, wie es ein moderner Beobachter ausdrücken würde, »jedes Zeitalter ist gleich weit von der Ewigkeit entfernt«.

Da in der biblischen Erzählung Sarahs Tod bald nach der Fesselung erfolgt, war es nur natürlich, daß die spätere Überlieferung einen Zusammenhang zwischen den beiden Ereignissen herstellte. Laut einem legendären Bericht erzählte der Satan Sarah, daß Abraham Isaak opfern wolle, und Sarah war so verzweifelt, daß sie sich auf die Suche nach den beiden begab und bis nach Hebron gelangte: Dort erfuhr sie, daß ihrem Sohn nichts zugestoßen war, und wurde von so großer Freude erfaßt, daß sie starb *(Sefer ha-Jaschar, Ve-jera).* In einer anderen Version heißt es, daß Abraham Isaak während der Fesselung leicht verletzt und dieser für drei Tage ins Paradies gebracht wurde, um vollkommen geheilt zu werden. Inzwischen kehrte Abraham allein nach Hause zurück. Als Sarah sah, daß Isaak nicht bei ihm war, starb sie vor Kummer *(Midrasch ha-Gadol* I, 360).

Gegenüber: Das Innere der Höhle von Machpela in Hebron, ein Ort, der sowohl den Juden als auch den Moslems heilig ist. Die Bibel hält fest, daß Abraham den Ort als Begräbnisstätte für seine Frau Sarah kaufte. Auch er wurde hier begraben, und nach ihm Isaak und Rebekka sowie Jakob und Lea.

Links: Isaaks Fesselung. Links Abraham, der mit einem Messer in der Hand im Begriff ist, Isaak zu opfern, doch er blickt zu dem Engel zurück, der auf den Widder zeigt, den Abraham statt seines Sohnes opfern soll. Rechts warten zwei Diener Abrahams mit einem Maultier auf ihn, wie es die biblische Erzählung verlangt. Aus der Goldenen Haggada, einer hebräischen Handschrift aus dem 14. Jahrhundert aus Spanien. British Library, London.

Als Begräbnisstätte für Sarah wählte Abraham die Höhle von Machpela in Hebron, die seit Jahrhunderten ein Wallfahrtsort für Juden, Christen und Moslems ist. Er entschied sich deshalb für diesen Ort, weil sich dort die Gräber von Adam, Eva und Set befanden und weil er wußte, daß die dort Begrabenen am Ende der Zeit als erste auferweckt werden würden. Die Bibel betont ausdrücklich, daß Abraham die Grabstelle in Gegenwart von Zeugen von Efron dem Hetiter kaufte, um von vornherein der Behauptung entgegenzutreten, daß die Hebräer kein Eigentumsrecht an ihr besaßen.

Der *Sohar* (I, 128a-b) enthält eine außergewöhnliche Legende: Als Abraham nach Machpela kam, um Sarah zu begraben, schämten sich Adam und

Eva so sehr über ihr Vergehen im Garten Eden, daß sie ihre Plätze der gerechten Sarah überlassen wollten. Doch Abraham betete für sie und brachte sie an ihre Ruhestätten zurück. Zwei weitere patriarchalische Paare sind ebenfalls dort begraben: Isaak und Rebekka sowie Jakob und Lea. Vor der Eroberung Jerusalems wurde Hebron zu einem Zentrum des Königreiches, weil David in Hebron zum König ausgerufen wurde. Obwohl den Juden zu Beginn des Mittelalters der Zutritt zu Hebron und Machpela gestattet war, verbot ihnen Sultan Baybars 1267 den Zugang zu der Höhle. Erst 700 Jahre später, nach dem Krieg des Jahres 1967, waren die Juden wieder in der Lage, dort ihre Andacht zu verrichten.

Als Abraham im Alter von 175 Jahren starb, begruben ihn seine beiden Söhne Ismael und Isaak in Machpela (Genesis 25, 9), und bewiesen dadurch nach Ansicht der Rabbiner, daß es zu einer Versöhnung zwischen Abraham und Ismael gekommen war.

Für die Juden ist Abraham nicht nur der erste Monotheist, sondern auch der Vater des jüdischen Volkes, der erste Patriarch. Es gibt sogar Leute, die der Ansicht sind, daß er alle 613 Gebote der Tora einhielt, obwohl er lange vor dem Zeitpunkt starb, zu dem die Tora dem jüdischen Volk am Berg Sinai offenbart wurde. In den Legenden werden vor allem seine großzügige Gastfreundschaft, sein unerschütterlicher Glaube und sein tiefes Mitgefühl für alle Geschöpfe hervorgehoben. Außerdem hat Gott Abraham gegenüber zum ersten Mal das vor späteren Generationen wiederholte Versprechen abgegeben, daß er »das Land« den Hebräern, Abrahams Nachkommen, schenken würde. »Das Land« wird unterschiedlich definiert und seine geographischen Grenzen widersprüchlich beschrieben. Doch im engsten Sinn ist es das Land Kanaan (Genesis 12, 7), während es sich im weitesten Sinn von Ägypten bis zum Euphrat erstreckt (Genesis 15, 18). Der Talmud (*Baba Batra* 91a-b) erzählt uns, daß bei Abrahams Tod alle Führer aller Nationen der Welt trauerten und sagten: »Unselige Welt, die ihren Führer verloren hat! Unseliges Schiff, das den Steuermann verloren hat.« Und ganz Kanaan trauerte zwölf Monate lang.

Jakob

Isaak ist unter den drei Patriarchen derjenige, der in der Heiligen Schrift am flüchtigsten geschildert wird, und daher fanden weder die Rabbiner noch das jüdische Volk im biblischen Text Ereignisse, die sich leicht in volkstümliche Geschichten und Legenden umsetzen lassen. Er tritt nur in Verbindung mit seinem Vater oder seinen Kindern in Erscheinung. Er selbst ist nicht besonders einprägsam.

Trotzdem besteht die rabbinische Überlieferung darauf, daß man ihm den gleichen Respekt zollt und ihn genauso verehrt wie Abraham und Jakob. Das Kernstück der jüdischen Liturgie ist die *Amida,* die wie folgt beginnt: »O Gott, und Gott unserer Väter, Gott Abrahams, Gott Isaaks und Gott Jakobs.« Warum wird der Name Gottes bei jedem Patriarchen einzeln erwähnt? Es wäre doch einfacher »Gott Abrahams, Isaaks und Jakobs« zu sagen. Einige der traditionellen Antworten auf diese Frage lautet, daß jeder der Patriarchen eine eigene Auffassung von Gott hatte, so daß sich subjektiv vom Standpunkt des einzelnen aus der »Gott Abrahams« vom »Gott Isaaks« unterschied, der wieder anders war als der »Gott Jakobs«; obwohl es natürlich objektiv nur einen einzigen Gott gibt.

Die drei täglichen Gebete – Morgen, Nachmittag und Abend – werden ebenfalls unter den drei Patriarchen aufgeteilt. Abraham steht das Morgengebet zu, Jakob das Abendgebet; und was Isaak betrifft, so sah Rebekka ihn zum ersten Mal, als er »sich auf dem Feld beschäftigte« (Genesis 24, 63). Manche Kommentatoren behaupten, daß er den Tod seiner Mutter Sarah beklagte, während andere davon überzeugt sind, daß er betete, – und damit führte er das regelmäßige Nachmittagsgebet ein.

Auch wenn Isaak eine etwas schattenhafte Gestalt bleibt, so ist doch sein Sohn Jakob eine ausgeprägte Persönlichkeit, und zwar bereits in der Bibel, ganz zu schweigen von den zahlreichen Legenden, die mit seinem Namen und seinen Taten verknüpft sind. Keine biblische Geschichte ist in ihren Verzweigungen subtiler als die Jakobs, und seine Darstellung spricht uns besonders an, weil er viel mehr als sein Vater oder sein Großvater als menschliches Wesen geschildert wird. Er besitzt Fehler und Tugenden. Einmal ist er ein schwacher, schwankender Mensch, ein Spielball von Mächten, die stärker sind als er, und die er nicht ganz begreift. Und dann ist er wieder ein Intrigant und Drahtzieher, sogar ganz zuletzt, als er sehr alt und blind ist und seine Hände kreuzt, um Josefs jüngeren Sohn vor dem älteren zu segnen.

DIE BEIDEN BRÜDER

Die Überlegenheit des zweiten oder jüngeren Sohnes ist ein ständiges Motiv in der Bibel. Auf den ersten Seiten der Genesis ist der zweite Sohn Abel tugendhafter als Kain. Mose, die beherrschende Gestalt des Buches Exodus und der oberste »Lehrer« der jüdischen Überlieferung, ist ein Zweitgeborener, denn sein Bruder Aaron ist älter als er. Wie wir gesehen haben, wird Isaak Ismael vorgezogen. Dieses Thema beherrscht auch die ersten Kapitel der Geschichte Jakobs. Wie die übrigen Matriarchen waren Sarah, Rebekka und Rahel zunächst unfruchtbar. Die Geburt ihrer Kinder war daher an und für sich ein Wunder. Aber Rebekka litt während der Schwangerschaft solche Schmerzen, daß sie bereute, um Kindersegen gebeten zu haben. Sie »ging, um den Herrn zu fragen« (Genesis 25, 22), um die Ursache für ihr Leiden zu erfahren. Da die Rabbiner glaubten, daß Gott nicht zu Frauen sprach – ausgenommen Sarah –, legten sie diesen Vers so aus, daß sie in das von Sem eingerichtete Studierhaus ging, in dem sie erfuhr, daß sie Zwillinge unter dem Herzen trug. »Zwei Völker ... der ältere muß dem jüngeren dienen.«

Der Jüngere war natürlich Jakob

Rechts: Isaak segnet Jakob. Der blinde Isaak berührte Jakobs Hals und Hände, um sich davon zu überzeugen, daß sich seine Haut wie die Esaus anfühlt. Rebekka steht hinter Jakob. Rechts ist Esau im Begriff, den Raum zu betreten; auf dem Rücken trägt er Wild für die Mahlzeit seines Vaters. Aus der Goldenen Haggada, einer hebräischen Handschrift aus dem 14. Jahrhundert aus Spanien. British Library, London.

und der Ältere Esau. Der Kampf zwischen den beiden Brüdern, der bereits im Mutterleib begann, war ein Vorspiel zu dem ständigen Kampf zwischen den Nachkommen der beiden. Esau war der Vorfahre von Edom, der auch unter dem Namen Seir bekannt ist, und Edom war ein erbitterter Feind Israels. Noch dazu wurde Edom in der späteren jüdischen Überlieferung zum Symbol für Rom, dem eifrigsten Unterdrücker der Juden und des Judaismus während der ersten beiden Jahrhunderte nach Christus; es spielte diese Rolle mit Unterbrechungen auch später immer wieder. Als dann das Römische Reich das Christentum zur Staatsreligion erhob, wurde Edom (und mit ihm Esau) als Vertreter der Kirche betrachtet. Es ist daher verständlich, daß Esau und Edom in der jüdischen Legende mit Schimpf und Schande bedeckt werden. Die Rabbiner konnten Rom oder die Kirche nicht offen angreifen; die Folgen wären katastrophal gewesen und hätten sich für die Angreifer und für ihre Gemeinden wahrscheinlich tödlich ausgewirkt. Deshalb verunglimpften sie stellvertretend die Symbole ihrer Unterdrücker.

Der Kampf der beiden im Mutterleib wurde zum Beispiel so erklärt: Jedes Mal, wenn Rebekka an einem Götzenschrein vorbeiging, versucht Esau, den Mutterleib zu verlassen und an der Anbetung teilzunehmen, und wenn sie in die Nähe des jüdischen Studierhauses kam, versuchte Jakob, sich hinauszuzwängen, um so früh wie möglich mit dem Studium der Tora zu beginnen (*Genesis Rabba* 67). In anderen Legenden wird behauptet, daß sie schon damals über das Erstgeburtsrecht stritten. Esau glaubte nicht an spirituelles Glück im Jenseits. Jakob war daher damit einverstanden, daß Esau das materiell irdische Leben dieser Welt genoß, während ihm das Leben im Jenseits gehörte.

Als Rebekkas schwierige Schwangerschaft zu Ende ging, verließ Esau als erster den Mutterleib. Er war so sehr darauf erpicht, der erste zu sein, daß er keinen Gedanken an das Wohlergehen seiner Mutter verschwendete und ihr eine Wunde zufügte, die verhinderte, daß sie weitere Kinder bekam. Gott wollte nicht, daß Esau zuerst zur Welt kam, und ließ es nur aus Rücksicht auf Rebekkas Gesundheit zu, da sie sonst vielleicht gestorben wäre (*Midrasch ha-Gadol* I, 434). Esau war am ganzen Körper behaart *(sair)*, und seine Haut war sehr rötlich *(adom)*. Dies erklärte die beiden Namen für das Volk, das von ihm abstammte: Seir und Edom. Sein Äußeres war so ungewöhlich, daß Isaak es nicht für ratsam hielt, ihn im vorgeschriebenen Alter von drei Tagen zu beschneiden, denn er befürchtete, daß das Kind daran sterben würde. Er zog vor zu warten, bis Esau 13 war; in diesem Alter war auch Ismael beschnitten worden. Zu dieser Zeit hatte Esau jedoch bereits beschlossen, sich nicht beschneiden zu lassen, und dabei blieb es *(Hadar Zekenim* zu Genesis 25, 25). (Daher ist die Beschneidung weder bei den Römern noch bei den

Links: Der blutbefleckte Mantel. Vier von Josefs Brüdern bringen diesen »vielfarbigen Mantel« zu Jakob, der den Blick abwendet und zum Zeichen des Schmerzen sein Gewand zerreißt. Links von ihm steht eine weinende Frau. Aus der Goldenen Haggada, einer hebräischen Handschrift aus dem 14. Jahrhundert aus Spanien. British Library, London.

Gegenüber: Oben erfährt Jakob von seinen Söhnen, daß Josef in Ägypten lebt, und seine Stimmung bessert sich. Er beschließt, mit seiner Familie nach Ägypten zu ziehen. Das Bild unten zeigt, daß sie eingetroffen sind. Einer der Söhne weist den in der Mitte sitzenden Jakob darauf hin. Beachten Sie in beiden Bildern, daß der jüngste Sohn Benjamin in den Vordergrund gerückt wird, und daß sie in Übereinstimmung mit der biblischen Erzählung in den Wagen gereist sind, die sie in Ägypten erhalten hatten. Aus der Sarajevo-Haggada, einer hebräischen Handschrift aus dem 14. Jahrhundert aus Spanien. Zemaljski Muzej, Sarajevo.

Christen üblich.) Im Gegensatz dazu war Jakob bereits beschnitten zur Welt gekommen.

DAS ERSTGEBURTSRECHT

Auch im Alltagsleben war der Gegensatz zwischen den beiden Brüdern nicht zu übersehen. Esau machte es dem heidnischen Nimrod nach und wurde Jäger, während Jakob zu Hause blieb und an der Akademie von Schem und Eber studierte. Die berühmte Erzählung über den Verkauf des Erstgeburtsrechts an Jakob, und die Täuschung, mit der Jakob und seine Mutter Rebekka Isaaks Segen erhielten, haben die Rabbiner zu eingehender Gewissenserforschung veranlaßt. Jakob kommt in der biblischen Erzählung sehr schlecht weg. Obwohl spätere Auslegungen nicht versuchen, seine moralisch nicht einwandfreie Handlungsweise zu vertuschen oder zu übergehen, werden mildernde Umstände zu seiner Rechtfertigung angeführt.

Man weist darauf hin, daß Esau den Handel übereilt abschloß und leichtfertig auf sein Erstgeburtsrecht verzichtete. Das bringt die Bibel durch die Verwendung von fünf Zeitwörten sehr deutlich zum Ausdruck: »Esau aß und trank, stand auf und ging seines Weges. Von seinem Erstgeburtsrecht aber hielt Esau nichts« (Genesis 25, 34). Außerdem war Esau gerade von der Jagd heimgekehrt, auf der er Nimrod getötet hatte, und er war so sehr von seinen Heldentaten erfüllt, daß er vergaß, wie tief sein Vater um den erst kürzlich verstorbenen Abraham trauerte. Das wissen wir daher, daß Jakob Linsen kochte (die berühmte »rote Suppe«); es ist ein jüdischer Brauch, während der Trauerzeit Linsen zu essen, weil die runde Form der Linsen den Geburt-Tod-Zyklus des Menschen symbolisiert. Esau war so herzlos, daß er auf die Gefühle seiner Familie keine Rücksicht nahm *(Baba Batra* 16b).

Anderseits wird Esau in der Bibel als liebender Sohn geschildert. Er sorgte für die leiblichen Bedürfnisse seines Vaters und war sogar Isaaks Liebling. Deshalb wurden nach Ansicht des Midrasch Esaus Nachkommen in dieser Welt belohnt, denn die Römer und Christen besaßen viel mehr Macht als die Nachkommen Jakobs.

DER SEGEN

Rebekka war nicht direkt am Verkauf des Erstgeburtsrechts beteiligt, aber als es um Isaaks Segen ging, war sie die treibende Kraft. Sie war offenbar die entschlossenste der vier Matriarchen und glich damit vielleich Isaaks relative Schwäche aus. Sie wollte, daß Jakob sich für seinen älteren Bruder ausgab, um den Segen seines Vaters auf dessen Totenbett zu erhalten, und es war auch ihre Idee, daß Jakob seine Arme mit Schaffell umwickelte, damit der blinde Isaak sie für Esaus rauhe Arme hielt, wenn er sie betastete.

Vielleicht sollten wir hier einen Augenblick abschweifen und über die Ur-

sache von Isaaks Blindheit nachdenken. Für die Rabbiner war hohes Alter keine ausreichende Erklärung dafür, daß einen Patriarchen ein solches Unglück traf. Sie deuteten deshalb an, daß diese Behinderung vielleicht auf die Akeda zurückzuführen sei. Die Engel weinten, als sie sahen, wie er auf den Altar gebunden wurde und darauf wartete, daß Abrahams Messer zustieß, und ihre Tränen fielen in Isaaks Augen, so daß er erblindete. Einer anderen Ansicht zufolge erblickte Isaak, dessen Tod scheinbar kurz bevorstand, vorzeitig im Himmel Gottes Anwesenheit (die Schechina) und wurde durch diesen Glanz buchstäblich geblendet (*Genesis Rabba* 65).

Das Drama des blinden Isaak, der von Jakob getäuscht wird und dann seinem wahren Erstgeborenen Esau gegenübersteht, ist eine der großartigsten Erzählungen der Weltliteratur und sucht in der Bibel ihresgleichen. Der Autor versteht es, die Spannung zu steigern. Während Isaaks Gespräch mit Jakob weiß der Leser, daß sich die gleiche Szene mit Esau wiederholen muß. Esau ist eine mitleiderregende Gestalt, und sein klagender Ausruf: »Hattest du denn nur einen einzigen Segen, Vater? Segne auch mich, Vater!« ist ein erhabener, tragischer Augenblick.

Aus der zeitgenössischen alten Literatur des Nahen Ostens wissen wir inzwischen, daß der väterliche Segen kein automatisches Recht des Erstgeborenen darstellte. Der Vater konnte ihn jedem beliebigen Kind erteilen. Dies scheint auch der Hintergrund der ursprünglichen Geschichte gewesen zu sein. Doch zu der Zeit, als die Geschichte in der Bibel nacherzählt wurde, lebte der Autor in einer Gesellschaft, in der der Erstgeborene das Vorrecht auf den Segen besaß. Die Episode mit Rebekka und Jakobs Täuschung wurde erfunden, um das überraschende Ergebnis zu erklären. Eine rationelle Analyse der Erzählung kann jedoch nie ihre dramatischen Wirkung erreichen. Mit ein paar geschickten Strichen schildert der Autor Isaaks Entsetzen, als ihm klar wird, daß er in die Rivalität zwischen den beiden Söhnen hineingezogen wurde und, ohne es zu wissen, Jakob mehr Gewicht verliehen hat. Die Intensität der Erzählung wird durch den oft gebrauchten, aber nie versagenden Kunstgriff mit der zeitlichen Nähe der Ereignisse verstärkt: »Kaum war Jakob von seinem Vater Isaak weggegangen, da kam sein Bruder Esau von der Jagd« (Genesis 27, 30).

Es ist jedoch eine müßige Frage, ob die späteren Rabbiner die Heilige Schrift literarisch schätzten. Die Geschichten in der Bibel waren nützliche Hinweise auf moralische Grundsätze oder auf spätere historische Ereignisse, die das gesamte jüdische Volk betrafen, galten aber stets als weniger wichtig als die präzisen, detaillierten Gesetze der Tora. Daher wurde nicht einmal eine so großartige Erzählung wie diese wegen ihres inneren Wertes geschätzt, sondern nur insoweit, als sie Licht auf andere Ereignisse warf. Der wesentliche Aspekt der traditionellen Auslegung ist vielleicht, daß Isaak wußte, daß er Jakob segnete. Er hatte es daran erkannt, daß Jakob den Namen Gottes verwendete, denn dieser hatte gesagt: »Gott hat es mir entgegenlaufen lassen« – ein Satz, der Esau nicht leicht über die Lippen gekommen wäre. Außerdem roch Jakobs Kleidung nach den Wohlgerüchen des Paradieses und nicht nach dem Geruch der Felder, auf denen Esau jagte (*Genesis Rabba* 65).

Und dazu stellt Isaak ausdrücklich fest: »Die Stimme ist zwar Jakobs Stimme, die Hände aber sind Esaus Hände.« Dieser Satz wurde von den Rabbinern auf für sie typische Art ausgelegt: Solange Jakobs Stimme beim Lobpreisen und Lernen zu hören ist, haben Esaus Hände keinen Einfluß auf ihn und keine Macht über ihn. Mit anderen Worten, solange die Juden ihre Religion getreulich ausüben, werden ihre Feinde sie nicht besiegen.

Esau stand Jakob immer feindseliger gegenüber, und Jakob mußte vor ihm fliehen. Für Isaak und Rebekka war auch der Götzendienst, dem Esaus Frauen huldigten, eine Qual, und sie bestanden darauf, daß Jakob zum Haus ihrer Väter nach Haran reiste und sich eine Frau aus seiner eigenen Familie nahm.

Jakob überquerte den Jordan »mit einem einzigen Stab«, was darauf hinweist, daß er in großer Armut reiste. Manche spätere Interpreten werfen Isaak vor, daß er seinen Sohn ohne ausreichende Mittel fortschickte. Andere behaupten, daß Jakob sich mit genügend finanziellen Mitteln auf den Weg machte, daß ihn jedoch Esau und seine Männer verfolgten und ihn unterwegs ausraubten (*Genesis Rabba* 68).

BET-EL

Auf dieser Reise trug sich Jakobs erste Vision von Gott zu. Hier haben wir ein gutes Beispiel dafür, wie aus der präzisen, wörtlichen Ableitung eines Bibeltextes eine jüdische Legende entstehen kann. Der biblische Text (Genesis 28, 11) besagt, daß Jakob zu einem bestimmten Ort, nicht zu *einem* Ort kam. Der Ort wird nicht näher bezeichnet. Doch den Rabbinern war klar, daß es sich nur um einen einzigen Ort handeln konnte, und zwar um die Stätte des Tempels, die gleiche Stelle, an der Jakobs Vater der Qual der Akeda ausgesetzt wurde. Ein weiteres Beispiel für die genaue Untersuchung des Textes ist der Schluß, der aus der Tatsache gezogen wird, daß es in einem Vers (28, 11) heißt, daß Jakob »von den Steinen dieses Ortes nahm und sich als Kissen unter den Kopf legte...« Aber später (28, 18) heißt es, »er nahm den Stein, den er unter seinen Kopf gelegt hatte, stellte ihn als Steinmal auf...« Offensichtlich hatte eine Verwandlung stattgefunden, denn während der Nacht waren mehrere Steine zu einem Stein verschmolzen! Für dieses Phänomen werden zwei Erklärungen angeboten. Die eine lautet, daß Jakob zwölf Steine nahm, die seine künftigen Söhne und auch die Stämme Israels

Rechts: Szenen aus Jakobs Leben, darunter sein Traum mit der Leiter in Bet-El, die Episode am Brunnen, sein Zusammentreffen mit Rahel und das Hüten von Labans Herden. Gouache auf Papier von Schalom aus Safed (Schalom Moskowits). Sir Isaak und Edith Wolfson Museum, Hechal Schlomo, Jerusalem.

Gegenüber: Isaak segnet Jakob. Isaak sitzt unter einem Baldachin und legt Jakob, der von der im Mittelpunkt stehenden Rebekka gestützt wird, die Hände auf. Links ist Esau gerade mit einem Hasen auf dem Rücken von der Jagd zurückgekehrt. Aus einer spanischen Haggada aus dem 14. Jahrhundert. British Library, London.

versinnbildlichen, um zu sehen, ob sie sich zu einem einzigen Volk vereinen würden. Der einzelne Stein, der am Morgen dalag, bestätigte seine Hoffnung. Die zweite Geschichte besagt, daß alle Steine an dem Ort miteinander um die Ehre stritten, das Kissen zu sein, auf das der große Patriarch sein Haupt legen würde. Um den Streit beizulegen, verwandelte Gott all die einzelnen Steine in einen einzigen (Raschi).

Während seines Schlafes hatte Jakob die Vision einer Leiter, die sich bis zum Himmel erstreckte. Er sah, wie die Engel, die ihn bis jetzt begleitet hatten, in die himmlischen Gefilde emporstiegen und wie ein »Ablösungsteam« von Engeln herunterkam. Er erblickte auf der Leiter auch die vier mächtigen Reiche, die später so großen Einfluß auf Israels Schicksal haben sollten: die Babylonier, die Perser, die Griechen und die Römer (*Levitikus Rabba* 29, 2). Aber der wichtigste Teil der Vision war des Versprechen, das Gott vorher bereits Abraham und Isaak gegeben hatte und jetzt zum ersten Mal ihrem Nachkommen Jakob gegenüber wiederholte. »Das Land, auf dem du liegst, will ich dir und deinen Nachkommen geben« (Genesis 28, 13). »Ist das alles?« fragte der rabbinische Bibelinterpret erstaunt! Natürlich nicht. Durch ein Wunder wurde die gesamte Fläche des Heiligen Landes einen kurzen Augenblick lang zu dem Fleck zusammengezogen, den Jakobs schlafender Körper einnahm (Raschi). Im nächsten Vers heißt es ohnehin, daß sich Jakobs Nachkommen in alle Himmelsrichtungen ausbreiten werden – ein viel größeres Gebiet, als seinem Vater oder seinem Großvater versprochen worden war. Die Feststellung, daß Jakobs Kinder »wie der Staub auf der Erde« sein werden, ist ein wenig abwertend. Aus heutiger Sicht ist die Bedeutung jedoch klar: Je mehr das jüdische Volk getreten wird, desto mehr wird es sich erheben und sich zur Geltung bringen – genau wie der Staub der Erde.

RAHEL UND LEAH

Der Bericht über Jakobs Liebe zu Rahel ist der erste Liebesroman der jüdischen Literatur. »Jakob diente also um Rahel sieben Jahre. Weil er sie liebte, kamen sie ihm wie wenige Tage vor« (Genesis 29, 20). Es ist interessant, mit welcher

וירד מצרימה ויגר שם
במתי מעט ויהי שם לגוי
גדול עצום ורב
וירד
מצרימה
אנוס
על פי
הדבר ויגר שם מלמד ש
שלא ירד להשתקע

Rechts: Jakob segnet den Pharao. Die Gruppe zur Linken besteht aus dem Pharao, der eine Krone trägt, in der Mitte steht Josef und rechts Jakob. Der Nil mit deutlich sichtbaren Fischen befindet sich in der unteren Ecke des Bildes. Aus der Goldenen Haggada (die wegen des goldenen Hintergrundes ihrer Bilder so genannt wird), einer hebräischen Handschrift aus dem 14. Jahrhundert aus Spanien. British Library, London.

Gegenüber: Jakob fährt nach Ägypten. Er sitzt allein in einem Wagen, dessen Räder nicht den Boden berühren. Ein Herold mit einem Widderhorn geht ihm voran, und die Mitglieder seiner Familie, darunter zwei der Frauen seiner Söhne mit sehr modischen Hüten, folgen ihm zu Fuß. Aus der Barcelona-Haggada, einer hebräischen Handschrift aus dem 14. Jahrhundert aus Spanien. British Library, London.

Geschicklichkeit der Erzähler diese Geschichte mit der Sage von Jakobs Leben verflicht. Laban kommt in der Bibel sehr schlecht weg, und die rabbinische Literatur kritisiert ihn noch schärfer. Doch die Tatsache, daß Laban Jakob täuscht, und ihm statt Rahel seine ältere Tochter Lea zur Frau gibt, wird als eine Art wohlverdiente Strafe für Jakobs unfaires Verhalten Esau gegenüber gesehen. Als Jakob gegen diese Behandlung protestiert, verhöhnt ihn Laban: »Es ist hierzulande nicht üblich, die Jüngere vor der Älteren zur Ehe zu geben« (29, 26). Auch im Midrasch erinnert Lea Jakob an seine fragwürdige Vergangenheit. Also Jakob ihr nach der Hochzeitsnacht Vorwürfe macht, weil sie auf den Namen Rahel reagiert hat, antwortet sie: »Genau das hast du getan, als dein Vater Isaak dich fragte: ›Bist du mein Erstgeborener Esau?‹« (*Genesis Rabba* 70).

Von Lea wird in der Bibel übrigens behauptet, daß sie »matte« Augen hat. Das hebräische Wort ist zweideutig. Es kann »schön« bedeuten und ein Hinweis darauf sein, daß dies das einzige Schöne an ihr war, wohingegen Rahel gänzlich »von schöner Gestalt war und ein schönes Gesicht hatte« (Genesis 29, 17). Oder es kann »schwach« bedeuten. In diesem Fall wäre nach Ansicht der Rabbiner der Grund für ihre körperliche Schwäche darin zu suchen, daß man ihr gesagt hatte, sie würde als die Ältere Jakobs Erstgeborenen Esau heiraten. Diese Vorstellung flößte ihr solches Entsetzen ein, daß sie unaufhörlich weinte, was ihrem Augenlicht schadete (Raschi).

Der jüdische Brauch, daß die Braut vor der Hochzeitszeremonie siebenmal um den Bräutigam herumgeht, wird oft mit der Geschichte Jakobs in Zusammenhang gebracht. Der Bräutigam vergewissert sich, ob es sich tatsächlich um das Mädchen handelt, das er heiraten will.

Alle Kinder Jakobs wurden geboren. während er in Labans Diensten stand, bis auf einen: Benjamin. Rahel starb sofort, nachdem sie Benjamin zur Welt gebracht hatte. Sie wollte ihn Ben-Oni nennen (Unheilskind), aber Jakob nannte ihn Benjamin (Erfolgskind). Die Rabbiner betrachteten Rahels Tod und vor allem die Tatsache, daß Rahel in Efrat statt in der patriarchalischen Grabstätte in Machpela begraben wurde, als Strafe dafür, daß sie die Hausgötter ihres Vaters, die Terafim, gestohlen hatte. Aus alten hurrianischen Texten wissen wir inzwischen, daß die Hausgötter ihrem Besitzer den ersten Anspruch auf das Erbe verliehen. Rahel handelte daher ausschließlich im Interesse ihres Mannes und ihrer Kinder. Doch dies wußten die Rabbiner offenbar nicht, und der biblische Erzähler hat es anscheinend auch nicht gewußt. Der Midrasch führt als einzige Entschuldigung für Rahel an, daß sie ihrem Vater die Götzenanbetung abgewöhnen wollte. Später zerstörte Jakob diese Idole und vergrub sie in Sichem (Genesis 35, 4).

Jakobs Trennung von Laban, seine Rückkehr nach Kanaan und seine Versöhnung mit Esau bilden den Hintergrund für seine Auseinandersetzung mit einem übernatürlichen Wesen bei der Furt des Jabbok (Genesis 32, 23 ff.). Über die Identität dieses Wesens werden seit Jahrhunderten Spekulationen angestellt. In der Genesis wird es einfach *Isch* (ein Mann) genannt, aber es ist klar, daß es sich um kein gewöhnliches menschliches Wesen handelt. Manche

Bibeldeuter sehen in dieser Episode Jakobs Kampf mit sich selbst: es ist die entscheidende Phase in seiner persönlichen Entwicklung. Der »Mann« ist sein Gewissen, das ihn an die Täuschung erinnert, die er seinem Bruder angetan hat. Indem Jakob in diesem nächtlichen Ringkampf siegt, bewältige er seine Vergangenheit. Er trägt bei dem Konflikt Verletzungen davon, verläßt ihn aber mit einer neuen »persona«. Er wird nicht mehr Jakob, der Betrüger genannt, sondern Israel (Gottesstreiter).

Ältere jüdische Kommentatoren haben den Kampf als Konflikt zwischen Jakob und Esaus Schutzengel Samael, der Macht des Bösen, gesehen. Die Tatsache, daß Jakobs Gegner ihn bittet, ihn gehen zu lassen, weil der Tag anbricht, ist ein Hinweis darauf, daß wir es hier mit einem Geschöpf der Dunkelheit zu tun haben, was sehr gut zu diese Identifizierung paßt.

Doch der Midrasch steht häufig auf dem Standpunkt, daß Jakobs Gegner der Engel Michael persönlich war, der später zum Schutzengel von Jakobs Nachkommen, dem Haus Israel, wurde. Michael wollte unbedingt vor Sonnenaufgang in den Himmel zurückkehren, um gemeinsam mit den Engeln Gott zu preisen. Zuerst rang ihm Jakob das Versprechen ab, daß sein Name auf Israel geändert werden würde, »denn mit Gott und Menschen hast du gestritten und hast gewonnen«. Das Wort Israel bedeutet, »der mit Gott kämpft«. Das Verständnis dieses Namens ist für die Juden natürlich äußerst wichtig. Er ist Jakobs göttliche Bezeichnung, und es überrascht nicht, daß es viele Auslegungen gibt, von »der Gott gesehen hat« (*Isch ra'ah el*) bis zu »Gottes Überbleibsel« (*Sche'ar el*). Alle diese Auslegungen können durch die spätere jüdische Geschichte gerechtfertigt werden, aber vielleicht ist die ursprüngliche Erklärung – der Mensch, der mit Gott kämpft – die tiefsinnigste und passendste, denn die Beziehung zwischen den Juden und Gott ist nie einfach gewesen. Die Juden waren oft ungläubig und mußten sich darauf verlassen, daß Gott ihnen vergeben würde. Anderseits erlebten sie auch verständnislos, daß Gott die von ihm Auserwählten vernachlässigte, und es fiel ihnen nicht immer leicht, an ihrem Glauben festzuhalten.

Gegenüber: Oben fragt Jakob die Hirten am Brunnen, ob sie Laban kennen. Einer von ihnen zeigt nach hinten auf Rahel, die einen Spinnrocken in der Hand hält. Rechts unten trifft Jakob Rahel und umarmt sie. Sie nimmt ihn nach Hause mit, wo Laban und die beiden an einem Tisch essen. Rahel, die eine Krone trägt, befindet sich in der Mitte, Laban links und Jakob rechts. Aus einer spanischen Haggada aus dem 14. Jahrhundert. British Library, London.

Oben rechts: Die Jakobsleiter mit den hinauf- und heruntersteigenden Engeln. In der rechten oberen Ecke tauchen zwei Engelsköpfe im Himmel auf. Aus einer spanischen Haggada aus dem 14. Jahrhundert. British Library, London.

Rechts: Jakob führt links seine Familie über die Furt des Jabbok. Er bleibt allein zurück und ringt mit einem »Mann«, der traditionellerweise wie hier als Engel dargestellt wird. Aus der Goldenen Haggada, einer hebräischen Handschrift aus dem 14. Jahrhundert aus Spanien. British Library, London.

Josef

Jakob versöhnt sich mit Esau, und von da an ist von ihm und seiner Familie nur gelegentlich die Rede, obwohl natürlich seine Nachkommen in Gestalt der Erzverfolger des Judentums häufig in der Midrasch-Literatur erwähnt werden.

Wir gehen von der Betrachtung der Persönlichkeit und der Erlebnisse Jakobs zu der Geschichte seiner Söhne über. Die große Saga der Söhne Jakobs – das heißt Josefs und seiner Brüder – ist der detaillierteste Bericht im Pentateuch. Er wird mit vollendeter künstlerischer Gestaltungskraft erzählt. Die verschiedenen Themen werden voll dramatischer Ironie geschickt miteinander verknüpft. Die Höhepunkte sind ausgezeichnet herausgearbeitet, und überall findet man die zentrale Gestalt Jakobs. Er ist der Garant für die Versprechungen Gottes, die sein Vater und sein Großvater erhielten; sein Blick richtet sich aber auch in die Zukunft, zum Aufenthalt der Israeliten in Ägypten und den sich daraus ergebenden dramatischen Ereignissen.

Es ist eine Geschichte familiärer und persönlicher Intrigen, eine Geschichte von Feindschaft und Neid, aber auch von brüderlicher Zuneigung und Vertrauen. Gleichzeitig ist die Handlung Teil eines unerbittlichen, von Gott geplanten Geschicks. Obwohl der Name Gottes hier weniger häufig vorkommt als in anderen Teilen des Pentateuch, spürt man seine Anwesenheit im Hintergrund, als stünde er in den Kulissen und betrete plötzlich die Bühne, zum Beispiel, wenn Josef behauptet, er wäre nicht imstande, die Träume des Pharao zu deuten. »Nicht ich, sondern Gott wird zum Wohl des Pharao eine Antwort geben« (Genesis 41, 16); oder wenn Josef seine Brüder tröstet und ihnen erklärt, sie sollten sich nicht schuldig fühlen, denn »nicht ihr habt mich hierhergeschickt, sondern Gott« (45, 8).

Die biblische Geschichte von Josef enthält mehr Einzelheiten als alle bisher behandelten Erzählungen, und man sollte deshalb annehmen, daß weniger Spielraum für spätere Ergänzungen und Einfügungen vorhanden ist. Das trifft jedoch nicht zu. Je detaillierter die Erzählung ist, desto mehr Material bietet sie der Phantasie. In der Genesis-Schilderung von Josefs Jugend heißt es, daß er Geschichten über seine Brüder erzählte: »Josef hinterbrachte ihrem Vater, was die Brüder Böses taten« (37, 2). Was hinterbrachte er denn? Er behauptete, daß sie unzüchtige Beziehungen zu den Töchtern der Kanaaniten unterhielten und gegen das Verbot verstießen, das Fleisch eines lebenden Tieres zu essen (eines der Noach-Gesetze). Er verbrachte auch viel Zeit damit, sein Äußeres zu pflegen, deshalb wird von ihm gesagt, »daß er noch ein Junge war«. Er achtete peinlich genau auf seine Frisur und verwendet sogar Augen-Make-up (Raschi). Tatsächlich betont der Josef betreffende Midrasch seine körperliche Schönheit. Anlaß dafür waren die Erzählung von dem Verführungsversuch durch Potifars Frau und von Jakobs Segen: »Ein junger Fruchtbaum ist Josef, ein junger Fruchtbaum am Quell, ein junger Zweig an der Mauer« (49, 22). In diesem Vers ist das Hebräische äußerst unklar und läßt viele Deutungen zu. Manchmal werden die letzten Worte wie folgt erklärt: »Die Töchter (Ägyptens) kletterten auf die Mauer«, um die Schönheit Josefs zu betrachten, wenn er vorüberging.

JOSEF WIRD NACH ÄGYPTEN VERKAUFT

Jakob liebte Josef mehr als seine übrigen Kinder, weil er der Sohn seiner Lieblingsfrau Rahel war, und er behielt ihn gern zu Hause. Deshalb erfüllten Jakob böse Ahnungen, als er Josef hinaus auf das Feld schickte, um nach seinen Brüdern zu sehen. Anderseits hatten Josefs Träume Jakob beruhigt, während eben diese Träume bei Josefs Brüdern Neid erweckt hatten.

Rechts beraten Josefs Brüder darüber, was sie mit ihm tun sollen. Links lassen ihn zwei Brüder in einen Brunnen hinunter. Darunter töten sie ein Kitz und bestreichen Josefs Mantel mit seinem Blut. Aus der Goldenen Haggada, einer hebräischen Handschrift aus dem 14. Jahrhundert aus Spanien. British Library, London.

Links: Josefs Träume. Hier werden zwei Träume kombiniert. Zwölf Getreidegarben beugen sich vor einer großen Garbe in der Mitte. Oberhalb befindet sich die Sonne, die ein Gesicht trägt, und der Mond. Aber die zwölf Sterne, die in dem Traum erscheinen, sind nicht dargestellt. Aus der Goldenen Haggada, einer hebräischen Handschrift aus dem 14. Jahrhundert aus Spanien. British Library, London.

Sie fanden, daß er trotz seiner Jugend anmaßend war und haßten ihn deshalb. Jakob hatte Josef zwar wegen seiner Träume getadelt, doch Gott hatte seinerzeit durch Träume zu ihm gesprochen, und er betrachtete Josef in dieser Beziehung als seinen Nachfolger.

Josef machte sich auf den Weg nach Sichem, wie sein Vater angeordnet hatte. Doch seine Brüder waren nicht dort und er wußte nicht, wohin er sich wenden sollte, bis er einen »Mann« traf, der ihm sagte, wo seine Brüder ihre Schafe weideten. Dieser »Mann« ist eine geheimnisvolle Gestalt. Er spielt eine entscheidende Rolle in der Erzählung, denn wenn er Josef nicht den Weg gewiesen hätte, so hätten dessen Brüder ihn nicht ergreifen und nach Ägypten verkaufen können. Die gesamte folgenden Geschichte Israels wäre anders verlaufen! Deshalb kommt es nicht überraschend, daß spätere rabbinische Gelehrte versucht haben, ihn zu identifizieren. Sie haben bemerkt daß das gleiche Wort *Isch* (Mann) für die seltsame Gestalt verwendet wird, die mit Jakob gerungen hat, und da diese mit einem Engel identifiziert wurde, nimmt man auch hier ein göttliches Wesen an, nähmlich den Engel Gabriel (*Pirke de-Rabbi Eliezer* 38).

Josefs Brüder sahen ihn kommen; er trug das Kleidungsstück, das sein Vater für ihn hatte anfertigen lassen. Üblicherweise wird es als »vielfarbiger Mantel« übersetzt, aber wir haben keinen linguistischen Grund, diese Übersetzung zu akzeptieren. Andere Übersetzungen sind »ein bis zum Boden reichender Mantel« oder »ein reich bestickter Mantel«. Jedenfalls reizte der Anblick dieses Kleidungsstückes seine Brüder noch mehr und sie beschlossen, Josef loszuwerden. An dieser Stelle ist die biblische Erzählung etwas verworren. Fest steht, daß der älteste Bruder Ruben den ursprünglichen Plan, Josef zu töten, vereitelte und daß dann Juda auf die Idee kam, ihn zu verkaufen. Doch wie wurde das Geschäft abgewickelt? Nicht weniger als drei Gruppen von Händlern werden erwähnt: Ismaeliter, die am Horizont erschienen und Juda zu seinem Plan inspirierten; Midianiten, die Josef aus dem Brunnen ziehen und ihn an die Ismaeliter verkaufen; und Medaniten, die Josef an Potifar in Ägypten verkaufen. Moderne Gelehrte behaupten, daß wir ein Gemisch von mehreren Überlieferungen vor uns haben, und daß vielleicht die Midianiten und die Medaniten das gleiche sind und sich nur ein Übertragungsfehler eingeschlichen hat. Die Erklärungen des Midrasch halten sich getreulich an die Bibel: die Midianiten ziehen Josef aus dem Brunnen und verkaufen ihn an die Ismaeliter. Auf dem Weg nach Ägypten treffen die Ismaeliter die Medaniten, die Nachkommen Abrahams sind, und verkaufen ihnen Josef, worauf ihn die Medaniten an Potifar verkaufen.

DER KEUSCHE JOSEF

An Josefs hinreißender Schönheit ent-

Rechts: Der junge Josef, links, erzählt seinem Vater Jakob und seinen Brüdern seine Träume. Wie in der biblischen Erzählung vorgeschrieben, rügt ihn Jakob. Aus der Goldenen Haggada, einer hebräischen Handschrift aus dem 14. Jahrhundert aus Spanien. British Library, London.

zündete sich die Leidenschaft von Potifars Frau. Josef war der schönste Mann Ägyptens. Von ihm ging ein wunderbar süßer Duft aus, der das ganze Land durchdrang, so daß die vornehmen Damen nur ihrer Nase nachgehen mußten, um das unschätzbare Vergnügen seines Anblicks zu genießen *(Midrasch Schir ha-Schirim* 3a). Kein Wunder, daß sich Potifars Frau, die sich immer in seiner Nähe aufhielt, bis über beide Ohren in ihn verliebte. Josef blieb jedoch keusch. Er widerstand allen Annäherungsversuchen, und sie wurde buchstäblich krank vor Verlangen nach ihm. Als ihre Gefährtinnen sie einmal nach der Ursache ihrer Krankheit fragten, lud sie sie zu einem Bankett ein und ließ vor jede Dame Orangen und ein Messer auf den Tisch legen, damit sie sie schälen konnten. Dann befahl sie, Josef zu ihnen zu bringen. Die Damen schälten ihre Orangen, konnten jedoch den Blick nicht von ihm wenden und schnitten sich so tief in die Hände, daß Blut floß (*Sefer ha-Jaschar, Va-jeschev* 87a-b). Spuren einer ähnlichen Erzählung finden sich im Koran (12, 31)

Josef erlag beinahe der Versuchung. Es war ein großer ägyptischer Festtag und alle waren zum Nil hinuntergegangen, um zu feiern, so daß »niemand vom Hausgesinde anwesend war« (Genesis 39, 11). Potifars Frau hatte sich mit Krankheit entschuldigt, und als sie mit Josef allein war, setzte sie alle ihre Verführungskünste ein. Er war im Begriff, schwach zu werden, als er plötzlich das Gesicht seines Vaters am Fenster erblickte. Jakob sagte ihm, daß man später die Namen aller seiner Söhne in die Brustplatte des Hohepriesters eingravieren würde. »Wenn du diese Sünde begehst«, erklärte er seinem Sohn, »wirst du als ›einer, der mit Dirnen verkehrt‹, bezeichnet werden« (Sprichwörter 29, 3). »Willst du, daß dein Name ausgelöscht wird?« Das gab Josef zu denken, und er wies seine Verführerin ab (*Sota* 36b).

Nun wurde sie zu seiner unerbittlichen Feindin und behauptete, daß er versucht habe, sie zu vergewaltigen. Daraufhin ließ ihn Potifar ins Gefängnis werfen. In späteren Überlieferungen wurde Josef zum Symbol für Keuschheit und sexuelle Treue. Er wird oft als *Josef ha-Tsaddik* (Josef der Gerechte) bezeichnet. Die Kabbala sieht alle Patriarchen als Symbole der Sefirot, das heißt als Aspekte der Attribute Gottes, die auch oft als Körperteile des Ur-Adam bezeichnet werden; dort repräsentiert Josef *Jesod* oder das männliche Geschlechtsorgan, das den Strom des wohltätigen Einflusses in die Schechina leitet.

Bemerkenswert in der biblischen Erzählung ist, daß der Pharao »ihm Asenat, die Tochter Potiferas, des Priesters von On, zur Frau gab« (Genesis 41, 45). Ist es möglich, daß Josef die Tochter der Frau heiratete, die versucht hatte, ihn zu verführen, und die noch dazu das Kind eines heidnischen Priesters war? Konnten Josefs Kinder Efraim und Manasse und alle ihre frommen Nachkommen ihren Ursprung auf diese unmögliche ägyptische Familie zurückführen? Natürlich

Unten: Die Träume des Pharao. Der Pharao, der eine Krone trägt, schläft und träumt von den sieben fetten und den sieben mageren Kühen sowie von den sieben gesunden und sieben verfaulten Kornähren. Aus der Goldenen Haggada, einer hebräischen Handschrift aus dem 14. Jahrhundert aus Spanien. British Library, London.

Gegenüber: Bei ihrem zweiten Besuch in Ägypten bringen Josefs Brüder das jüngste Familienmitglied, Josefs einzigen Vollbruder, Benjamin, mit. Josef sitzt als Wesir des Pharao rechts auf dem Thron. Darunter hat sich Josef vom Thron erhoben, seine Identität enthüllt und umarmt Benjamin. Aus der Sarajevo-Haggada, Zemaljski Muzej, Sarajevo.

Links: Josef trifft auf dem Weg zu seinen Brüdern einen »Mann«, der ihm sagt, wo er hingehen soll. Der Mann ist als Engel dargestellt, wie es die jüdische Überlieferung verlangt, genau wie auf der Illustration auf Seite 69. Josef trägt seinen besonderen Mantel auf dem Rücken. Links hüten seine Brüder die Schafe. Aus der Goldenen Haggada, einer hebräischen Handschrift aus dem 14. Jahrhundert aus Spanien. British Library, London.

nicht. Asenat war die Tochter von Josefs Halbschwester Dina. Als sie zur Welt kam, legte ihr Josef ein Amulett um den Hals, auf das die Worte »Dem Allmächtigen heilig« eingraviert waren. Der Engel Gabriel trug sie nach Ägypten in das Haus Potiferas. Da seine Frau unfruchtbar war, beschloß er, sie an Kindes Statt anzunehmen.

So kam es, daß Josef ein Mitglied seiner eigenen Familie heiratete – das jüdische Gesetz gestattete Heiraten zwischen Onkel und Nichte (*Pirke de-Rabbi Eliezer* 38).

Im Gefängnis traf Josef den Kellermeister und den Bäcker des Pharao und deutete ihre Träume, bei denen mehrere Auslegungen möglich waren. Josef sah in ihnen nicht nur die Bedeutung, die er den beiden erklärte, sondern auch andere Bedeutungen, die sich auf die Geschichte Israels bezogen, und diese behielt er für sich. Der Kellermeister träumte zum Beispiel von einem Weinstock mit drei Ranken. Der Weinstock war Israel, und die drei Zweige waren Mose, Aaron und Mirjam; der Traum war ein Hinweis auf die Erlösung Israels aus der ägyptischen Sklaverei. Auch die drei Körbe mit Brot, die der Bäcker in seinem Traum sah, symbolisierten die drei wichtigsten Mächte, die Israel unterdrückt hatte, und die Vögel, die diese Brote aßen, stellten die Vernichtung dieser Mächte dar (*Genesis Rabba* 88,5-6).

Der Pharao erfuhr von dem Traumdeuter, und sobald dieser dem mächtigen Herrscher seine Kunst vorgeführt und seine Träume gedeutet hatte, wurde er zum Wesir des Landes ernannt und ihm die Aufgabe übertragen, Lagerhäuser mit Getreide zu füllen, um die von ihm vorhergesagte Hungersnot zu lindern.

DIE VERSÖHNUNG

Jetzt ist alles für die Versöhnung Josefs mit seinen Brüdern und für das Wiedersehen mit seinem Vater Jakob bereit. Es gibt in der Bibel keine Parallele zu dem tiefen Gefühl, das diese Schilderung beherrscht. Ohne es zu wissen, stehen die Brüder vor dem Mann, den sie einmal töten wollten. Nur Josef (und der Leser) wissen Bescheid. Bei der zweiten Reise der Brüder nach Ägypten, diesmal mit Benjamin, wird die Spannung noch gesteigert. Der einfache Stil bringt die widersprüchlichen, quälenden Gefühle, die Josef beherrschen, besonders deutlich zum Ausdruck. Seine ersten Fragen gelten seinem Vater: »Geht es eurem alten Vater gut, von dem ihr erzählt habt? Ist er noch am Leben?« (Genesis 43, 27). Dann sieht er den jüngeren Bruder und fragt, ob dies tatsächlich Benjamin sei. Als dies bejaht wird, kann er ihn gerade noch segnen, »Gottes Gnade sei mit dir, mein Sohn«, dann bricht er zusammen und kann die Täuschung nicht länger aufrechterhalten. »Dann ging Josef schnell weg, denn er konnte sich vor Rührung über seinen Bruder nicht mehr halten, er war dem Weinen nahe. Er zog sich in seine Kammer zurück,

Rechts: Josef wird von seinen Brüdern an die Ismaeliter verkauft, die wie Araber weiß gekleidet sind. Ein Bruder übergibt ihnen Josef und der andere nimmt das Geld in Empfang. In der Bibel heißt es, daß die Ismaeliter mit einer Kamelkarawane unterwegs waren, doch der Künstler hat eher Maultiere dargestellt. Aus der Goldenen Haggada, einer hebräischen Handschrift aus dem 14. Jahrhundert aus Spanien. British Library, London.

Rechts unten: Potifars Frau versucht, Josef zu verführen. Ein Zinnteller, in dessen Rand der entsprechende Bibelvers eingraviert ist. Osteuropa, ungefähr 1815. Josef war in der jüdischen Überlieferung wegen seiner Keuschheit berühmt, und wird oft »Josef, der Gerechte« genannt. Stáni Židovské Muzeum, Prag.

um sich dort auszuweinen. Dann wusch er sich sein Gesicht, kam zurück ...« Doch die Zeit für die große Eröffnung war noch nicht gekommen. Die Spannung hält an, bis Josef zur Verblüffung und zum Entsetzen seiner Brüder einfach sagt: »Ich bin Josef. Ist mein Vater noch am Leben? ... Kommt doch näher ... Ich bin Josef, euer Bruder, den ihr nach Ägypten verkauft habt.«

Keine Midrasch-Ausschmückung kann die dramatische Aussage dieser Episode »verbessern«. Die rabbinischen Kommentatoren ergänzten die Charaktere der einzelnen Brüder, wiesen darauf hin, wie »Maß für Maß« ausgeübt wurde und die Brüder auf die gleiche Art litten, wie Josef gelitten hatte. Aber in diesem Fall ist es am besten, wenn man die Geschichte für sich selbst sprechen läßt.

Dem alten, kranken Vater Jakob muß man jetzt beibringen, daß sein Sohn Josef gefunden wurde. Die Bibel erzählt dies wieder auf die denkbar einfachste Art. »Sie berichteten ihm:

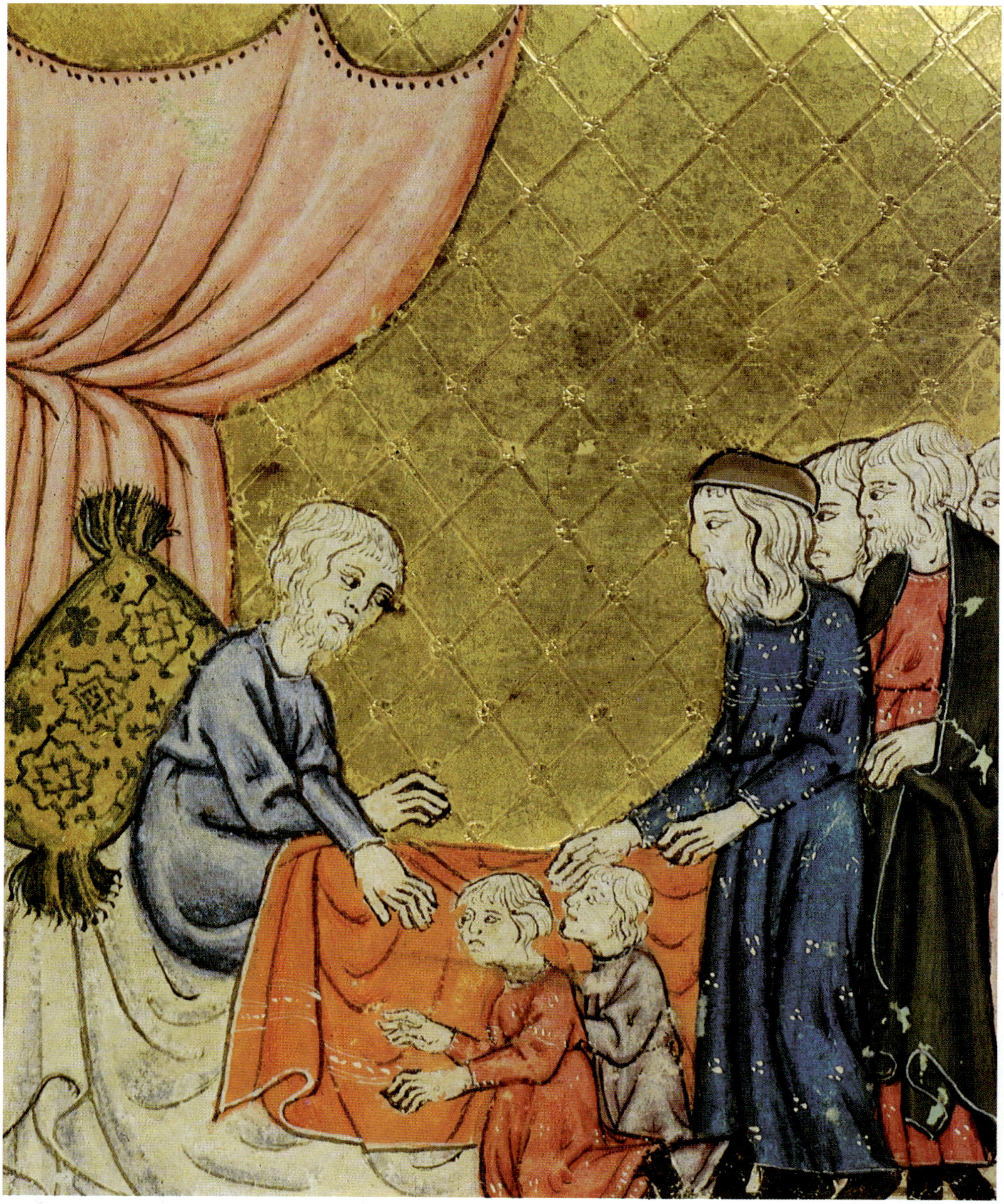

›Josef ist noch am Leben. Er ist sogar Herr über ganz Ägypten‹« (Genesis 45, 26). Zuerst wollte ihnen Jakob nicht glauben. Doch als sie Beweise vorlegten, sagte er mit einem Minimum an Worten: »Genug. Mein Sohn Josef lebt noch. Ich will hingehen und ihn sehen, bevor ich sterbe.« Ein Midrasch weist darauf hin, daß die Brüder ihrem Vater die Nachricht bestimmt vorsichtig beigebracht hatten, um zu verhindern, daß er vor Schreck starb. »Sein Herz wurde schwach«, und er mußte wiederbelebt werden. Sie baten daher Sera, die Tochter Aschers, Jakob auf die Eröffnung vorzubereiten. Sie war eine vollendete Musikerin, und während sie die Harfe spielt, sang sie leise dazu, daß Josef noch am Leben sei. Die Rabbiner sind der Ansicht, daß sich der Heilige Geist nicht an einem Ort des Kummers aufhalten kann. Wenn also ein Prophet eine geliebte Person verliert oder ein anderes Unglück erleidet, wurde ihm für einige Zeit die Gabe der Prophezeiung genommen. So erging es auch Jakob. Seit Josefs Verschwinden hatte ihn die Schechina, die göttliche Anwesenheit, nicht mehr begleitet. Als er jedoch Seras süße Töne hörte, fühlt er, wie der Heilige Geist in ihm allmählich wieder zum Leben erwachte, und deshalb war er auf die frohe Botschaft vorbereitet, als er sie endlich erfuhr (*Sefer ha-Jaschar Va-Jiggasch* 109b-111a).

Jakob zog mit seiner gesamten Familie, 70 an der Zahl, nach Ägypten. Damit begann der Aufenthalt der Israeliten in einem Land, das später zum Land der Knechtschaft wurde, und das sie noch später als das Volk mit einer göttlichen Bestimmung verließen. Der alte Patriarch äußerte ausdrücklich den Wunsch, nicht in Ägypten begraben zu werden und ließ sich von Josef versprechen, daß dieser seinen Sarg in das Gelobte Land mitnehmen würde (Genesis 47, 30). Jakob wußte, daß nach der Ankunft des Messias die Auferstehung der Gerechten in diesem Land stattfinden würde, und er hatte keine Lust, unter der Erde von Ägypten nach Kanaan zu reisen, um von den Toten auferweckt zu werden (Raschi).

Vor seinem Tod segnete Jakob Josefs Söhne Efraim und Manasse. Josef stellte zwar seinen Erstgeborenen Manasse zu Jakobs rechter Hand, damit er den Erstgeburtssegen erhielt, doch Jakob kreuzte die Hände, so daß Efraim als erster gesegnet wurde. Obwohl Jakob krank und blind war, blieb er bis zu seinem Tod ein Meister der Intrige. Eigentlich wollte Jakob jedoch durch diesen Segen dafür sorgen, daß das Land in zwölf Teile, einer für jeden Stamm, aufgeteilt wurde. Der Priesterstamm war von dieser Regelung ausgenommen, daher mußte einer der zwölf Empfänger zwei Anteile erhalten. Dies sollte Josef sein, dessen beide Söhne jeweils einen Anteil bekamen.

Josef legte den Leichnam des Patriarchen auf eine mit Gold überzogene, mit Edelsteinen besetzte, mit Leinen und purpurroten Behängen bedeckte Ruhebank aus Elfenbein. Jakobs Söhne gossen Gewürzwein um die Leiche und verbrannten neben ihr Weihrauch. Die Führer des Hauses Esau und die Herrscher des Hauses Ismael nahmen an der Beerdigung teil. Juda schlug vor, an das Kopfende von Jakobs Grab eine Zeder zu pflanzen und Priester mit Trompeten sowie singende Leviten mit Saiteninstrumenten musizieren zu lassen. »Denn«, sagte er, »aus ihm werden zwölf Stämme entspringen.« Josef fiel einfach auf Jakobs Gesicht, weinte über ihm und küßte ihn (*Targum Jeruschalmi*).

Josef erfüllte den letzten Wunsch seines Vaters. Jakobs Söhne sowie eine große Schar von ägyptischen Adeligen brachten den Toten zur Höhle des Grundstückes von Machpela, der Grabstätte der Patriarchen (Genesis 50, 13). Als Josefs Tod nahte, äußerte er ebenfalls den Wunsch, »nehmt meine Gebeine von hier mit hinauf« (50, 25). Diesen Wunsch erfüllte Mose. Im Midrasch heißt es, daß Jo-

Gegenüber: Der sterbende Jakob segnet Josefs Kinder Efraim und Manasse. Jakob, der sich auf ein großes, besticktes Kissen stützt, kreuzt seine Hände, um Efraim als ersten zu segnen. Josef macht Vorhaltungen und weist darauf hin, daß Manasse der Ältere ist und daher den Segen zuerst erhalten soll. Aus der Goldenen Haggada, einer hebräischen Handschrift aus dem 14. Jahrhundert aus Spanien. British Library, London.

Rechts: Die Trauer um Jakob, der in Ägypten starb. Links sehen wir den Pharao und seine Höflinge, und rechts andere Trauernde (die christlichen Mönchen sehr ähnlich sehen). Alle wehklagen an Jakobs Sarg. Laut der Bibel trauerten auch die Kanaaniten um Jakob, und das wird in dem Bild durch die nichtjüdische Tracht der Trauernden ausgedrückt. Aus der Goldenen Haggada, einer hebräischen Handschrift aus dem 14. Jahrhundert aus Spanien. British Library, London.

Links: Potifars Frau ergreift Josefs Mantel, als er vor ihren Umarmungen flieht. Potifar und seine Begleiter sind im Begriff das Haus zu betreten. Darunter legt der links sitzende Josef im Kerker die Träume des Bäckers und des Kellermeisters aus. Ein Rabe pickt an den Brotlaiben, die der Bäcker in einem Korb auf dem Kopf trägt. Der Kellermeister rechts sitzt unter einem Rebstock und drückt Trauben in eine Schale. Aus der Goldenen Haggada, einer hebräischen Handschrift aus dem 14. Jahrhundert aus Spanien. British Library, London.

sefs Sarg bis dahin im Nil versenkt wurde, und zwar laut dem *Sohar* von seinen Brüdern, damit die Ägypter nicht die Möglichkeit bekamen, seine Leiche zu verehren. Andere Quellen behaupten, daß die Ägypter dies auf Rat ihrer Zauberer taten, die die Leiche verstecken wollten, weil sie wußten, daß die Hebräer Ägypten nie ohne den Sarg verlassen würden.

Schließlich erfüllte Mose persönlich das Josef gegebene Versprechen und schaffte seinen Sarg aus Ägypten hinaus. Aschers Tochter Sera verriet ihm, daß sich die Leiche im Nil befand, aber Mose wußte nicht, wie er den Sarg heben solle. Schließlich benützte er Josefs silberne Weissagungsschale dazu. Er schnitt vier Stücke aus ihr heraus und gravierte in das eine einen Löwen, in das zweite einen Adler, in das dritte einen Stier und in das vierte einen Menschen. Er warf das erste Stück in den Fluß und flehte Josef an zu erscheinen, »weil die Zeit für die Erlösung Israels gekommen ist«. Aber nichts geschah. Mit dem zweiten und dritten Stück hatte er genauso wenig Erfolg. Nachdem er jedoch das vierte Stück ins Wasser geworfen und die gleiche Bitte geäußert hatte, stieg Josefs Sarg an die Oberfläche. Mose zog ihn heraus, und er begleitete die Israeliten auf ihrer langen Wanderung in das Gelobte Land (*Midrasch ha-Gadol* I, 886-7).

Links: Im Bild links erzählt der Pharao, der eine Krone trägt, Josef seine Träume, der sie deutet. Rechts drei Magier des Pharao, die nicht imstande waren, die Träume richtig auszulegen. Aus der Goldenen Haggada, einer hebräischen Handschrift aus dem 14. Jahrhundert aus Spanien. British Library, London.

Mose

ÄGYPTEN UND ISRAEL

Mit dem Buch Exodus tritt die Geschichte des jüdischen Volkes in eine vollkommen neue Phase ein. Man könnte sogar sagen, daß die Genesis ein Vorspiel zu den großen Ereignissen in Ägypten und zu der Wanderung von Ägypten in das Gelobte Land ist. Die patriarchalischen Erzählungen enthalten die Vorgeschichte des jüdischen Volkes, betonen erneut die Versprechen, die später erfüllt werden müssen, und führen nicht nur die Vorfahren der Juden, sondern auch die der anderen antiken Völker ein, die eine so große Rolle in der Entwicklung Israels spielen werden.

Die Erzählungen von Abraham, Isaak und Jakob schilderen die erste Kommunikation zwischen Menschen und dem einzigen Gott in der israelitischen Geschichte. Aber abgesehen von den göttlichen Versprechungen in bezug auf die Nachkommen der Patriarchen bleiben die Erfahrungen dieser drei Männer auf die persönliche, örtliche Ebene beschränkt. Mit Exodus übersiedeln wir vom Bereich der Einzelperson in den Bereich der Völker. Hier betritt das jüdische Volk die Bühne der Geschichte. Jakobs Familie, die freiwillig in das Land des Überflusses übersiedelt ist, wird versklavt. In der Knechtschaft entsteht eine Nation. Ihrer Befreiung – der Exodus – ist ihr erster Vorgeschmack von Unabhängigkeit. Und noch während sie heimatlos sind, werden sie durch den göttlichen Auftrag geprägt. Sie verpflichten sich, Gottes Gebote, die ihnen auf dem Berg Sinai offenbart wurden, zu erfüllen. Sie tragen diese Verantwortung; diese Bürde, die später als das »Joch des himmlischen Königreichs« bezeichnet wurde, lastet auf ihren Schultern, während sie zu dem Gelobten Land unterwegs sind.

Daß die Geburt des jüdischen Volkes unlösbar mit der Erfahrung der Sklaverei verbunden war, beeinflußte die spätere Entwicklung des Judaismus nachhaltig. Die Sklaverei wird in der Bibel als wesentliche Grundlage für das richtige moralische Verhalten angeführt: »Du sollst (den Fremden) lieben wie dich selbst; den ihr seid selbst Fremde in Ägypten gewesen« (Levitikus 19, 34). In ihrem religiösen Leben rufen sich die Juden den Exodus bei jeder Gelegenheit in Erinnerung. Am Sabbat-Abend zum Beispiel, wenn der Kiddusch* über dem Wein gesprochen wird, erwähnt das Familienoberhaupt nicht nur die Erschaffung der Welt – als Gott am siebenten Tag ruhte –, sondern bezeichnet auch den Sabbat »als Gedenken an den Exodus aus Ägypten«. Natürlich wird dieses umwälzende Ereignis beim Pascha-Fest datailliert und äußerst feierlich erzählt. Jedes Jahr um diese Zeit wird der Jude aufgefordert, sich zu verhalten, »als hätte er gerade Ägypten verlassen«, und in der langen, schmerzlichen Saga der jüdischen Geschichte brauchten viele Juden dazu keine sehr lebhafte Phantasie.

Auf die Entlassung aus dem Joch eines fremden Tyrannen folgte bald die freiwillige Unterwerfung unter den göttlichen Willen. Das Erlebnis des hebräischen Volkes am Berg Sinai, wo es die *Tora* erhielt, die Gebote, die direkt von Gott kamen, hinterließ einen unauslöschlichen Eindruck. Alle späteren religiösen Vorstellungen und Praktiken sind direkt oder indirekt von der Tora abgeleitet. Das Wort »Tora« wurde sogar zum Synonym des Judaismus; das höchste Ziel des traditionellen Juden ist das Studium und die Befolgung der Tora.

Natürlich gibt es um diese beiden entscheidenden Augenblicke – den Exodus aus Ägypten und die Offenbarung am Sinai – zahlreiche unterschiedliche Legenden. Manche betreffen Mose, die zentrale Figur bei beiden Ereignissen. Auch wenn er nur bei einem von ihnen eine entscheidende Rolle gespielt hätte, wäre ihm ein Platz in der Weltgeschichte sicher gewesen. Aber daß er die Juden aus Ägypten hinausführte und ihnen auch noch die Tora vom Berg Sinai brachte, mußte ihm ewigen Ruhm eintragen. Doch der

* Ein Gebet für die Weihe eines Festtages.

פרק ראשון ממסכת אבות
משה קבל

Oben: Der brennende Dornbusch. Mose, der seiner Herde vorangeht, kommt von rechts ins Bild. Er wird von dem Busch angezogen, der brennt, aber »nicht verbrennt«. Auf Gottes Anweisung zieht er die Schuhe aus (man sieht, wie der rechte zu Boden fällt), weil er auf heiligem Boden steht. Aus einer spanischen handschriftlichen Haggada aus dem 14. Jahrhundert. John Rylands University Library of Manchester.

Judaismus verherrlicht seine Helden nicht, und auch für Mose wird keine Ausnahme gemacht. Er wird natürlich verehrt, aber nicht um seiner selbst willen, sondern nur als Diener Gottes. Seine guten Eigenschaften werden gelobt. Mut, Ausdauer, Demut und Sorge für die Schwächsten in seinem Volk. Doch deshalb werden seine Fehler nicht übersehen: vor allem sein Jähzorn und seine Ungeduld. Wegen seiner Schwächen durfte er das Gelobte Land nicht betreten. Er starb auf der »falschen« Seite des Jordan, und die Bibel erzählt uns, daß kein Mensch weiß, wo er begraben liegt; damit, fügen die Rabbiner hinzu, das Volk sein Grab nicht in ein Heiligtum verwandelt.

Die beiden Tochterreligionen des Judaismus, das Christentum und der Islam, schenken den mit ihrem Ursprung zusammenhängenden Persönlichkeiten sehr große Aufmerksamkeit; vielleicht spielt der Judaismus deshalb Moses Rolle bei der Gründung des Glaubens herunter. In der Haggada, dem Buch, aus dem am Pascha-Abend vorgelesen wird und das die Ereignisse des Exodus erzählt, wird Mose nicht einmal erwähnt. Der Ruhm gehört Gott allein. Mose ist kein Held. Doch sein Name hat das ehrenvollste Beiwort erhalten, das die Juden verleihen können. Er ist *Mosche rabbenu,* »Mose, unser Lehrer«.

DIE VERSKLAVUNG

An der Versklavung der Hebräer in Ägypten war die Tatsache schuld, daß der »neue Pharao« sie für einen Fremdkörper hielt, der sich mit einem äußeren Feind verbünden könnte. Außerdem wurden sie immer zahlreicher. Als Jakob und sein Haushalt nach Ägypten zogen, waren sie 70 an der Zahl. Als die Israeliten in die Freiheit zogen, waren sie 600.000. Der Pharao beschloß daher nicht nur, ihnen die Freiheit zu rauben, sondern auch ihre Fruchtbarkeit zu vermindern, indem er alle ihre männlichen Kinder kurz nach der Geburt töten ließ. Die Bibel berichtet, daß er diese mörderische Aufgabe zwei hebräischen Hebammen übertrug. Sie werden als Schifra und Pua bezeichnet (Exodus 1, 15), und ein Midrasch identifiziert sie als Jochebed, Moses Mutter, und als seine Schwester Mirjam. Sie weigerten sich natürlich, dem Wunsch des Pharao zu entsprechen,

Gegenüber: Mose erhält auf dem Berg Sinai die Zehn Gebote. Der Berg ist mit Feuer und Rauch bedeckt, und über ihm bläst der Engel die Trompete. Der Fuß des Berges ist eingezäunt, weil es den Israeliten nicht gestattet war, sich ihm zu nähern. Aus dem Rothschild-*Siddur,* einem handschriftlichen Gebetbuch, das 1492 in Florenz kopiert wurde. Jewish Theological Seminary of America, New York.

Links: Für den Pharao werden Städte gebaut. Die versklavten Israeliten sind dabei, einen Turm zu errichten. Aus der Barcelona-Haggada, einer hebräischen Handschrift aus dem 14. Jahrhundert aus Spanien. Der Künstler stellt die Bauarbeiten so dar, wie er sie in Spanien sah und nicht, wie sie im antiken Ägypten ausgesehen haben könnten. British Library, London.

und als der Pharao den Grund dafür erfahren wollte, erklärten sie ihm, daß die jüdischen Frauen ihre Kinder ganz natürlich bekamen und deshalb keine Hebammen brauchten; daher wußten sie nicht, wann die Kinder zur Welt kamen (*Sota* 11b).

Darauf faßte der Pharao einen neuen Plan. Er wollte die männlichen hebräischen Säuglinge ausfindig machen und sie in den Fluß werfen. Er nahm nicht an, daß Gott ihn ebensfalls ertränken würde, denn dieser hatte geschworen, daß er die Menschheit nie wieder durch eine Sintflut vernichten würde. Dem Pharao war allerdings nicht klar, daß dieses Versprechen nur für die ganze Menschheit und nicht für einen Teil von ihr galt. Daher wurde das Heer des Pharao in den Fluten des Roten Meeres vernichtet. Es handelt sich um eine gewissenhafte Vergeltung: Maß für Maß (*Exodus Rabba* 1, 22). Damit die Juden ihre Kinder nicht verstecken konnten, nahmen die Ägypter ihre eigenen Säuglinge mit, wenn sie die Häuser durchsuchten. Die ägyptischen Kinder weinten, und die hebräischen Kinder stimmten ein und verrieten sich dadurch.

In *Sota* 11b gibt es eine einzigartige Geschichte darüber, wie Gott für die Kinder seines Volkes sorgte. Wenn die hebräischen Frauen kurz vor der Niederkunft standen, gingen sie auf das Feld hinaus und brachten ihre Kinder unter den Apfelbäumen zur Welt. Gott schickte ihnen jemand vom Himmel, der ihnen bei der Geburt beistand. Sobald das Kind geboren war, nahm dieser Helfer zwei Kiesel. Aus dem einen sog das Kind Öl und aus dem anderen Honig. Wenn die Ägypter sie entdeckten, wollten sie sie holen, doch Gott vollbrachte ein großes Wunder – er ließ die Kinder von der Erde verschlingen. Darauf kamen die Ägypter mit Ochsengespannen und pflügten den Boden um, doch ohne Erfolg. Nach einiger Zeit wuchsen die Kinder wie Gras aus dem Boden und kehrten in großer Zahl zu ihren Familien zurück. Diese Kinder waren die ersten, die am Roten Meer Gottes Werk erkannten und sagten: »Das ist mein Gott und ich werde ihn preisen«, denn sie hatten bereits erlebt, wie er eine Auswahl unter seinem Volk traf.

MOSES JUGEND

Moses Eltern waren Amram und Jochebed. Amram war nicht nur Levite, sondern auch Führer des Sanhedrin, und daher galt er für die übrigen Juden in Ägypten als Beispiel. Als er vom Erlaß des Pharao erfuhr, beschloß er, keine Kinder mehr in die Welt zu setzen, und stellte die ehelichen Beziehungen zu seiner Frau ein. Die übrigen Juden machten es ihm nach. Doch seine Tochter Mirjam machte ihm klar, wie unvernünftig sein Entschluß war. »Der Pharao hat die männlichen Kinder verurteilt«, sagte sie, »aber du hast sowohl die männlichen als auch die weiblichen Kinder verurteilt. Der Erlaß des Pharao wird vielleicht nicht ausgeführt werden, aber du bist so angesehen, daß alle dein Verhalten nachahmen werden.« Amram sah ein, daß die Überlegungen seiner Tochter richtig waren. Er lebte wieder mit seiner Frau zusammen, und Mose kam zur Welt (*Exodus Rabba* 1, 17).

Über Moses Kindheit werden ähnliche Geschichten erzählt wie über Noach und Abraham. Der Ort, an dem er zu Welt kam, wurde von himmlischem Licht erfüllt; Mose begann sofort zu gehen und zu sprechen und Nahrung zu sich zu nehmen. Daß er sich in seinem kleinen Weidenkörbchen in einer gefährlichen Lage befand, ist ein Motiv, das nicht nur in vielen Heldenerzählungen vorkommt, sondern das auch an die Fesselung Isaaks erinnert. In der älteren Geschichte beschützt der Engel Gottes das Kind, doch hier ist es Moses Schwester Mirjam, die darauf achtet, daß ihr Bruder nicht zu Schaden kommt (Exodus 2, 4).

Die romantische Erzählung von Moses Rettung durch niemand Geringeren als eine Prinzessin aus dem ägyptischen Königshaus bringt beinahe etwas Märchenhaftes in den ansonst grimmigen, erbarmungslosen Kampf, der Mose bevorsteht. Und dennoch ergreift die Bibel nicht die Gelegenheit, sich ausführlich über seine Kindheit und Erziehung am ägyptischen Hof auszulassen. Diese Aufgabe wurde den Rabbinern – und den modernen kritischen Gelehrten – überlassen. Einige dieser Gelehrten gehen sogar so weit zu behaupten, daß Mose ein ägyptischer Prinz war. Sie weisen darauf hin, daß sein Name die ägyptische Entsprechung des hebräischen »Ben« ist, das »Sohn« bedeutet, wie in dem Pharaonennamen Tut-Moses, oder Ra-Meses. Ihrer Ansicht nach ist die Geschichte seiner Rettung aus dem Wasser ein Versuch des biblischen Autors, seinen Namen (auf hebräisch *Mosche*) von dem Zeitwort »mascha« abzuleiten, das »aus dem Wasser ziehen« bedeutet (Exodus 2, 10). Doch es ist nicht notwendig, eine anerkannte Überlieferung so drastisch zu rekonstruieren, denn selbst wenn »Mose« ägyptisch ist, kann es noch immer der Name sein, dem eine ägyptische Prinzessin einem hebräischen Kind gab. Anzunehmen, daß Mose gar kein Hebräer war, wirft mehr Probleme auf, als es löst.

Die jüdischen Bibeldeuter schlugen sich natürlich nicht mit solchen Problemen herum. Sie versuchten die fehlenden Jahre am Hof zu ergänzen, indem sie erzählten, wie Mose auf seine Umgebung wirkte. Eine der bekanntesten Legenden berichtet, wie der Säugling Mose, den der Pharao liebkost, dessen Krone ergreift und sich auf den Kopf setzt. Der Hof war entsetzt und man riet dem Pharao, dieses von überwältigendem Ehrgeiz besessene Kind töten zu lassen. Doch Moses künftiger Schwiegervater Jitro schlug vor, man sollte durch einen Versuch feststellen, ob das Kind absichtlich gehandelt habe oder nicht. Man brachte zwei Gegenstände und zeigte sie Mose: einen goldenen Teller und eine glühende Kohle. Wenn Mose die Hand nach dem Teller ausstreckte, dann hatte er bewußt gehandelt. Tat er es nicht, dann war alles in Ordnung. Das glänzende Gold zog das Kind an und es begann die Hand nach ihm auszustrecken, doch der Engel Gabriel schlug sie zur Seite und Moses ergriff statt dessen die glühende Kohle und war dadurch gerettet. Aber das war noch nicht alles, denn Mose wollte nach Kinderart die Kohle in den Mund stecken und verbrannte sich die Lippen. Deshalb hatte er später einen Sprachfehler, denn sein »Mund und seine Zunge waren schwerfällig« (Exodus 4, 10; *Exodus Rabba* 1, 31).

MOSES HEIRAT

Die Bibel erzählte nur sehr kurz, wie Mose seine jüdische Identität enteckte: »Eines Tages ging er zu seinen Brüdern hinaus und schaute ihnen bei der Fronarbeit zu« (Exodus 2, 11). Infolge seines leidenschaftlichen Zorns, der später zu einer dominierenden Charaktereigenschaft wurde, tötete er einen Ägypter. Diese Tat bereitete offenbar späteren Bibeldeutern Kopfzerbrechen, denn sie erbrachte den Beweis dafür, daß dieser Ägypter die Frau des hebräischen Sklaven, den er gerade schlug, vergewaltigt hatte, und daß Mose das gewußt hatte. Er sah auch voraus, daß dem Ägypter nicht bestimmt war, rechtmäßige Nachkommen zu haben, und erkundigte sich zuerst bei den anwesenden Engeln, ob der Ägypter verdiente, getötet zu werden (*Exodus Rabba* 1, 33).

Seine Tat wurde von zwei seiner Brüder beobachtet; sie werden im Midrasch als Datan und Abiram identifiziert, die ihm später so viele Schwierigkeiten bereiteten. Er mußte daher fliehen. Mose war lange Zeit von Ägypten abwesend, was natürlich bei den jüdischen Berichterstattern zu zahlreichen Mutmaßungen geführt hat. Numeri 12, 1 stellt fest, »daß Mose eine Kuschitterin zur Frau genommen hatte«, und daraus entwickelte sich die Geschichte, daß Mose in dem Krieg zwischen den Äthiopiern und den Ägyptern verwickelt und zum General der äthiopischen Streitkräfte ernannt wurde. Nach ihrem Sieg wurde er König von Äthiopien (Ginzberg II, 283-9).

Die Bibel behauptet jedoch, daß Mose nach Midian reiste und dort Zippora, die Tochter des heidnischen Priesters Jitro, heiratete. Der Midrasch erzählt uns, daß dieser Jitro später zum Judaismus konvertierte, denn er erklärte: »Jetzt weiß ich, Jahwe ist größer als alle Götter«, und er opfert dem Gott der Hebräer (Exodus 18, 11-12).

Die Umstände, unter denen Mose um Zippora geworben und sie geheiratet hat, erinnern an Jakobs Zusammentreffen mit Rahel und an Eliezers Zusammentreffen mit Rebekka. Im Mittelpunkt dieser Geschichte steht ein Brunnen, und Mose beweist seine Stärke auf die gleiche Weise wie vor ihm Jakob. Einer Geschichte zufolge hatten die Hirten Jitros Töchter in den Brunnen geworfen, und Mose mußte sie aus dem Wasser ziehen. Ist diese Geschichte ein weiterer Versuch, den Namen »Mosche« vom hebräischen »Mascha« (herausziehen) abzuleiten? (*Exodus Rabba* 1, 38).

Der Midrasch *Vajoscha* berichtet uns weitere Einzelheiten über Moses Heirat mit Zippora. In diesem Midrasch spricht Mose in der ersten Person und erzählt, wie Jitro ihn prüft, indem er von Mose verlangt, einen Baum im Garten auszureißen. Dieser Baum war das Reis, das Gott am Abend des ersten Sabbat geschaffen hatte. Gott gab es Adam, es wurde an die Patriarchen weitergeben und gelangte schließlich mit Jakobs Familie nach Ägypten. Dort war es in Jitros Besitz geraten, der einer der Ratgeber am Hof des Pharao war. Jitro hatte es nach Hause mitgenommen und eingepflanzt. Zu seiner Verblüffung tat Mose, was Jitro von ihm verlangte, und diesem wurde klar, daß Mose der Mann war, der das hebräische Volk aus Ägypten hinausführen würde. Deshalb warf er Mose in eine Grube. Der schlauen Zippora gelang es, ihn am Leben zu erhalten, indem sie ihm heimlich Essen brachte, und zwar sieben Jahre lang. Nach dieser Zeit erinnerte sie ihren Vater an den Mann,

Gegenüber: Der Exodus. Mose, der einen Federhut trägt, führt die Israeliten aus Ägypten hinaus. Die Ägypter sehen von einem Turm aus zu. Rechts kommt gerade der Pharao, der die Krone trägt und sie verfolgt, ins Bild. Aus der Kaufmann-Haggada, einer hebräischen Handschrift aus dem 14. Jahrhundert aus Spanien. Magyar Tudományos Akadémia Könyvtára Budapest.

Links: Der Mord an den israelitischen Kindern. Der Pharao sagt den jüdischen Hebammen, daß jedes männliche israelitische Kind in den Fluß geworfen werden muß, und rechts werden seine Anweisungen ausgeführt. Aus der Goldenen Haggada, einer hebräischen Handschrift aus dem 14. Jahrhundert aus Spanien. British Library, London.

den er in die Grube geworfen hatte: »Entweder du holst seine Leiche wegen des Gestanks heraus«, sagte sie, »oder du weißt, wenn er noch am Leben ist, daß er vollkommen gerecht ist.« Sie mußte ihrem Vater den Namen ins Gedächtnis rufen, und als Jitro ihn rief, meldet sich Mose. »Er zog mich heraus«, fährt Mose, der Erzähler, fort, »küßte mich auf den Kopf und sagte: ›Gesegnet sei Gott, der dich sieben Jahre lang in dieser Grube am Leben erhalten hat. Ich glaube jetzt, daß er derjenige ist, der tötet und die Toten wieder auferstehen läßt, und daß du vollkommen gerecht bist ...‹ Er gab mir ein großes Vermögen und seine Tochter Zippora zur Frau. Wir einigten uns darauf, daß von den in diesem Haus geborenen Kindern die Hälfte als Ägypter und die Hälfte als Juden aufgezogen werden sollte.«

Diese Feststellung soll erklären, warum einer von Moses Söhnen nicht beschnitten war. Die seltsame Erzählung in Exodus (4, 14 ff.), wie Gott versuchte, Mose zu töten und wie Zippora ihn rettete, indem sie ihren Sohn beschnitt, wird im Midrasch auf genauso seltsame Art erklärt. Als die Familie nach Ägypten zurückkehrte, traf sie auf Satan in Gestalt einer Schlange, und diese begann, Mose mit den Kopf voran zu verschlingen. Zippora begriff sofort, daß Satan Mose deshalb angriff, weil er seinen zweiten Sohn Eliezer nicht beschnitten hatte. Sie vollzog den Ritus selbst und rettete dadurch ihren Mann.

DIE SENDUNG

Wie Jakob vor ihm hatte auch Mose als Hirte für seinen Schwiegervater gearbeitet. Die überwältigende Vision des brennenden Dornbuschs erlebte er während der Suche nach einem verirrten Lamm. Der Midrasch weist darauf hin, daß Gott bemerkte, wie sorgsam Mose seine Herde hütete und daraufhin fand, daß er der richtige Führer für das hebräische Volk sei. Der Dornbusch ist in der Natur das niedrigste der Gewächse. und der Rabbiner Josua ben Kora wies darauf hin, daß Gott diesen Busch auserwählte, um zu zeigen, daß auch der ärmlichste Ort zur Heimstätte der göttlichen Anwesenheit werden kann (*Exodus Rabba* 2, 5). Um Mose, der die göttliche Stimme nicht gewohnt war, nicht zu beunruhigen, sprach Gott zunächst wie Moses Vater Amram. Mose antwortete sofort: »Hier bin ich, mein Vater.« Gott erklärte ihm dann, daß er nicht sein Vater sei, sondern: »Ich bin der Gott deines Vaters, der Gott Abrahams, der Gott Isaaks und der Gott Jakobs« (Exodus 3, 6). Daraus ergibt sich die bemerkenswerte Tatsache, daß Gott Moses Vater im gleichen Atem mit den Patriarchen nennt.

Mose erhielt den Befehl, nach Ägypten zurückzukehren und sein

עקרת הבית אם הבנים
שמחה הללויה
בצאת
ישראל ממצרים
בית יעקב מעם לועז היתה
יהודה לקדשו ישראל

פירוש אברבנאל

ואת עמלנו אלו הבנים כמו שנאמר כל הבן הילוד היאורה תשליכהו וכל הבת תחיון: ואת לחצנו זו הדחק כמו שנאמר וגם ראיתי את הלחץ

ומעלתו שהות אדם ניסן ומלפני ה
הסבות הללה רלה השם יתברך ל
לעשות הגאולה הזאת בעצמו כי מי י
ישדד מערכות השמימיות ומי ישנה
הטבעים המוחזקים ומי יבטל כחות
השרים העליונים והשפעותיהם כי אם
הש״יתברך אשר יוצרם ותלה ג׳ בחינות
הללה כיון באמרו ועברתי בארץ מ
מצרים וגומר כ׳ באומרו ועברתי ב
בארץ מצרים מורה שעם היות ה
המערכה העליונה מחייבת שלא יצאו ישראל ממצרים מעבודתם ההנהגה ההשגחיות תשדד המערכה וויציאם וכן דרש בענין ה
ההעברה אני ולא מלאך לפי שהמכוון בה הוא לשדד כח המערכה אשר ל״א שיהיה כי אם ברצונו הפשוט ויכלתו וכנגד הבחינה
הב׳

Gegenüber: Die Auffindung von Mose als Säugling. Eine der Dienerinnen der ägyptischen Prinzessin öffnet das schwimmende Körbchen und entdeckt den Säugling. In einiger Entfernung paßt Moses Schwester Mirjam auf. Aus einer handschriftlichen Haggada, die 1740 von Joseph Leipnik aus Hamburg gemalt wurde. British Library, London.

Volk zu retten. Doch er war ein widerstrebender Gesandter, genau wie einige der Propheten nach ihm. Träger eines göttlichen Geheißes zu sein ist eine erhabene, beängstigende und oft gefährliche Aufgabe. Mose erhob nicht nur die in der Bibel erwähnten Einwände, nämlich daß die Leute ihm nicht glauben würden, und daß er ein unvollkommener Übermittler des göttlichen Wortes sei, doch er erinnert laut dem Midrasch Gott auch daran, daß dieser den Patriarchen versprochen hatte, er selbst, kein menschliches Wesen, würde die Hebräer aus Ägypten hinausführen. Außerdem stellte Mose fest, daß die 400 Jahre der Unterdrükkung, die Gott Adam prophezeit hatte, noch nicht abgelaufen seien, sondern daß erst 210 Jahre vergangen waren. Gott ging auf beide Einwände ein. Er versprach, selbst für das israelitische Volk zu sorgen, und wies darauf hin, daß die Zeit der Unterdrückung von Isaaks Geburt an zu rechnen sei, und daß daher tatsächlich 400 Jahre vergangen waren (*Exodus Rabba* 3, 3–4).

VOR DEM PHARAO

Die Rabbiner studierten den heiligen Text überaus sorgfältig und stellten dabei fest, daß von allen Israeliten nur Mose und Aaron vor dem Pharao erschienen, obwohl in Exodus 3, 18 Gott zu Mose sagte: »Geh mit den Ältesten Israels zum König von Ägypten.« Sie erklären die Diskrepanz damit, daß die Ältesten sich gemeinsam mit Mose und Aaron auf den Weg zum Palast machten. Doch je näher sie kamen, desto mehr Angst bekamen sie, und einer nach dem anderen schlich sich davon. Gott bestrafte sie, weil ihnen Glaube und Mut fehlten, und als Mose auf dem Berg Sinai die Tora erhielt, durften die Ältesten ihn nicht begleiten, sondern er sagte zu ihnen: »Bleibt hier, bis wir zu euch zurückkehren« (Exodus 24, 14; *Exodus Rabba* 5, 17).

Das Gespräch zwischen Mose und Aaron einerseits und dem Pharao anderseits wird in der Bibel hauptsächlich als Streit um die Freilassung der hebräischen Sklaven geschildert. Aber es ist natürlich auch Gottes Kampf,

Oben: Mose kehrte aus Midian nach Ägypten zurück. Ägypten ist links und Midian rechts dargestellt. Mose geht hinter dem Esel, der seine Frau Zippora und ihre beiden Söhne trägt. Links im Vordergrund beschneidet Zippora ihren Sohn, ein Ritual, das Mose nicht eingehalten und damit sein Leben gefährdet hatte. Aus einer spanischen handschriftlichen Haggada aus dem 14. Jahrhundert. John Rylands University Library of Manchester.

Gegenüber: Mose, der seinen Stab trägt, führt die Israeliten durch das Rote Meer. Der Künstler nimmt den biblischen Bericht wörtlich und die Wellen erheben sich zu beiden Seiten wie Mauern. Oben lauscht der besorgte Pharao seinen Zauberern, die ihm erklären, daß es das Werk von »Gottes Finger« ist. Aus einem hebräischen handschriftlichen Gebetbuch aus dem 15. Jahrhundert, das 1427 in Deutschland kopiert wurde. Staats- und Universitätsbibliothek Hamburg.

Links: Die Überquerung des Roten Meeres. Mose, der sich hinter den Israeliten befindet, blickt zurück, als die ägyptische Streitmacht im Meer ertrinkt. Ein Mann trägt ein Kind auf dem Rücken, und eine Frau hält einen Säugling in den Armen. Aus der Goldenen Haggada, einer hebräischen Handschrift aus dem 14. Jahrhundert aus Spanien. British Library, London.

eine Auseinandersetzung, durch die Gott künftigen Generationen seine Macht demonstrieren kann. Den theologischen Konflikt erklärt der Midrasch, der sich an die einfachen Worte des Pharao hält: »Wer ist Jahwe, daß ich auf ihn hören sollte? . . . Ich kenne Jahwe nicht« (Exodus 5, 2), damit, daß der Pharao den Namen des Gottes der Hebräer in seinen heiligen Aufzeichnungen suchte, aber nur die Götter von Moab, Amon und Sidon fand.

»›Du suchst unter den Toten nach einem lebenden Gott!‹ erwiderten Mose und Aaron.

›Ist euer Gott ein junger oder ein alter Mann?‹ fragte der Pharao. ›Wie alt ist er? Wie viele Städte hat er erobert? Wie viele Länder hat er besetzt? Wie lange regiert er bereits?‹

›Die Macht und Stärke unseres Gottes erfüllen die Welt‹, erwiderten sie. ›Es gab ihn, bevor die Welt geschaffen wurde, und es wird ihn am Ende der Welt geben. Er ist es, der dich schuf und dir den Geist des Lebens einhauchte.‹

›Was hat er vollbracht?‹ fragte der Pharao.

›Er hat den Himmel ausgebreitet und die Erde geschaffen . . . er spaltet Berge und zerschmettert Felsen. Er bedeckt die Hügel mit Gras. Er bringt den Regen und spendet Schatten . . . er schafft den Keimling im Leib seiner Mutter und läßt ihn zur Welt kommen . . .‹

›Ihr seid Lügner‹, rief der Pharao. ›Ich bin der Herr des Universums und ich habe mich geschaffen und auch den Nil‹« (*Exodus Rabba* 5, 18).

Das Gespräch zielt deutlich auf die zeitgenössische Götzenanbetung, die Verehrung der antiken Götter von Griechenland und Rom ab; uns muß klar sein, daß es bei der Befreiung Israels von Ägypten nicht nur um die Befreiung aus der Sklaverei ging; der Midrasch sah sie auch als Freilassung aus einer heidnischen, götzendienerischen Umgebung. Mose mußte eine doppelte Aufgabe erfüllen: die körperliche und die spirituelle Erlösung. Letztere erwies sich als die schwierigere, wie man der Geschichte Israels in der Wildnis des Sinai entnehmen kann, wo es zur Anbetung des Goldenen Kalbes kam.

Über die Plagen, die nacheinander auftraten, und die den Pharao allmählich zwangen, die Hebräer ziehen zu lassen, gibt es in der jüdischen Legende viele Mutmaßungen und Deutungen, und wir können hier nicht auf alle Einzelheiten eingehen. Es ist jedoch interessant, daß bei drei Plagen nicht Mose die Hand im Spiel hatte, sondern daß sie von Aaron ausgelöst wurden; es sind die ersten drei: Blut, Frösche und Läuse. Der Midrasch erklärt, daß Mose sein Leben dem Wasser verdankte und daher das Wasser nicht in Blut verwandeln oder die Frösche aus ihm vertreiben konnte. Die Läuse wieder wurden hervorgerufen, indem man den Staub des Bodens schlug; der Staub hatte Mose einst geholfen, indem er den Ägypter verbarg, den dieser erschlagen hatte; deshalb blieb es Mose erspart, den Staub zu schlagen. Eine amüsante Nebenerscheinung der Froschplage ist, daß durch sie ein alter Grenzstreit zwi-

schen Ägypten und Äthiopien beigelegt wurde. Die Frösche bedeckten den gesamten Boden Ägyptens – aber sonst nichts. Ihre Anwesenheit zeigte also ganz deutlich die Grenzen des ägyptischen Reichs auf (*Exodus Rabba* 10, 2).

DER EXODUS

Kurz vor dem Exodus feierten die Hebräer das erste Pascha, eine Zeremonie, die sich wohl im Lauf der Jahrhunderte verändert hat, aber von den Juden bis heute abgehalten wird, um der Befreiung aus der Sklaverei zu gedenken. Dabei werden die Plagen geschildert, und um Mitgefühl für die dadurch verursachten Leiden auszudrükken, wird bei der Nennung jeder Plage ein Tropfen Wein aus dem Glas geschüttet. Die Bibel beschreibt nicht nur das erste Pascha, sondern legt auch für die kommenden Generationen fest, in welcher Form er abgehalten werden soll (Exodus 12, 2-7). Man kann also sagen, daß dies zum Unterschied zu den Geboten, die die einzelnen Patriarchen erhielten und auch zum Unterschied zu den Gesetzen, die die Menschheit als Ganzes erhielt, die ersten Gesetze waren, die Israel als Volk gegeben wurden. Kein Wunder, daß der Rabbiner Isaak erklärte, die Bibel hätte mit diesem Abschnitt beginnen sollen und nicht mit der Schöpfung (Raschi, Genesis 1, 1).

Die Hebräer verließen Ägypten in großer Eile, ohne zu warten, bis der Teig, den sie geknetet hatten, aufgegangen war; deshalb essen sie zu Pascha ungesäuertes Brot. Sie nahmen auch große Reichtümer mit. »Auf diese Weise plünderten sie die Ägypter aus« (Exodus 12, 36). Der Midrasch erzählt uns, daß die Ägypter nur zu froh waren, die Juden loszuwerden und sie mit Geschenken überhäuften. Doch diese Reichtümer nützten ihnen nichts, im Gegenteil, die waren ein Stolperstein. Das Goldene Kalb wurde in der Wildnis aus ägyptischem Gold angefertigt, was nicht weiter verwunderlich ist, weil die Besitztümer von Götzenanbetern zur Götzenanbetung verleiten.

Wie schon gesagt, wird in der Pascha-Erzählung über den Exodus Moses Rolle nicht erwähnt – nur Gott wird gepriesen. Konsequenterweise folgt eine Lesung über die Überquerung des Roten Meeres, denn dieses Wunder war eindeutig ausschließlich Gottes Werk. In späteren jüdischen Überlieferungen gibt es viele Versionen dieser Geschichte. Die Geschichte ist an sich aufregend, und dazu kommt Moses Lied, das Gott für seine große Tat preist (Exodus 15), und das auf vielerlei Weise interpretiert werden kann. Dieses Lied nimmt in der wöchentlichen Toralesung in der Synagoge einen besonderen Platz ein und wird auf ganz bestimmte Art psalmodiert. In manchen Gemeinden ist es üblich, daß die Anwesenden während der Lesung stehen.

Exodus Rabba (23, 4) weist darauf hin, daß dies der erste Lobgesang der Menschheit für Gott war. »Adam sang nicht, auch nicht Abraham, als er aus Nimrods Feuerofen gerettet wurde, auch nicht Isaak, nachdem er die Akeda überlebt hatte, und auch nicht Jakob, nachdem er vom Engel und von Esau befreit worden war.« Außerdem stimmten die Frauen unter Mirjams Führung in den Gesang ein, und Gott hinderte die Engel daran, sein Lob zu singen, bevor die Israeliten ihr Lied beendet hatten. »Meine Kinder kommen vor meinen Dienern.« Am Roten Meer sah die niedrigste Sklavin mehr von Gottes Herrlichkeit als der große Prophet Ezechiel. Manche Überlieferungen behaupten, daß das Meer sich erst teilte, als die Hebräer bewiesen, daß sie an die Rettung durch Gott glaubten, indem sie in das Wasser wateten. Einige schrieben diese mutige Tat einem Angehörigen von Benjamins Stamm zu. Andere meinen, daß es Nahschon, der Fürst von Juda, war. Einer anderen Darstellung zufolge öffneten sich im Meer zwölf Straßen, für jeden der zwölf Stämme eine, und bei jeder erhob sich das Meer zu beiden Seiten in festen Mauern.

Doch das Wasser wurde so klar wie Kristall, so daß die zwölf Stämme einander bei der Überquerung sehen konnten.

Gegenüber: Die Plagen als Holzschnitt von Jakob Steinhardt, Berlin 1923. Von oben beginnend sind es von links nach rechts Blut, Frösche, Läuse, wilde Tiere, Viehseuche, Eiterbeulen, Hagel, Heuschrecken und der Tod der Erstgeborenen.

Rechts: Die Froschplage oben und die Läuseplage unten. Diese beiden Plagen wurden von Aaron ausgelöst, der links mit dem Wunder wirkenden Stab gezeigt wird. Der Pharao befindet sich rechts; seine Zauberer stehen hinter ihm. Im Mittelpunkt beider Felder befindet sich Mose, der die Aufmerksamkeit des Pharao auf Aarons Taten lenkt. Aus einer spanischen handschriftlichen Haggada aus dem 14. Jahrhundert. John Rylands University Library of Manchester.

In bezug auf das Schicksal des Pharao sind sich die Überlieferungen nicht einig. Manche behaupten, daß er mit seinem ganzen Heer untergegangen ist. Andere sagen, daß er gerettet wurde, weil er sich im letzten Augenblick zu Gott bekannte und dem Götzendienst abschwor. Er litt jedoch schrecklich und wurde schließlich König von Ninive. Er war derjenige, der Jonas Drohung von der Zerstörung glaubte und sein Volk aufforderte, Buße zu tun.

DIE TORA

Die Hebräer wurden aus der ägyptischen Sklaverei nicht nur erlöst, um die Freiheit zu erlangen, sondern Gottes Forderung lautete außerdem: »Laß mein Volk ziehen, damit sie mich in der Wüste verehren können« (Exodus 7, 16). Der Exodus war nur das Vorspiel zu der bedingungslosen Verpflichtung des jüdischen Volkes zum Dienst Gottes, und diese Verpflichtung wurde ihm am Sinai übertragen. Hier offenbarte ihnen Gott durch seinen Propheten Mose seine Lehren, die Tora, und seither ist die Tora das Fundament des jüdischen religiösen Lebens.

Es gibt unzählige Erzählungen und Legenden, die die Vorzüge der Tora preisen, und ebenso viele Ermahnungen der Propheten und Rabbiner an das Volk, sich an sie zu halten. In bezug auf Verehrung und Achtung steht die Tora nur Gott nach. Sie ist die Quelle des Lichtes und des Lebens. Sie ist das Mittel, durch das der Mensch sich Gott nähern und seinen Wegen folgen kann. Indem die Juden die Gebote der Tora befolgen, können sie den Augenblick der Erlösung und die Errichtung von Gottes Reich auf Erden beschleunigen. Die Mißachtung der Tora und ihrer Vorschriften bringt Leiden und Unglück.

Wie bereits gesagt, findet der Midrasch, es habe die Tora vielleicht schon vor der Erschaffung der Welt gegeben. Angeblich hat Gott die Tora zu Rate gezogen, bevor er mit dem Schöpfungswerk begann. Die Tora wurde daher am Sinai der Menschheit als Quelle der Weisheit, als Verhaltenskodex, den es bereits vor den Menschen gab, offenbart. Diese Vorstellung wird nach Ansicht der Rabbiner erhärtet, daß die Patriarchen lange vor der Offenbarung am Sinai zumindest einige der Vorschriften der Tora befolgten. Einen Teil der Gebote hatte Gott bereits ausdrücklich erlassen: Er hatte Adam angewiesen, »fruchtbar zu sein und sich zu vermehren«, und Abraham, seine Söhne zu beschneiden.

Gegenüber: Mose und die Israeliten singen das Lied vom Roten Meer (Exodus 15). Aus der Kaufmann-Haggada, einer hebräischen Handschrift aus dem 14. Jahrhundert aus Spanien. Magyar Tudományos Akadémia Könyvtára, Budapest.

Rechts: Eine Seite aus der Darmstadt-Haggada aus dem 15. Jahrhundert, mit dem Paschamahl (Seder), bei dem die Geschichte des Exodus erzählt wird. Hessische Landes- und Hochschulbibliothek Darmstadt.

Doch die Patriarchen hatten die Gebote implizit eingehalten. Abraham hatte »den Fremden geliebt«, indem er drei Engeln Gastfreundschaft gewährte. Josef hatte das Verbot, Ehebruch zu begehen, eingehalten, indem er den Verführungskünsten von Potifars Frau widerstand (Jellinek, *Bet ha-Midrasch* VI, 40-41). Es gibt viele solche Beispiele.

Außerdem erhielten die Hebräer bereits vor ihrem Eintreffen am Sinai von Gott einen Vorgeschmack der Tora. Nachdem sie das Rote Meer überquert hatten, kamen sie zu einem Ort namens Mara, wo das Wasser so bitter war, daß sie es nicht trinken konnten (Exodus 15, 23 ff.). Das Volk brachte eine seiner häufigen Beschwerden gegen Mose vor, der auf Gottes Anweisung ein Stück eines bestimmten Baumes ins Wasser warf, worauf dieses süß wurde. Um welchen Baum es sich handelt, verrät uns die Bibel nicht. Aber ein Midrasch meint, daß es die Tora war, die »ein Lebensbaum für den ist, der nach ihr greift« (Sprichwörter 3, 18). Für diese Ansicht spricht auch die Feststellung in der Bibel: »Dort (Mara) gab Gott dem Volk Gesetz und Rechtsentscheidung« – ein Vorgeschmack der Tora. Die Rabbiner erklärten, daß diese Vorschriften den Sabbat und das Gebot betrafen, seine Eltern zu ehren (*Targum Pseudo-Jonathan)*.

Diese Gebote waren offensichtlich noch in Kraft, als das Wunder des Manna begann, denn die Bibel erzählt uns, »am sechsten Tag ... wird es doppelt soviel sein ... Ihr seht, der Herr hat euch den Sabbat gegeben, daher gibt er auch am sechsten Tag Brot für zwei Tage« (Exodus 16). Dies hing damit zusammen, daß es verboten war, am Sabbat das Haus zu verlassen, um Nahrung zu sammeln. Zur Erinnerung an dieses Ereignis legen die Juden heute noch zur Sabbatmahlzeit am Freitag abend zwei Laibe Brot *(Challot)* auf den Tisch. Die Challot sind mit dem Sabbattuch bedeckt, um daran zu erinnern, daß Tau das Manna be-

Rechts: Die als mittelalterliche, berittene Soldaten dargestellten Ägypter verfolgen die ausziehenden Israeliten. Aus der zweiten Nürnberger Haggada, einer hebräischen Handschrift aus dem 15. Jahrhundert aus Deutschland. Schocken-Institutsbibliothek, Jerusalem.

deckte, als es dort in der Wildnis fiel.

Das Gesetz wurde erst zur Gänze offenbart, als sich das Volk am Berg Sinai versammelt hatte; dort erlebte es den Donner und die Blitze, den Hörnerschall und den rauchenden Berg (Exodus 19, 16). Dies war ein gemeinsames Erlebnis, an dem nicht nur die Hebräer, sondern auch »der Haufen anderer Leute« teilhatte, die gemeinsam mit ihnen Ägypten verlassen hatten. Juda Halevi, ein jüdischer Philosph aus dem 12. Jahrhundert, schrieb, daß die Tora das Wort Gottes sein müsse, weil 600.000 Menschen Zeugen der Offenbarung auf Sinai wurden.

Hier wurde der besondere Bund zwischen Gott und dem jüdischen Volk geschlossen. Ein Bündnis wurde ausgearbeitet, und man einigte sich auf einen Pakt. Den Juden wurde die Aufgabe zugewiesen, Zeugnis für die Existenz Gottes abzulegen und seine Gebote zu befolgen. Diese Beziehung machte die Israeliten keinewegs zur »bevorzugten Nation«. Die Tatsche, daß die Juden auserwählt wurden, beinhaltet nicht automatisch ihre Überlegenheit über andere Völker. Sie bedeutet nur eine besondere Rolle in der Welt, eine bestimmte Aufgabe. Dieser Punkt wird in den Auslegungen des großen Ereignisses am Sinai durch die Rabbiner immer wieder betont.

»Die Tora wurde öffentlich an einem allen zugänglichen Ort übergeben, auf den niemand Anspruch hatte. Denn wenn sie im Land Israel übergeben worden wäre, hätten die Nationen der Welt gesagt: Wir haben keinen Anteil daran. Deshalb wurde sie öffentlich und allen zugänglich in der Wildnis übergeben, und an einem Ort, auf den niemand Anspruch erheben konnte. Jeder, der sie annehmen will, kann kommen und sie annehmen« *(Mechilta Jitro)*.

Obwohl die Tora hebräisch geschrieben ist, trug Gott sie am Sinai gleichzeitig in 70 verschiedenen Sprachen vor, so daß alle Bewohner sie hören und annehmen konnten (*Schabbat* 88b). Doch das taten sie nicht. Als man sie fragte, ob sie dem Gesetz Gottes gehorchen wollten, erkundigten sie sich nach dem Inhalt, und einer nach dem anderen lehnte ab. Die Nachkommen Esaus sagten, daß sie das Gebot »Du sollst nicht töten« nicht einhalten konnten, und Ismaels Nachkommen konnten nicht versprechen, sich an das Gebot »Du sollst nicht stehlen« zu hal-

Links: Die Israeliten verlassen Ägypten. Einige von ihnen sind bewaffnet. Die Frauen und Kinder werden in einem Wagen befördert. Aus der zweiten Nürnberger Haggada, einer hebräischen Handschrift aus dem 15. Jahrhundert aus Deutschland. Schocken-Institutsbibliothek, Jerusalem.

ten, und alle übrigen Völker zögerten aus ähnlichen Gründen. Israel war das letzte Volk, das noch nicht geantwortet hatte, aber sie fragten nicht zuerst, was das Gesetz enthielt, sondern antworteten sofort: »Wir werden es befolgen« *(Sifre Deuteronomium)*. Der Eifer, mit dem sie auf das göttliche Angebot eingingen, wird damit erklärt, daß Gott den Berg Sinai wie einen Korb über ihnen in der Schwebe hielt und ihnen drohte, sie unter ihm zu begraben, wenn sie sein Gesetz nicht augenblicklich annahmen (*Advora Zara* 2b). Daß Israel das Gesetz nur unter Druck annahm, verleiht der Redensart »das Joch der Tora« eine neue Bedeutung.

In einer schönen Darstellung der Offenbarung der Tora beschreibt der *Exodus Rabba* 29, 9, daß der gesamten Natur dieser erhabene Augenblick bewußt war. »Als Gott die Tora offenbarte, sang kein Vogel, kein Huhn schlug mit den Flügel, kein Ochse brüllte, die Engel sangen keine Loblieder, das Meer rauschte nicht, kein Geschöpf gab einen Laut von sich; die Welt wartete schweigend auf die echolose Stimme, die erklärte: ›Ich bin Jahwe, dein Gott.‹«

Der letzte Satz stellt die Eröffnung der Zehn Gebote dar. Der allgemeinen Ansicht zufolge vernahm das gesamte Volk, wie die göttliche Stimme die Zehn Gebote verkündete; doch es gibt auch die Theorie, daß es nur die ersten beiden Gebote hörte und so sehr von Schrecken erfüllt wurde, daß es Mose anflehte, der Vermittler zu sein, durch den Gott seinem Volk seine Gebote mitteilte (*Makkot* 24a).

In der hebräischen Rolle, aus der die Juden jede Woche in der Synagoge Teile der Tora vorlesen, sind einige Buchstaben mit kleinen, *Taggin* genannten »Kronen« versehen. Im Talmud wird berichtet, daß Mose, als er in den Himmel kam, sah, wie Gott diese Taggin auf die Buchstaben setzte. Mose fragte ihn, was er tue. Gott antwortete: »Einst wird ein Mann kommen, der diese Taggin auslegen und aus jedem von ihnen Berge von Gesetzen auftürmen wird.« – »Ich möchte diesen Mann sehen«, verlangte Mose. Gott erfüllte ihm seinen Wunsch und setzte ihn in die 18. Reihe der Schüler, die Rabbi Akiba lauschten, einem der größten Rechtsgelehrten im 2. Jahrhundert n. Chr. Mose geriet außer sich, denn er verstand nicht, was Rabbi Akiba sagte, und bemerkte nicht die geringste Ähnlichkeit zwischen den von Akiba dargelegten Gesetzen und jenen, die er von Gott auf dem Berg Sinai erhalten hatte. Er beruhigte sich jedoch wieder, als ein Student Rabbi Akiba fragte, woher er sein Wissen beziehe, und dieser antwortete: »Das alles geht auf das Gesetz zurück, das Mose auf dem Berg Sinai erhalten hat.« Die Geschichte endet sehr ernst. Mose wollte sehen, welche Belohnung für den großen Gelehrten Akiba vorgesehen war. Darauf zeigte ihm Gott Akiba, der von den Römern gefoltert wurde. Mose erhob Einspruch, aber Gott wies ihn zurecht: »Schweige. Dies ist mein Beschluß« (*Menahot* 29b).

Diese letzte Geschichte beginnt als Legende und endet mit einer historischen Tatsache. Die Römer marterten viele Rabbiner (und auch viele gewöhnliche Jüdinnen und Juden) ihres Glaubens wegen. Diesen Juden war die Tora wichtiger als das Leben. Den Rabbiner Hanina ben Teradion fragten die Römer, warum er die Tora so lange studierte. »Weil Gott es befohlen hat«, lautete die Antwort. Er wurde zum Tode auf dem Scheiterhaufen verurteilt. »Er wurde in eine Torarolle gehüllt, rings um ihn wurden Bündel von Weidenholz aufgetürmt und angezündet ... Seine Schüler fragten ihn: ›Was siehst du?‹ Er antwortet: ›Die Torarolle verbrennt, aber die Buchstaben fliegen zum Himmel‹« (*Avoda Zara* 17b).

Rabbi Hanina zufolge konnten die Buchstaben des Gesetzes nicht vernichten werden. Auch Rabbi Akiba zweifelte nicht daran, daß die Tora hohe Anforderungen stellt. Als man ihn fragte, warum er sein Leben aufs Spiel setzte, um die Tora zu studieren und zu lehren, erzählte er eine berühmte Parabel: »Einmal ging ein Fuchs einen Bach entlang, und erblickte Fische, die hurtig durchs Wasser schwammen. ›Wovor flieht ihr?‹ fragte der Fuchs. ›Vor Fischern mit Netzen‹, antworteten die Fische. ›Kommt doch herauf auf das feste Land‹, schlug der schlaue Fuchs vor, ›damit wir in Frieden miteinander leben können.‹ – ›Wenn wir bereits Angst haben, wenn wir uns noch in unserem Element befinden‹, erwiderten die Fische, ›um wieviel mehr müßten wir uns dann fürchten, wenn wir unser Element verlassen!‹ Genauso ergeht es uns«, sagte Rabbi Akiba. »Wir begeben uns in Gefahr, wenn wir hier sitzen und die Tora studieren, die als ›dein Leben und die Länge deines Lebens‹ bezeichnet wird (Deuteronomium 30, 20). Um wieviel größeren Gefahren würden wir uns aussetzen, wenn wir die Tora vernachlässigten« (*Berachot* 61b).

Daß Mose 40 Tage 40 Nächte auf dem Berg Sinai blieb, wurde damit erklärt, daß er in den Himmel gegangen war, um die Tora zu erhalten, denn er konnte nur im Himmel so lange überleben. Die Rabbiner stehen auf dem Standpunkt, daß es im Himmel kein Essen und Trinken gibt – die Engel brauchen es nicht. Die Engel wehrten sich entschieden gegen Moses Versuch, die Tora mitzunehmen, weil sie ihrer Ansicht nach zu ihnen in die himmlischen Sphären gehörte. Mose überzeugte sie jedoch durch seine Argumente davon, daß die Menschheit die Tora dringender brauchte als sie.

»In der Tora steht, ›Ich bin Jahwe, dein Gott, der euch aus Ägypten geführt hat‹, begann er. Wart ihr in Ägypten versklavt? Dort steht geschrieben: ›Ehre deinen Vater und deine Mutter.‹ Habt ihr Eltern, daß ihr ein solches Gebot braucht? Es steht auch geschrieben: ›Du sollst nicht die Ehe brechen‹. Gibt es im Himmel Frauen, so daß ihr ein solches Verbot nötig habt?« So ging er die Gebote der Reihe nach durch, bis die Engel zugaben, daß er recht hatte und ihm gestatteten, die Tora mitzunehmen *(Pesikta Rabbati)*.

Ein wesentlicher Bestandteil des orthodoxen jüdischen Glaubens ist, daß der Pentateuch (das heißt die Tora im engsten Sinn) Mose wörtlich von Gott diktiert wurde. Daher ist jedes seiner Worte wahr und unveränderlich. Die modernen kritischen Gelehrten akzeptierten diesen Standpunkt nicht und weisen darauf hin, daß es im Text Widersprüche, Anachronismen und die Beschreibung von Moses Tod gibt, der hinzugefügt wird: »bis heute kennt niemand sein Grab« (Deuteronomium 34, 6). Die Rabbiner führen zu jedem Punkt Gegenargumente ins Treffen, sogar gegen den letzten. Obwohl im Mittelalter einige Rabbiner zugaben, daß die Verse, die Moses Tod schildern, von seinem Nachfolger Josua geschrieben wurden, wird in einem älteren Midrasch die Ansicht geäußert, daß Gott Mose auch diese Verse diktierte, und daß Mose weinte, als er seinen Abschied von der Welt beschreiben mußte!

Zusätzlich zu der Tora, die Mose niederschrieb, erhielt er von Gott eine zweite Tora, die nicht schriftlich festgehalten wurde, und die Mose seinen Nachfolgern mündlich überlieferte. Diese mündliche Tora gilt als Kommentar und Erweiterung der schriftlichen und später im *Mischna* (200 n. Chr.) niedergeschrieben. Während der 40 Tage, die sich Mose im Himmel aufhielt, mußte er daher Gottes Gesetz auswendig lernen. Im Midrasch heißt es, daß er die Tage damit verbrachte, die geschriebene Tora zu studieren, während seine Nächte der mündlichen Tora gewidmet waren.

Obwohl die Rabbiner den göttlichen Ursprung der Tora nicht bestritten, fielen das Vorrecht und die Pflicht, sie auszulegen, ausschließlich dem Menschen zu. Nach Ansicht der Rabbiner endete die Gabe der Prophezeiung mit Malachi, und sie waren mißtrauisch, wenn jemand von einer göttlichen Botschaft sprach. Dies veranschaulicht eine sehr berühmte Geschichte im *Talmud* (*Baba Mezia* 59b). »Rabbi Eliezer und die Weisen stritten über die rituelle Sauberkeit von Achnais Backofen. Rabbi Eliezer erklärte ihn für rein, doch die Weisen widersprachen ihm. Rabbi Eliezer sagte zu ihnen: ›Dieser Johannisbrotbaum soll beweisen, daß ich recht habe.‹ Der Johannisbrotbaum zog seine Wurzeln heraus und bewegte sich 100 Ellen weit. Manche behaupten sogar, daß es 400 Ellen waren.

›Mit einem Johannisbrotbaum kann man nichts beweisen‹, meinten die Weisen. ›Dann soll dieser Bach beweisen, daß ich recht habe‹, erwidert Rabbi Eliezer. Der Bach begann, rückwärts zu fließen.

›Auch mit einem Bach kann man nichts beweisen‹, sagten die Weisen.

›Wenn ich recht habe, dann sollen es die Wände dieses Schulzimmers beweisen‹, sagte Rabbi Eliezer. Die Wände begannen umzufallen. Rabbi Josua erhob sich und tadelte sie: ›Hier streiten Gelehrte. Was geht euch das an?‹ Aus Respekt vor Rabbi Josua hörten die Wände auf umzufallen, aber aus Respekt vor Rabbi Eliezer richteten sie sich nicht ganz auf und stehen bis zum heutigen Tag schief!

Jetzt meinte Rabbi Eliezer: ›Wenn ich recht habe, dann soll es der Himmel beweisen.‹ Eine Stimme vom Himmel erklärte: ›Rabbi Eliezer hat

Gegenüber: Die Offenbarung auf dem Berg Sinai. Hier ist Mose, der die Zehn Gebote erhält, in Gold dargestellt. Er ist von Flammen umgeben, weil der Berg laut der Bibel voller Feuer und Rauch war. Ein *Schofar* (Widderhorn) erscheint aus dem Himmel und verkündet die Offenbarung, während das Volk zitternd unten wartet. Aus der Sarajevo-Haggada, einer hebräischen Handschrift aus dem 14. Jahrhundert aus Spanien. Zemaljski Muzej, Sarajevo.

immer recht.‹ Rabbi Josua erhob sich und sagte: ›(das Gebot) ist nicht im Himmel‹ (Deuteronomium 30, 12). Was meinte er damit? Rabbi Jeremia sagte: ›Damit hat er gemeint, daß wir nicht mehr auf eine Stimme vom Himmel hören, seit uns die Tora auf dem Berg Sinai gegeben wurde . . .‹

Später traf Rabbi Nathan Elija und fragte ihn, was Gott damals getan hatte.

Elija erwiderte: ›Er lächelte und sagte: Meine Kinder haben mich besiegt. Meine Kinder haben mich besiegt.‹«

DAS GOLDENE KALB

Sowohl in der jüdischen als auch in der christlichen bildlichen Überlieferung wird Mose beim Erhalt der Tora mit zwei Steintafeln dargestellt, in die die Zehn Gebote gemeißelt sind. Als Mose sah, wie die Hebräer das Goldene Kalb anbeteten, geriet er jedoch in solche Wut, daß er sich weigerte, diese Gebote an das Volk weiterzugeben und die Tafeln zerschlug. Anscheinend konnten sich die Hebräer die Götzenverehrung, die sie in Ägypten kennengelernt hatten, nicht so leicht abgewöhnen. Sie glaubten, daß Mose nicht zurückkommen würde, und wollten eine Gestalt haben, die ihnen voranging. Die Bibel ist in bezug auf die Einzelheiten ein wenig ungenau. Das Volk versammelte sich um Aaron und sagte zu ihm: »Komm, mach uns Götter, die vor uns herziehen. Denn dieser Mose, der Mann, der uns aus Ägypten heraufgebracht hat – wir wissen nicht, was mit ihm geschehen ist« (Exodus 32, 71). Verlangten sie von Aaron, er solle ein körperliches Abbild Gottes oder eine Darstellung von Mose machen? Oder bestand ihre Sünde darin, daß sie Mose für einen Gott in Menschengestalt hielten? Oder wollten sie einen »Gott« haben, der sie führte, weil sie der »Mensch«, der sie aus Ägypten hinausgeführt hatte, verlassen hatte? Auch Aarons Rolle bei diesem Ereignis bedarf einer Erklärung. Warum gab er ihrer Forderung so bereitwillig nach? Glaubte er nicht daran, daß sein Bruder wiederkommen würde?

Bei der Auslegung der Geschichte versuchten die Rabbiner natürlich, den ersten Hohepriester des jüdischen Volkes, Aaron, reinzuwaschen, weil er ihrer Meinung nach nicht den schweren Fehler begehen konnte, ein Götzenbild anzufertigen. Sie behaupteten, daß er einfach Zeit gewinnen wollte, indem er scheinbar auf die Tatsache, daß Aaron verkündete: »Morgen ist ein Fest zur Ehre des Herrn.« Der Midrasch meint außerdem, daß Aaron deshalb von seinem Volk das Gold für die Herstellung des Goldenen Kalbes verlangte, weil er die Leute entmutigen wollte, so daß sie von ihrer Forderung abließen. Er war darüber erstaunt, wie schnell sie bereit waren, sich von ihren Reichtümern zu trennen. Um ihnen zu zeigen, daß ihr Verlangen unsinnig und frevelhaft war, warf er das Gold ins Feuer. Das Ergebnis verblüffte ihn: »Ich habe es ins Feuer geworfen und herausgekommen ist dieses Kalb« (Exodus 32, 24). Aaron erklärte damit, daß er nicht daran schuld war.

Als Mose sah, daß sein Volk um das Goldene Kalb tanzte, zerschmettert er die Steintafeln nicht nur aus Zorn. Die Juden hatten das Verbot der Götzenanbetung mißachtet und konnten dafür mit dem Tod bestraft werden, und er fand, daß es dann besser war, wenn er ihnen die Gebote überhaupt nicht gab. In manchen Überlieferungen heißt es, daß die Schrift auf den Steintafeln zu verblassen begann, als Mose sich dem israelitischen Lager näherte, und daraus erkannte er, daß es keinen Sinn hatte, sie dem Volk zu geben.

Die ersten beiden Steintafeln waren von Gott geschaffen worden. Laut *Mischna Avot* 5, 6 wurden sie am Abend des ersten Sabbat geschaffen, während der *Sohar* (I, 131b) behauptet, daß sei aus dem Grundstein im Mittelpunkt der Welt gehauen wurden. Andere sagen, daß sie aus dem Saphir gemacht wurden, der sich unter dem Thron der göttlichen Herrlichkeit befindet. Die zweiten Tafeln haute Moses auf Gottes Befehl aus Stein (Exodus 34, 1). Als er mit den zweiten Tafeln den Berg herunterstieg, leuchtete sein Gesicht, oder wörtlicher, es »strahlte«. Seine Haut sandte Lichtstrahlen aus. Das ist offenbar die Bedeutung von Exodus 43, 30. Es war ein Widerschein des göttlichen Leuchtens, behaupten die Rabbiner. In manchen Darstellungen von Mose, von denen Michelangelos Skulptur die bekannteste ist, wird er mit Hörnern dargestellt, die ihm aus dem Kopf wachsen – der Bibelvers wurde mißverstanden.

TABERNAKEL UND TEMPEL

Ein großer Teil des Buches Exodus befaßt sich mit der Errichtung des Tabernakels in der Wildnis. Diese Beschreibung ist so detailliert und ausführlich, daß man sie nur mit dem Bericht im Ersten Buch Könige über die Errichtung von Salomos Tempel vergleichen kann. Jeder Gott der antiken Welt besaß ein eigenes »Heim«. Dies waren Tempel, Schreine, natürliche Höhlen, Bäche, oder sogar bestimmte Teile einzelner Häuser. Die Israeliten befanden sich somit in der Hauptströmung der nahöstlichen Religionen, wenn sie eine Unterkunft für ihren Gott bauten. Allerdings bestand einer der größten Unterschiede darin, daß die Darstellung ihres Gottes verboten war. Es durfte kein Bildnis oder Idol geben. Deshalb konnte der Brennpunkt des Tempels oder Schreins nicht wie bei den meisten heidnischen heiligen Orten ein Bildnis sein. An dessen Stellen trat die Bundeslade, die eigentlich nur eine einfache, tragbare Truhe war, die die steinernen Gesetzestafeln enthielt. Oberhalb der Lade befanden sich zwei Cherubim mit ausgebreiteten Flügeln; sie waren natürlich keine Darstellung der Gottheit, sondern ein Thron, auf dem der unsichtbare Gott ruhte. In anderen antiken Religionen gibt es viele Darstellungen von göttlichen Gestalten auf steinernen Tieren, die ihren Thron darstellen. In diesem Licht sollte man die Vorstellung von einem unsichtbaren Gott betrachten, der zwischen den Cherubinen oder oberhalb von ihnen ruht. Die bedeuteten, daß die Lade mit den göttlichen Gesetzen der Mittelpunkt des Heiligtums sein muß. Das ist heute noch der Fall; der zentrale Punkt der Synagoge ist die Bundeslade, die die heiligen Torarollen, das göttliche Gesetz, enthält.

Doch konnte Gott überhaupt eine physische Heimstätte auf der Erde besitzen? Salomo formulierte das Problem am besten: »Wohnt denn Gott wirklich auf Erden? Siehe, selbst der Himmel und die Himmel der Himmel fassen dich nicht, wieviel weniger dieses Haus, das ich gebaut habe!« (I Könige 8, 27). Die Rabbiner formulierten es noch prägnanter: »Gott ist der Ort der Welt. Die Welt ist nicht sein Ort.« Der Midrasch erzählt uns tatsächlich, es sei nicht Gottes Wunsch gewesen, daß ein Heiligtum für ihn errichtet werde, sondern er gab nur den Forderungen des Volkes nach. Als die Juden die Absicht äußerten, Gott einen Palast zu errichten, wie ihn die Könige der Erde besaßen, erwiderte Gott: »Meine Kinder, irdische Könige brauchen das, aber ich nicht. Ich benötige kein Essen und Trinken. Und was das Licht betrifft, so sind die Sonne und der Mond meine Diener und sie

erleuchten die ganze Welt mit dem Licht, das ich ihnen gegeben habe.« Doch das Volk bestand auf seinem Begehren. Daraufhin stimmte Gott zu: »Es ist üblich, daß ein Vater für seinen Sohn sorgt, ihn wäscht, nährt und trägt, und wenn der Sohn erwachsen ist, stellt er dem Vater ein Zimmer, einen Tisch und einen Kerzenleuchter zur Verfügung. Als ihr jung wart, sorgte ich für euch, gab euch Brot zu essen und Wasser zu trinken und trug euch auf Adlersflügeln. Jetzt seid ihr älter und solltet mir einen Raum, einen Tisch und einen Kerzenleuchter zur Verfügung stellen« (*Midrasch Haggada Exodus* 27, 1).

Von den Geräten des Heiligtums ist der »Kerzenleuchter«, die Menora, zum wichtigsten Symbol des Judaismus und des jüdischen Volkes geworden.

Ein Challa-Tuch für den Sabbatabend, auf dem zwei Brotlaibe *(Challot)* abgebildet sind, um die doppelte Portion Manna darzustellen, die in der Wildnis am Freitag fiel, so daß es nicht notwendig war, am Samstag Manna zu sammeln, was gegen die Sabbatgebote verstoßen hätte. Deutschland, 19. Jahrhundert, Hebrew Union College Skirball Museum, Los Angeles.

Man findet sie auf alten jüdischen Gräbern, auf Mosaikfußböden in den Synagogen, und sie wurde in römischen Zeiten auf jüdischen Münzen als Symbol der Unabhängigkeit abgebildet. Es ist kein Wunder, daß die Menoras einen Hauptteil der Beute ausmachten, die die Römer 70 n. Chr. bei der Plünderung Jerusalems mitnahmen; dieses Ereignis ist auf dem Titusbogen in Rom dargestellt. Die Beschreibung der ursprünglichen Menora im Heiligtum ist kompliziert, und zwar so kompliziert, daß es Mose laut dem Midrasch schwerfiel, sich alle Einzelheiten zu merken. Gott gab ihm einen Plan, eine Blaupause der gesamten Tabernakelkonstruktion mit allen ihren Bestandteilen, aber Mose mußte zu Gott zurückkehren und sich die Einzelheiten der Menora noch einmal erklären lassen. Gott zeigte ihm dann eine Darstellung aus Feuer, aber Mose konnte noch immer nicht die gesamte Information im Kopf behalten. Schließlich riet ihm Gott, die Arbeit Huris Sohn, dem großartigen Kunsthandwerker Bezalel, zu übertragen. Dieser fertigte den vollständigen Kandelaber aus dem Kopf an, ohne den Plan jemals gesehen zu haben, und er wurde genauso, wie Gott ihn geplant hatte (*Numeri Rabba* 15, 9).

Wie ihre Vorgängerin in der Wüste besaß auch die Tempelmenora sieben Arme. Die Menora, die die Juden beim Chanukkafest verwenden, hat neun Arme. Dieses Fest, das in den Dezember fällt, gilt der Erinnerung an den Sieg Judas des Makkabäers 165 v. Chr. über den Epiphanes genannten Antiochus IV. Antiochus hatte versucht, die jüdischen Religion auszulöschen, indem er ihre Ausübung mit der Todesstrafe belegte, aber Juda und seine Brüder führten einen erfolgreichen Guerillakrieg gegen die Truppen des Antiochus, und es gelang ihnen schließlich, den Tempel in Jerusalem zurückzuerobern. Sie mußten dann die gesamte Anlage, die Antiochus mit dem Götzendienst verunreinigt hatte, neu weihen. Im Talmud (*Schabbat* 21b) gibt es eine Legende, in der erzählt wird, daß die Makkabäer das heilige Öl suchten, um die Lichter im Tempel anzuzünden, aber nur soviel fanden, wie sie für einen Tag brauchten. Durch ein Wunder reichte dieses Öl acht Tage, bis sie den Ölvorrat entdeckten, den die Priester während der Jahre der Verfolgung versteckt hatten. Zur Erinnerung an diese Geschichte zünden die Juden die Menoras in ihren Häuser acht Nächte lang an – am ersten Abend eine Kerze, dann zwei und so weiter, bis in der letzten Nacht alle Kerzen brennen. (Das neunte, *Schammasch* oder »Diener« genannte Licht, wird nur dazu verwendet, um die anderen anzuzünden.)

Die Bibel beschreibt auch die Gewänder des Hohepriesters bis ins letzte Detail, und spätere Kommentatoren haben diese Beschreibung genau untersucht. Der im Allerheiligsten und im Tempel bei Anbetung und Opfer entfaltete Prunk muß eine tiefere Bedeutung gehabt haben, denn die Zwiesprache zwischen Mensch und Gott ist der von den meisten Mysterien umgebene Akt. Dieser Ansicht waren vor allem die jüdischen Mystiker; für sie waren alle Gebote der Tora ein Mittel, durch das die Juden auf Erden die Harmonie in den himmlischen Sphären fördern konnten. Als Beispiel für diese Auslegung wollen wir die zwölf Steine in der Brustplatte des Hohepriesters betrachten. Auf jedem von ihnen war der Name eines der zwölf Stämme eingraviert. Rabbenu Bahija Ben Ascher (gest. 1340) weist in seinem Kommentar zu Exodus 28 darauf hin, daß zwischen diesen Steinen und der Schöpfung eine enge Verbindung besteht. Seiner Ansicht nach trug jeder Stein sechs Buchstaben, die die Zahl der Schöpfungstage symbolisierten; insgesamt waren es also 72 Buchstaben. Diese Zahl entspricht nicht nur dem 72 Buchstaben umfassenden Namen Gottes, sondern auch den 72 Stunden, die Gott benötigte, um die Welt zu erschaffen, wenn man den Tag mit zwölf Stunden ansetzt.

Gott unterbrach nachts seine Schöpfung. Dann legt Bahija einen Stein nach dem anderen aus. Judas Stein war der Smaragd, der den Sieg in der Schlacht bringt, Issachars Stein war der Saphir, weil Issachars Stamm wegen seines Studiums der Tora berühmt war, und die beiden Tafeln aus Saphir gehauen waren. Sebulon war ein Händler und unterstützte Issachar bei seinen Studien. Deshalb war sein Stein die Perle, die aus dem Meer kommt, über das Sebulons Schiffe fuhren. Rubens Stein war der Rubin, der die Fruchtbarkeit fördert. Das paßt zu Ruben, denn er fand als Junge die Alraunwurzel, ein Aphrodisiakum, und brachte sie seiner Mutter Lea. Auf diese Art legt Bahija alle Steine aus.

Laut der rabbinischen Überlieferung wurden diese Steine auch in Verbindung mit dem geheimnisvollen Urim und Thummim verwendet, einem Orakel, für das der Hohepriester zuständig war. Wenn jemand mit einer Frage zu dem Orakel kam, betrachtete der Hohepriester die Steine auf seiner Brustplatte und erfuhr die Antwort dadurch, daß einige der eingravierten Buchstaben heller leuchteten als die anderen.

Die Gewänder des Hohepriesters waren am Saum mit kleinen Glöckchen verziert. Er betrat das Allerheiligste an einem einzigen Tag im Jahr, und zwar am Versöhnungstag, an dem er dort Weihrauch verbrannte. Die Menschen in den Tempelhöfen konnten ihn nicht dabei beobachten, weil ihn dichte Vorhänge vor ihren Blicken verbargen. Aber sie hörten am Geläute der Glöckchen, wie er hin- und herging. Zur Erinnerung daran verzieren die Juden ihre Torarollen mit silbernen Glöckchen. Die Rollen besitzen auch silberne Brustplatten; man kann also sagen, daß die *Sefer Tora* symbolisch die Rolle des Hohepriesters übernommen hat.

EXIL

Die Zerstörung des Ersten Tempels durch Nebukadnezzar 586 v. Chr. und die Zerstörung des Zweiten Tempels durch die Römer 70 n. Chr. waren zwei große nationale Tragödien. Opfer konnten ausschließlich im Tempel dargebracht werden, daher bedeutete seine Zerstörung eine Unterbrechung der rituellen Kommunikation zwischen Gott und den Menschen. Man konnte zum Beispiel nicht mehr durch ein Opfer Vergebung für seine Sünden erlangen. An den Feiertagen und beim täglichen Ritual waren keine Opfer im Tempel mehr möglich. Später versuchte man, Erklärungen für diese Katastrophe zu finden, und dabei wurde die Schuld ausnahmslos den Juden zugeschrieben. Sie waren der Tora nicht treu geblieben. Sie waren wieder in die Götzenanbetung verfallen. Sie hatten ihre Kinder nicht unterrichtet. Sie hatten Verleumdungen verbreitet. Man führte diese und viele andere Sünden an, die zum nationalen Zusammenbruch und zum Exil geführt hatten. Die Juden haben eigentlich erst vor relativ kurzer Zeit begonnen, andere Gründe als ihre eigenen Verfehlungen für ihre Schwierigkeiten zu suchen.

Die Legenden berichten, daß sich Mose, die drei Patriarchen, Rahel, die Tora und alle Buchstaben des hebräischen Alphabets bei Gott für die Juden einsetzten und ihn baten, die Zerstörung des Tempels zu verhindern, doch alles Flehen war vergeblich.

In der Antike bedeutetet die Niederlage eines Volkes und die Besetzung seines Heiligtums unweigerlich auch die Niederlage der nationalen Gottheit. Dies galt jedoch keinesfalls für die Juden, weil der jüdische Gott nicht einfach der Gott der Juden ist. Er ist der Gott des gesamten Universums, der die Völker benützt, um seine Pläne durchzuführen. Anderseits bedeutete die Zerstörung des Tempels, daß das »Haus« Gottes verlorenging. Die rabbinische Ansicht, daß Gottes Anwesenheit, die Schechina, die Juden begleitete, als sie ins Exil gingen, verleiht dieser Einstellung sehr schön Ausdruck. Die Schechina wandert hei-

Gegenüber: Aaron gießt Öl in eine der sieben Lampen des Kandelabers (Menora) im Heiligtum. Die Menora im Tempel war sehr groß, und die Priester mußten Leitern benützen, um sie richtig zu betreuen. Sie ist eines der ältesten und angesehensten Symbole des Judaismus und des jüdischen Volks. Aus einer hebräischen Sammelhandschrift vom Ende des 13. Jahrhunderts aus Nordafrika. British Library, London.

זה המנרה ואהרן הנתן שמן בנירות״

matlos mit dem jüdischen Volk, und wenn die Juden leiden, leidet auch sie. Für jüdische Mystiker ist diese Idee wesentlich, sie beherrscht ihre Diskussionen über den Sinn der jüdischen religiösen Observanz. Dieser Sinn ist die Wiedereinsetzung der Schechina in ihr rechtmäßiges Haus, den Tempel von Jerusalem. Der Tempel wird wiedererrichtet werden, wenn der Messias, der Sohn Davids, kommt. Die gesamte Einrichtung des Tempels, die vor der Zerstörung versteckt wurde, wird wieder zum Vorschein kommen, und die uralten Rituale werden wiederbeginnen.

DIE RIESEN

Der Einzug Israels ins Gelobte Land verzögerte sich um 40 Jahre, weil die Juden ihren Kundschaftern glaubten, die berichteten, daß dieses Gebiet für sie zu gefährlich sei (Numeri 13–14). Ihr Glaube war nicht so groß, daß sie sich auf Gottes Schutz verließen. Es ist jedoch nicht erstaunlich, daß zehn der zwölf von Mose ausgesandten Kundschafter Befürchtungen äußerten, denn in dem Land jenseits des Jordan hatten sie Riesen erblickt, die Anakim genannt wurden. Als sie die Stadt Kirjat Arba besuchten, sahen die sogar Anak selbst und seine riesigen drei Söhne. Sie waren so entsetzt, daß sie sich, wie sie glaubten, in einer Höhle versteckten. Es stellte sich jedoch heraus, daß es die Schale eines Granatapfels war, die einer der Riesen weggeworfen hatte. Dann kam eine Frau vorbei, hob die Schale mit den zwölf Männern darin auf und warf sie weg, als wäre sie so leicht wie eine Eischale. Die Größe der Granatäpfel gibt uns eine Vorstellung von der Fruchtbarkeit des Gelobten Landes. Es war tatsächlich ein Land, in dem »Milch und Honig flossen«, und es war genauso schön, wie Gott verheißen hatte. Die beiden treuen Spione, Kaleb und Josua, bestanden darauf, einige Früchte in das hebräische Lager mitzunehmen, um zu zeigen, um was für ein liebliches Land es sich handelte. Sie schnitten einen Weinstock ab, und er war so schwer mit Früchten behangen, daß ihn acht Männer tragen mußten (*Sota* 34a). Er lieferte während der nächsten 40 Jahre genügend Wein für alle Trankopfer im Heiligtum.

Wenn wir über das Wesen der Riesen nachdenken, dürfen wir Og, den König des Baschan, nicht vergessen, über den es zahlreiche Geschichten gibt. Er war angeblich der Sohn Hams und überlebte die Sintflut (siehe S. 45). Sein Bett wurde in der Bibel als etwas Wunderbares beschrieben: »Sein Bett ist aus Eisen ... es ist neun gewöhliche Ellen lang und vier breit« (Deuteronomium 3, 11). Aus dieser Beschreibung schloß man, daß Ogs Umfang seiner halben Höhe entsprach! Abba Saul berichtet, daß er einmal einen Hirsch verfolgte, der sich in das Schienbein eines Toten flüchtete. Er verfolgte ihn und kam erst nach neun Meilen wieder heraus. Später stellte sich heraus, daß es sich um Ogs Schienbein handelte (*Nidda* 24b).

Og starb auf ungewöhliche Weise. Weil er so groß war, konnte er sehr weit sehen, und erblickte in einer Entfernung von vielen Meilen die Israeliten, die auf ihn zumarschierten. Er berechnete, daß sie ein Gebiet von etwa neun Quadratmeilen bedeckten. Daher hob er einen Berg auf, dessen Basis genau dieser Fläche entsprach, und lief auf die Israeliten zu. Er wollte den Berg auf ihre Köpfe werfen und so alle gleichzeitig töten. Doch Gott vereitelte seinen Plan und schickte Og einen Schwarm steinefressender Ameisen entgegen. Sie bohrten sich durch den Berg, so daß er ihm aus der Hand fiel und über seinen Hals glitt. Er konnte ihn nicht loswerden, da seine Zähne vorstanden. In diesem schrecklichen Zustand traf er auf Mose. Dieser war auch nicht gerade ein Schwächling, denn er war 15 Fuß groß. Mose ergriff eine 15 Fuß lange Lanze, sprang 15 Fuß in die Luft und schlug Og auf den Knöchel. Og brach zusammen und konnte sich wegen des Gewichts des um seinen Hals hängenden Berges nicht mehr erheben. Und so ging er zugrunde (*Berachot* 54b).

MOSES BESTRAFUNG

Das verhängnisvollste Ereignis in Moses Leben trat beim Gewässer von Meriba in der Wildnis von Zin ein (Numeri 20). Wieder einmal beschwerte sich das Volk über ihn, und zwar, weil sie kein Wasser hatten. Diese Dürre kam daher, daß Moses Schwester Mirjam gestorben war. Zu ihren Lebzeiten wanderte eine wunderbare Quelle, die »Mirjams Brunnen« genannt wurde, mit den Israeliten durch die Wüste. Sie begann ihre Reise kurz nachdem die Israeliten Ägypten verlassen hatten und kam nach Mara, wo sie das bittere Wasser süß machte. Dieses süße Wasser begleitete Mirjam als Belohnung für ihre Frömmigkeit überall hin, doch es verschwand, als sie starb. Daher versammelten sich die Israeliten um Mose und verlangten Wasser.

Mose bat Gott um Hilfe, und dieser sagte ihm, er solle zu dem Felsen sprechen, der sofort genügend Wasser für das gesamte Volk spenden würde. Gott befahl Mose auch, seinen Stab mitzunehmen, aber nicht, ihn zu benützen. Die Bibel erzählt uns, daß Mose mit dem Stab zweimal auf den Felsen schlug und daß Wasser herausströmte. Dies war eine der Gelegenheiten, bei denen Mose Gott nicht gehorchte. Außerdem schrieb er das Wunder sich und Aaron zu und sagte zu dem Volk: »Hört, ihr Meuterer, können wir euch wohl aus diesem Felsen Wasser fließen lassen?« (Numeri 20, 10). Sein Zorn veranlaßte ihn, so scharf mit dem Volk zu sprechen. Aus diesen Gründen hinderte Gott Mose daran, das Gelobte Land zu betreten, indem er sagte: »Denn ihr seid mir untreu gewesen ... und habt mich inmitten der Israeliten nicht als den Heiligen geehrt.« Keine Strafe hätte Mose härter treffen können als diese. Auch Aaron wurde so bestraft, weil er, wie der Midrasch berichtet, nichts dagegen unternommen hatte, daß Mose so handelte. Die Rabbiner fanden auch noch andere Gründe für Moses Bestrafung. Er hatte einmal seine jüdische Identität verleugnet, und zwar vor langer Zeit, als er Jitros Töchter zum erstenmal sah. Sie unterrichteten ihren Vater über Moses Eintreffen mit den Worten: »Ein Ägypter hat uns gegen die Hirten verteidigt« (Exodus 2, 19). Man kann daher annehmen, daß Mose sich als Ägypter und nicht als Hebräer ausgab (*Deuteronomium Rabba* 2, 8).

AARONS TOD

Aaron war der erste der beiden Brüder, der starb. Mose fiel die Aufgabe zu, Aaron die Priestergewänder auszuziehen und sie seinem Sohn und Nachfolger Eleasar anzulegen. Da es sich nicht gehörte, daß Aaron nackt gesehen wurde, bedeckte ihn Gott für jedes Kleidungsstück, das Mose ihm auszog, mit einem Kleidungsstück aus dem Himmel. Andere behaupten, daß Aaron durch eine Wolke der himmlischen Herrlichkeit verborgen wurde. Als Mose und Eleasar vom Berg Hor herunterkamen, auf dem Aaron verschieden war, glaubte das Volk nicht, daß er eines natürlichen Todes gestorben war. Womöglich hatten ihn Mose und Eleasar getötet. Um ihren Verdacht zu zerstreuen, befahl Gott den Engeln, Aarons Bahre über den Köpfen der

Mose bringt die Zehn Gebote vom Berg Sinai hinunter und übergibt sie am Fuß des Berges Aaron und den Ältesten. Aus dem Regensburger Pentateuch, um 1300 in Bayern kopiert. Israel Museum, Jerusalem.

versammelten Menge zu tragen. Dies bewies, daß Aarons Tod Gottes Wille war (*Bet ha-Midrasch* I, 95).

Im *Mischna Avot* 1, 12 gibt es einen berühmten Ausspruch: »Gehöre zu den Schülern Aarons, lebe den Frieden und strebe den Frieden an, liebe die Menschheit und bringe sie der Tora näher.« Er wurde vom Volk sehr geliebt, und in vielen Überlieferungen heißt es, daß die Menschen um Aaron mehr Tränen vergossen als um Mose. Obwohl Mose ein sehr demütiger Mensch war, verhielt er sich manchmal streng und reizbar, während Aaron liebenswert war. Es heißt, daß um Mose nur die Männer trauerten, während um Aaron Männer und Frauen trauerten.

Ein Beispiel dafür, wie Aaron für Frieden unter den Menschen sorgte, ist ein Ehepaar, bei dem sich der Mann von seiner Frau scheiden lassen wollte. Aaron ging zum Mann und erklärte ihm: »Wenn du dich scheiden läßt, dann denke daran, daß deine zweite Frau bestimmt nicht so gut sein wird wie deine erste; denn wenn du mit ihr streiten wirst, wird sie dir vorwerfen, daß du streitsüchtig bist, weil du dich von deiner ersten Frau scheiden ließest.« In anderen Fällen suchte er beide streitenden Parteien auf, wies jede darauf hin, wie unglücklich und verzweifelt der andere Teil war, und brachte sie auf diese Weise wieder zusammen.

BILEAM

Eine der seltsamsten Persönlichkeiten in der hebräischen Bibel ist Bileam. Er war ein heidnischer Prophet und Zauberer, der weithin als Wunderwirker bekannt war. In der jüdischen Überlieferung ist er einer der Zauberer und Berater am Hof des Pharao. (Übrigens war Ijob ebenfalls ein Berater des Pharao.) Es gehört zu der Ironie der jüdischen Liturgie, daß die Verse, die zu Beginn des Morgengottesdienstes gelesen oder gesungen werden, ursprünglich von dem Heiden Bileam gesprochen wurden, der gekommen war, um die Israeliten zu verfluchen, jedoch blieb, um sie zu segnen, indem er sagte: »Jakob, wie schön sind deine Zelte; wie schön deine Wohnstätten, Israel« (Numeri 24, 5)

Bileam zieht mit seinem Esel aus, um Israel zu verfluchen. Unterwegs

Gegenüber: Bezalel, rechts, meißelt die Cherubim. Ein Midrasch stellt fest, daß Mose nicht die Fähigkeiten besaß, dieses Werk auszuführen, obwohl Gott ihm einen genauen Plan der Darstellung zeigte. Links erhält Mose die Gesetzestafeln. Türen der Bundeslade, die von Milton Horn im Temple Israel in Charleston, Westvirgina, geschaffen wurden.

Rechts: Bileam, ein heidnischer Zauberer, dem Balak, der König von Moab, befahl, Israel zu verfluchen. Statt dessen sprach er die Worte , die Gott ihm in den Mund legte: »Jakob, wie schön sind deine Zelte, wie schön deine Wohnstätten, Israel.« Er hält ein magisches oder zum Wahrsagen benütztes Instrument in der Hand. Aus der Kennicott-Bibel, einer hebräischen Handschrift aus dem 15. Jahrhundert aus Spanien. Bodleian Library, Oxford.

tritt ihnen ein Engel mit einem Schwert in der Hand entgegen, doch nur der Esel kann ihn sehen und das Tier weicht vom Weg in ein Feld ab. Bileam schlägt ihn und sie setzten ihre Reise fort. Wieder tauchte der Engel auf, und zwar an einer Stelle, an der die Straße zu beiden Seiten von Mauern begrenzt ist. Der Esel schwenkt ab und drückt Bileams Fuß gegen die Wand. Der Engel erscheint zum dritten Mal, und diesmal kann der Esel nicht ausweichen, deshalb setzt er sich einfach hin. Bileam ist wütend und schlägt sein Tier mehrere Male. Daraufhin öffnet der Esel sein Maul, spricht zu Bileam und beteuert seine Unschuld. Seinem Herrn werden die Augen geöffnet und er sieht den Engel. Daß Bileam nicht überrascht ist, als sein Tier spricht, läßt vermuten, daß solche Ereignisse im Altertum in den Legenden des Nahen Ostens häufig vorkamen, und daß viele solche Geschichten verlorengegangen sind. Das Gespräch zwischen Eva und der Schlange ist ebenfalls ein Beispiel dafür.

Obwohl Bileam dem jüdischen Volk feindselig gegenüberstand, wird er in späteren jüdischen Überlieferungen hoch geschätzt. Unter den heidnischen Propheten nimmt er den gleichen Platz ein wie Mose bei den Hebräern. Im Gegenteil, er hat Mose einiges voraus. »In Israel ist kein Prophet erstanden, der Mose gleichkommt, aber unter den anderen Nationen hat es einen solchen gegeben, nämlich Bileam... doch es gibt einen Unterschied zwischen Moses und Bileams Prophezeiung. Mose wußte nicht, wer zu ihm sprach, aber Bileam wußte es ... Mose sprach erst mit Gott, nachdem er aufgestanden war, aber Bileam sprach mit Gott ›nachdem er hingefallen war, jedoch mit geöffneten Augen‹« *(Sifre Deuteronomium).*

MOSES TOD

Als Mose ahnte, daß er bald sterben würde, wies ihn Gott an, die Führerschaft Josua zu übergeben. Dieser hatte sich bereits ausgezeichnet, denn er war einer der beiden Spione gewesen, die einen guten Bericht über das Gelobte Land mitgebracht hatten. Bei dieser Gelegenheit wurde er Hoschea genannt (Numeri 13, 8), aber sein Name wurde später zu Josua geändert. Das geschah teilweise, um dem kleinsten Buchstaben des hebräischen Alphabets, dem Buchstaben Jod, einen Gefallen zu erweisen. Als Sarais Name zu Sarah geändert wurde, fiel der Buchstabe Jod fort, und er beklagte sich bei Gott darüber, daß man ihn aus dem Namen der ersten hebräischen Matriarchin gestrichen hatte. Gott machte es wieder gut, indem er sagte: »Ich nehme dich vom Ende des Namens der Matriarchin weg und stelle dich an den Anfang des Namens des Mannes, der Israel in das Gelobte Land führen wird.« Josua war ein würdiger Nachfolger Moses, denn er hatte ihn lange betreut und die wichtige, ehrenvolle Aufgabe erfüllt, dem berühmtesten aller Lehrer zu dienen. Mose führte Gottes Befehl jedoch nicht buchstabengetreu aus. Gott hatte ihm gesagt, er solle seine »Hand Josua auflegen« (Numeri 27, 28), doch als er Josua die Führerschaft übertrug, legte er ihm beide Hände auf (Deuteronomium 34, 9). Das Ergebnis war, daß er nicht nur seine Weisheit und sein Verständnis der Tora auf Josua übertrug, sondern auch ein wenig das Leuchten, das auf Moses Gesicht immer sichtbar war *(Sifre Numeri).*

Moses Todesstunde nahte. Er rief Gott an, damit ihm dieser ein längeres Leben schenkte. Er rief die Welt der Natur und die Patriarchen an, damit sie sich bei Gott für ihn verwendeten, aber sie erwiderten ihm, daß Gott nicht einmal zu ihren eigenen Gunsten beeinflussen konnten, geschweige denn zu Gunsten von jemand anderem. Mose überlegte sich folgendes: Wenn Gott seinen Tod wollte, um für Josua Platz zu machen, konnte er auf die Führerschaft Israels verzichten und dem Volk zeigen, daß es Josua und nicht ihm gehorchen solle. Auf diese Weise konnte er vielleicht sein Leben verlängern. »Er würde jeden Morgen und Abend Josua dienen, wie ein Schüler seinem Lehrer dient... er würde um Mitternacht aufstehen und zu Josuas Tür gehen. Er würde den Schlüssel nehmen und die Tür aufsperren. Nachdem er eingetreten war, würde er ein Hemd herausnehmen, es ausschütteln und neben Josuas Kissen legen. Dann würde er Josuas Schuhe nehmen, sie reinigen und neben das Bett stellen. Dann würde er Josuas Weste, seinen Mantel, seinen goldenen Helm und seine juwelengeschmückte Krone herausnehmen, sie begutachten, reinigen und polieren und diese Gegenstände in der richtigen Reihenfolge auf einen goldenen Stuhl legen. Dann würde er einen Krug Wasser und eine goldene Schüssel holen und sie vor Josuas Stuhl stellen – und das alles während Josua noch schlief...« Doch das alles nützte nichts, denn das Volk konnte sich nicht damit abfinden, daß Mose und Josua die Rollen tauschten (Jellinek, *Bet ha-Midrasch* I, 123).

Als die letzten Augenblicke gekommen waren, bat Samael, der Engel des Todes, Gott um den Vorzug, Moses Seele hinwegzunehmen. Gott überlegte lange, stimmte dann zu, und Samael machte sich auf den Weg. Als er eintraf, las Mose gerade die Tora und aus seinen Augen strahlte ein so helles Licht, daß Samael Angst hatte, sich ihm zu nähern. Deshalb übernahm Gott selbst die Aufgabe, die Seele des großen Mannes hinwegzunehmen. »Mit dem Allerhöchsten, er sei gepriesen, stiegen drei Engel herab: Michael, Gabriel und Genael. Gabriel machte Moses Liegestatt zurecht; Michael breitete ein purpurnes Laken über sie; Genael verwendete ein wollenes Polster als Kissen. Der Allerhöchste, er sei gepriesen, stand zu seinen Häupten, Genael zu seinen Füßen, Gabriel an einer Seite und Michael an der anderen. Der Allerhöchste, er sei gepriesen, sagte ›Kreuze deine Beine‹, und Mose tat es; ›Lege die Hände auf die Brust‹, und Mose tat es; ›Schließe die Augen‹, und Mose tat es. Dann rief der Allerhöchste, er sei gepriesen, Moses Seele zu: ›Ich habe dir einhundertzwanzig Jahre in Moses Körper zugemessen. Komm jetzt heraus und zögere nicht, denn die Zeit ist gekommen, da du dich zeigen sollst.‹ Die Seele erwiderte sofort: ›Ich weiß, daß du der Gott der Geister und Seelen bist, daß in deiner Hand die Seelen der Lebenden und der Toten liegen, und daß du mich geschaffen und gebildet und mich für einhundertzwanzig Jahre in Moses Körper versenkt hast. Wer sonst hat einen so reinen Körper wie Mose? Ich will ihn nicht verlassen...‹ Die Seele weigerte sich hartnäckig, Moses Körper freiwillig zu verlassen. Schließlich mußte Gott selbst ihm die Seele mit einem Kuß nehmen, denn es steht geschrieben: ›Danach starb Mose, der Knecht des Herrn, dort in Moab‹« (Deuteronomium 34, 5; Jellinek *Bet ha-Midrasch* VI, 77).

Gegenüber: Die von Mose auf Gottes Befehl angefertigte eherne Schlange. In der Wildnis gab es Giftschlangen. Israeliten, die gebissen wurden, konnten geheilt werden, indem sie die Schlange ansahen. Hezekia zerstörte sie, als das Volk begann, ihr Opfer zu bringen. Aus einer hebräischen Sammelhandschrift vom Ende des 13. Jahrhunderts aus Nordfrankreich. British Library, London.

Saul und David

SAUL

Die erbitterten Auseinandersetzungen, zu denen es in Israel regelmäßig zwischen König und Prophet kam, begannen mit der Einführung des Königtums, also mit der Einsetzung von Saul. Laut der Bibel wehrte sich das Volk durch diese Einsetzung dagegen, daß es durch Vermittlung des Propheten Samuel direkt unter der Führung Gottes stehen sollte. »Nicht dich haben sie verworfen«, sagte Gott zu Samuel, »sondern mich haben sie verworfen« (I Samuel 8, 7). Daher wurden alle Könige Israels von ihren Zeitgenossen und von späteren Zeitaltern danach beurteilt, ob sie dem göttlichen Gesetz gemäß gehandelt hatten. Ihre politischen Erfolge wurden gegen ihre moralischen Schwächen aufgerechnet.

Laut dem Midrasch begann Saul erst zu sündigen, nachdem er zum König gesalbt worden war. Bis dahin war er unschuldig wie ein neugeborenes Kind gewesen und deshalb wurde er auch gewählt. Doch er war nicht nur unschuldig, sondern auch hochgewachsen und von angenehmem Äußeren und daher ein Liebling der Frauen. In der Bibel heißt es: »Kein anderer unter den Israeliten war so schön wie er, er überragte alle um Haupteslänge« (I Samuel 9, 2). Er stammte auch aus einer guten Familie. Die Überlieferung verrät uns nicht viel über seinen Vater Kisch, aber sein Großvater Abiel führte die öffentliche Straßenbeleuchtung ein, so daß die Leute nach Einbruch der Dunkelheit den Weg vom Studierhaus zu ihren Häusern fanden. Saul zog also aus »den Werken der Väter« Nutzen (*Levitikus Rabba* 9, 2). Doch als ihm Samuel mitteilte, daß man ihn gewählt hatte, war Saul so demütig und schüchtern, daß er die Wahl erst annahm, als sie von dem Urim und Thummim auf der Brustplatte des Hohepriesters bestätigt wurde.

Wie die Bibel berichtet, bestand Sauls größte Sünde darin, daß er Gottes Befehl, die Amalekiter auszurotten, nicht ausführte (I Samuel 15, 9 ff.). Deshalb wurde Sauls Familie die königliche Thronfolge entzogen, und ein neuer König, David, wurde zu seinem Nachfolger bestimmt. Spätere jüdische Quellen gehen nicht näher auf die faszinierende Beziehung zwischen dem jungen David und dem alternden Saul ein, obwohl das Bild des jungen David, der für den alten Saul die Harfe spielte, um seine Depressionen zu mildern, in der westlichen Überlieferung bekannt ist.

Die Erklärung des Midrasch für Sauls Zusammentreffen mit der Totenbeschwörerin von En-Dor ist allerdings detaillierter. Die Totenbeschwörerin, die von manchen Quellen als Abners Mutter Sefania identifiziert wird, erkannte Saul nicht, weil er sich verkleidet hatte (I Samuel 28, 8). Er bat sie, den Geist des toten Samuel zu beschwören, und als dieser mit dem Kopf voran auftauchte, wurde ihr klar, daß sie dem König gegenüberstand, denn bei jedem anderen wäre der Geist mit den Füßen voran erschienen. Das sind die Gesetze der Totenbeschwörung. Ein weiteres Gesetz besagt, daß der Totenbeschwörer den Geist des Toten sehen, ihn aber nicht hören kann, während der Fragende ihn hören, aber nicht sehen kann. Deshalb mußte Saul die Totenbeschwörerin bitten, ihm Samuel zu beschreiben (*Levitikus Rabba* 26, 7).

Samuels Geist stieg nicht allein empor. Samuels Aufstieg in die Welt der Menschen ließ bei anderen Geistern den Eindruck entstehen, daß »das Ende der Zeit« gekommen sei und daß die Auferstehung jetzt stattfinden würde. Mit Samuel tauchten Mose und andere Tote auf (*Pirke de-Rabbi Eliezer* 33) .

Samuel teilte Saul mit, daß er daran denken müsse, Buße für seine Sünden zu tun. Deshalb bewies Saul am nächsten Tag mehr Mut als sein Nachfolger David, der nicht gewohnt war, als König seine Truppen in die Schlacht zu führen, und erschien mit seinen drei Söhnen an der Spitze des Heeres. Sie

David und Goliat. Der junge, mit einer Steinschleuder bewaffnete David stellt sich dem schwer bewaffneten Goliat. Die hebräische Schrift zu seinen Füßen lautet: »Dies sind Goliat der Philister und David, der von Widdern und seinem Hund umgeben auf ihn zielt.« Aus einer hebräischen Sammelhandschrift von Ende des 13. Jahrhunderts aus Nordfrankreich. British Library, London.

stelllen sich am Berg Gilboa den Philistern und wurden alle erschlagen. Und es gibt keine größere Buße als den Tod.

DAVIDS VORFAHREN

David hat Anspruch auf die Bezeichnung »größter König Israels«. Er hat nicht den königlichen Prunk und Glanz entwickelt, die in der jüdischen Le-

Links: Da Mose nicht erlaubt wurde, das Gelobte Land zu betreten, führt Josua die Israeliten bei der Eroberung von Kanaan an. Die Einnahme von Jericho ist hier in einer jüdisch-persischen Handschrift aus dem 17. Jahrhundert dargestellt. Sieben Priester bilden einen Kreis um die massiven Mauern Jerichos und blasen auf Widderhörnern. British Library, London.

Gegenüber: Die Bundeslade auf einem von Ochsen gezogenen Wagen. Vor der Errichtung des Tempels in Jerusalem besaß die Bundeslade kein ständiges Heim. In dieser rekonstruierten Kopie einer Wandmalerei in der Synagoge von Dura Europos (2. Jahrhundert n. Chr.) wird die Bundeslade von den Philistern fortgeschickt. Sie hatten sie gefangengenommen, aber wo immer sie hinkam, richtete sie Unheil an, einschließlich der Vernichtung des Gottes der Philister Dagon im Tempel von Aschdod. Yale University Art Gallery, New Haven, Connecticut, Dura-Europos Collection.

gende seinem Sohn Salomo zugeschrieben werden. Er verfügte auch nicht über Salomos Weisheit. Doch geschichtlich gesehen legte er den Grundstein für die mächtigste Periode der jüdischen Monarchie. Er eroberte Jerusalem und machte es zu seiner Hauptstadt. Er erweiterte die Grenzen seines Reiches. Vor allen aber wird er in der religiösen Literatur der Juden und in ihren Gebeten mit dem Messias in Verbindung gebracht; der traditionelle Glaube besagt, daß entweder er selbst oder einer seiner Nachfahren »am Ende der Zeit« kommen wird, um dem jüdischen Volk seinen angestammten Ruhm wiederzugeben und das Königreich Gottes auf der Erde zu errichten.

Seine Vorfahren jedoch stellten die Propheten vor einige Probleme. Am Ende des Buches Rut gibt es eine Ahnentafel, die ihn ausdrücklich direkt mit Rut in Verbindung bringt. Rut und Boas hatten einen Sohn namens Obed. »Er ist der Vater Isais, des Vaters Davids« (Rut 4, 17). Rut war also Davids Urgroßmutter. Sie war jedoch keine gebürtige Israelitin, sondern stammte aus dem Volk Moabs. Nun gibt es folgendes biblisches Verbot: »In der Versammlung des Herrn darf kein Ammoniter oder Moabiter aufgenommen werden, auch nicht in der zehnten Generation« (Deuteronomium 23, 4). Wenn dieses Gebot streng angewendet wurde, hätte es David ausgeschlossen! Es kam zu einer großen Kontroverse, die nach Ansicht des Midrasch zu Davids Lebzeiten beigelegt wurde. Doeg, der David feindlich gesinnt war, behauptete, daß das Gesetz auf David anzuwenden sei. Abner wies jedoch darauf hin, daß die Formulierung des Deuteronomiums die männliche Form verwendete und sich deshalb nur auf Männer bezog. Das Gesetz galt nicht für Rut, die Moabiterin, und so stand zweifelsfrei fest, daß ihr Nachkomme David das Recht besaß, »in die Versammlung des Herrn« aufgenommen zu werden. Schließlich wurde der Prophet Samuel zum Schiedsrichter aufgerufen, der sich Abners Ansicht anschloß (*Rut Rabba* 2, 5).

Die Kabbalisten betrachten Davids Abstammung von den Moabitern als eindeutigen Vorteil, ja sogar als absolute Notwendigkeit. Die heidnischen Moabiter sind die Vertreter »der anderen Seite« – die Macht des Unreinen oder Bösen –, und der künftige Messias muß das Böse erfahren haben, bevor er es am Ende der Zeit besiegen kann. Der kabbalistischen Ansicht zufolge ist das Böse im Messias enthalten, und nur indem er persönlich von »der anderen Seite« betroffen ist und Kenntnis von ihr erlangt, kann er die Welt wiederherstellen (Josef Karo, *Maggid Mescharim*).

In anderer Hinsicht war Davids Abstammung einwandfrei. Eine rabbinische Überlieferung betont ausdrücklich, daß er von Moses Schwester Mirjam abstammte, die Kaleb geheiratet hatte. Er besaß also Vorfahren unter den Priestern, da Mirjam und Mose zum Stamm Levi gehörten. Daraus ergibt sich, daß eine direkte Verbindung zwischen dem Messias und der priesterlichen Linie sowie dem königlichen Haus von Juda bestehen würde (*Sifre Numeri,* 78).

DER TAPFERE JÜNGLING

Genau wie Saul war auch David wegen seiner Schönheit berühmt. »David war blond, hatte schöne Augen und eine schöne Gestalt« (I Samuel 16, 12). Dies war jedoch nicht der Hauptgrund,

warum ihm der Thron Israels zugesprochen wurde, sondern eher die Sorgfalt und der Mut, die er bewies, als er die Schafe seines Vaters hütete. In dieser Hinsicht war er wie Mose. Beide beeindruckten Gott als Hirten. Als Hirte war David furchtlos; er tötete an einem Tag vier Löwen und drei Bären (I Samuel 17, 34) nur mit Steinen, die er vom Boden aufhob – ein Vorspiel zu seiner berühmtesten Auseinandersetzung. Sein außergewöhnlichstes Abenteuer war jedoch das mit dem Re'em, der für gewöhnlich in den traditionellen Bibelübersetzungen »als wilder Ochse« bezeichnet wird, jedoch in Wirklichkeit ein mythisches Geschöpf von ungeheurer Größe und Wildheit war (siehe S. 47). Einmal hielt David den schlafenden Re'em irrtümlich für einen Berg und versuchte, ihn zu ersteigen. Das Tier stand plötzlich auf und hob David auf seinen Hörnern hoch in die Luft. Er betete zu Gott und versprach ihm, einen Tempel zu bauen, der so hoch war wie diese Hörner. Gott erhörte sein Gebet und sandte einen Löwen, vor dem sogar Re'em Angst hatte. Das riesige Ungeheuer verneigte sich vor dem Löwen, so daß David hinuntersteigen konnte. Vor dem Löwen rettete ihn Gott, indem er einen Hirsch schickte, den der Löwe verfolgte (*Midrasch zu den Psalmen* 22; 91; 92).

Davids berühmteste Heldentat ist natürlich der Sieg über Goliat (Goliath), den riesigen Philister. Der biblische Bericht (I Samuel 17, 4–54) ist an sich eine meisterhafte Erzählung und erfordert keine Auslegung. Wir sehen den jungen David, der seinen Brüdern etwas zu essen bringt, sich durch die Reihen der Israeliten drängt und scheinbar unschuldig, in Wirklichkeit jedoch frech fragt, welche Belohnung Goliats Mörder vom König erhalten würde. Sein älterer Bruder tadelt ihn, weil er bleibt, um den Ausgang der Schlacht zu sehen, und seine Schafe im Stich läßt. »Was habe ich denn jetzt wieder getan?« fragte David. »Ich habe doch nur gefragt.« Er zieht weiterhin Erkundigungen ein, bis er Sauls Aufmerksamkeit erregt, worauf David sich als Kämpfer anbietet. Saul bringt ihm seine eigene Rüstung, aber David kann sie nicht tragen, nicht, weil sie ihm zu groß ist, sondern weil »er nicht daran gewöhnt ist«. Er kämpft lieber auf seine Art als Hirte. Er verspottete Goliat: »Du kommst zu mir mit Schwert, Speer und Sichelschwert; ich aber komme zu dir im Namen des Herrn der Heere, des Gottes der Schlachtreihen Israels.« David fällt Goliat mit einem einzigen Stein aus seiner Schleuder und schneidet ihm den Kopf mit Goliats eigenem Schwert ab.

Die jüdischen Legenden ergänzen die Geschichte mit Einzelheiten und unterrichten uns zum Beispiel über Goliats Abstammung. Er war der Sohn Orpas, der Schwester und Schwägerin von Davids Urgroßmutter Rut. Orpa war genauso verworfen wie Rut tugendhaft war – aber eine alte Lebensregel lehrt uns, daß selbst die wenigen guten Taten eines verderbten Menschen aufgezeichnet und anerkannt werden müssen. Orpa folgte ihrer Mutter nur 40 Schritte weit; deshalb durfte ihr Sohn Goliat Israel 40 Tage lang verhöhnen. Orpa vergoß genau vier Tränen, als sie sich von ihrer Mutter verabschiedete. Ihre Belohnung waren vier Söhne, lauter Riesen, von denen Goliat der mächtigste war (*Sota* 42b).

Die fünf Steine, die David wählte, kamen freiwillig zu ihm. Sie repräsentierten Gott, Abraham, Isaak, Jakob

Links: David und Goliat. Eine stark vergrößerte winzige Miniatur. Beachten Sie, daß der junge David bereits eine Krone trägt! Aus einer um 1295 in Deutschland kopierten Handschrift der *Mischne Tora* des Maimonides. Magyar Tudományos Akadémia Könyvtára, Budapest.

Gegenüber: David spielt die Harfe. Die Überlieferung schreibt David viele der Psalmen zu. Laut den jüdischen Legenden verfügte die Harfe über besondere Eigenschaften. Wenn der Wind um Mitternacht über sie hinstreicht, spielt sie von selbst und weckt David, der dann den Rest der Nacht dem Studium der Tora widmete. Aus einer hebräischen Handschriftensammlung vom Ende des 13. Jahrhunderts aus Nordfrankreich. British Library, London.

und Aaron. Wie die Steine Jakobs bei Bet-El (siehe S. 64) verwandelten sich auch diese fünf Steine wunderbarerweise in einen einzigen, und dies war der Stein, der Goliat tötete (*Midrasch zu Samuel* 21, 108).

In einer moslemischen Variante der Geschichte ist von drei Steinen die Rede. Während David zum Schlachtfeld unterwegs war, rief eine Stimme vom Boden: »Hebe mich auf und lege mich in deine Tasche, denn ich bin der Stein, mit dem Abraham Satan vertrieben hat.« David hob ihn auf und ging weiter. Da hörte er wieder die Stimme eines Steines: »Hebe mich auf und stecke mich in deine Tasche, denn ich bin der Stein, auf dem der Engel Gabriel ruhte, als er für Hagar und Ismael in der Wüste eine Quelle entspringen ließ.« David hob auch diesen Stein auf, und dann sagte ein dritter Stein: »Hebe mich auf und lege mich in deine Tasche, denn ich bin der Stein, mit dem Jakob bei seinem Kampf den Engel besiegte.« Erst nachdem David diese Steine gesammelt hatte, erfuhr er von Goliats Herausforderung (*Rappoport* III, 6).

DER MUSIKER

Davids Leistung bei diesem Kampf sicherte ihm einen Platz in Sauls Gefolge. Zumindest will uns das einer der biblischen Berichte glauben machen. Aber ein anderer Bericht schreibt Davids Stellung am Hof nicht seinem Mut, sondern seinem wunderbaren Harfenspiel zu, denn Saul litt unter einer Krankheit, die wir heute als Anfälle schwerer Depression bezeichnen würden: »Der Geist des Herrn war von Saul gewichen; jetzt quälte ihn ein böser Geist, der vom Herrn kam« (Samuel 16, 14). Man riet ihm, »einen Mann zu suchen, der die Harfe zu spielen versteht«. Er ließ den jungen David kommen, und es stellte sich heraus, daß seine Musik beruhigend und heilend wirkte. »Sooft nun ein Geist Gottes Saul überfiel, nahm David die Harfe und spielte darauf. Dann fühlte sich Saul erleichtert, es ging ihm wieder gut und der böse Geist wich von ihm« (Samuel 16, 14; 16, 23).

David, der Musiker und »süßer Sänger in Israel«, dem die meisten Psalmen zugeschrieben werden, ist in der biblischen Legende eine beliebte Gestalt. Von der Antike bis in die heutige Zeit gibt es in der jüdischen Kunst zahlreiche Darstellungen von David mit der Harfe. Ein hellenistisches Mosaik aus Ägypten zeigt ihn als eine Art Orpheus, denn er ist von Tieren umgeben, die er offenbar mit seiner süßen Musik angelockt hat. In der Bibel gibt es Psalmen, aus deren Inhalt man geschlossen hat, daß sie zu einer bestimmten Zeit im Leben Davids von ihm komponiert wurden, vor allem während seines Konflikts mit Saul. Zum Beispiel trägt Psalm 57 die Überschrift: »(Ein Lied) Davids . . . als er vor Saul in die Höhle floh«, und Psalm 59: »(ein Lied) Davids . . . als Saul hinschickte und man das Haus bewachte, um ihn zu töten«.

David verwendete eine ganz besondere Harfe. Manche sagen, daß die Saiten aus den Eingeweiden des Widders gemacht waren, den Abraham anstelle seines Sohnes Isaak auf dem Berg Moria opferte. Sie spielte ohne Davids Hilfe, wenn der Wind sie berührte. »Über Davids Bett hing eine Harfe, und um Mitternacht blies ein Nordwind und die Harfe spielte von selbst. Dann erhob sich David sofort und studierte bis zum Morgengrauen die Tora« (*Berach* 3b).

DAVID UND BATSEBA

Wie bei allen biblischen Helden ist auch Davids Charakter nicht makellos. Die Bibel schildert menschliche Wesen, keine Heiligen. Sie stehen vielleicht nur »ein wenig tiefer als die Engel«, aber sie stehen eindeutig »tiefer«. Der Fleck auf Davids Rüstung war seine Leidenschaft für Batseba, die

Links: König David mit einer großen Krone und einer Keule als Zepter. Diese Illustration vom Anfang des Buches der Könige erinnert an eine Spielkarte. Aus der Kennicot-Bibel, einer hebräischen Handschrift aus Spanien. Bodleian Library, Oxford.

Gegenüber: Der Leviatan und der wilde Ochse, zwei wilde Tiere, deren Fleisch eine große Delikatesse war. Gemäß der jüdischen Überlieferung werden die Gerechten einschließlich König David bei einem großen Bankett im Jenseits von ihrem Fleisch essen. Polnische jüdische Volkskunst aus dem 19. Jahrhundert.

Frau des Hetiters Urija. David beging mit ihr nicht nur Ehebruch, sondern er sorgte anschließend dafür, daß Urija in die erste Schlachtreihe gestellt wurde, wo er bestimmt getötet werden würde, so daß David seine Witwe heiraten konnte. Diese schwere Sünde wurde in der Bibel nicht vertuscht. Der Prophet Natan tadelt David scharf, indem er auf ihn die Parabel von dem Mann anwendet, der dem Armen »sein kleines Lamm« stahl. Natan benützt Davids Zorn über diese Ungerechtigkeit, um den König zu beschuldigen. »Du selbst bist der Mann«, sagt er (II Samuel 11, 2-12, 7).

Die Ergänzungen der Geschichte liefern mildernde Umstände für David, er wird aber in keiner Version vollkommen freigesprochen. In einer Variante heißt es, daß David sich von Anfang an schuldig machte, weil er die Heirat zwischen Batseba und dem nichtjüdischen Urija vermittelte. Nachdem David Goliat getötet hatte, wußte er nicht, wie er die Rüstung des Riesen öffnen solle, um ihm den Kopf abzuschneiden. Urija erschien auf der Kampfstätte und erklärte sich bereit, David zu helfen, wenn dieser ihm dafür eine israelitische Frau gab. David war gern dazu bereit, und so kam es, daß Urija Batseba heiratete, die eigentlich für David bestimmt gewesen war (Mose Alschech,* II Samuel 12, 13).

Ein weiter Bericht (*Sanhedrin* 107a) stellt Davids Leidenschaft für Batseba als Folge seiner Anmaßung dar. Er fragte Gott, warum ihn die Menschen, die zu ihm beteten, als »Gott Abrahams, Gott Jakobs und Gott Isaaks«, aber nicht als »Gott Davids« bezeichneten. Das kam daher, erklärte Gott, daß alle drei Patriarchen auf die Probe gestellt worden waren und sie bestanden hatten. »Stelle mich auf die Probe«,

* Mose Alschech, 1509–1600. Er wirkte in Safed und Damaskus als Rabbiner und ist wegen seines homiletischen Kommentars zum Pentateuch bekannt.

verlangte David, und Gott tat es. Eines Abend stand David auf dem Dach seines Palastes, als der Satan in Gestalt eines Vogels vor ihm erschien. Der König warf einen Pfeil nach ihm. Er verfehlte den Vogel und traf statt dessen eine Zwischenwand, die Davids Haus von dem seines Nachbarn trennte. Die Zwischenwand fiel um und enthüllte Batseba, die ihr Haar kämmte. Davids Verlangen wurde geweckt und er bestand die Prüfung nicht.

In der späteren Kabbala wird die Tötung Urijas als eine Art »Wiedergutmachung« für Adams Sünde gesehen. Urija ist ein Symbol der Schlange, der Verkörperung des Ur-Bösen. So wie die Schlange Adam im Garten Eden besiegte, besiegte jetzt David die Schlange. (David ist die Reinkarnation Adams, des ersten Menschen, denn die Buchstaben seines Namens bedeuteten Adam, David und Messias; *Sefer ha-Pelia*.) Davids Sünde hatte böse Folgen, und die schlimmste war, daß sein Sohn Abschalom (Absalon) sich gegen ihn erhob und getötet wurde. Der Talmud führt zu den in der Heiligen Schrift genannten Drangsalen weitere an. David konnte wählen, ob er selbst leiden wollte oder seine Nachkommen leiden ließ. Es gereicht ihm zur Ehre, daß er ersteres wählte, und als er eines Tages jagte, erschien ihm Satan als Hirsch. David verfolgte ihn und merkte nicht, daß er ins Land der Philister geriet. Dort entdeckte ihn Goliats Bruder Ischbi. Um sich zu rächen, ergriff der Riese David und steckte ihn in eine Weinpresse. Der König wäre zermalmt worden, wenn die Erde unter ihm nicht genauso so langsam eingesunken wäre wie die Presse sich senkte. Im gleichen Augenblick bemerkte Davids Vetter Abischai dessen Notlage. Es war Freitag nachmittag und Abischai wusch sich für den Sabbat, als er Bluttropfen im Wasser erblickte. Er merkte, daß etwas nicht in Ordnung war und sah dann eine Taube, die stöhnte und sich die Federn ausriß. Abischai erkannte die Taube als Symbol Israels und begriff, daß David sich in Gefahr befand. Er suchte ihn überall, konnte ihn aber nirgends finden. Darauf sattelte er das Pferd des Königs und ließ ihm die Zügel schießen. Es brachte ihn sofort in das Land der Philister. Dort traf er auf Goliats Mutter Orpa, die ihn angriff, doch er erschlug sie.

Ischbi sah Abischai kommen. Er hob David hoch und warf ihn so in die Luft, daß er auf Ischbis Speer fallen mußte, den dieser in den Boden gerammt hatte. Abischai, der dies sah, sprach den unsagbaren Namen Gottes aus, und David blieb zwischen Himmel und Erde hängen. David und Abischai führten dann ein Gespräch, in dem David erklärte, wie er in diese schreckliche Bedrängnis geraten war. Abischai meinte, David hätte sich nicht dafür entscheiden sollen, selbst zu leiden, denn er war für Israel unentbehrlich. Daraufhin beteten beide zu Gott um Erlösung. Abischai sprach den Namen wieder aus. David fiel unversehrt auf den Boden und sie flohen, während Ischbi sie verfolgte. Als der Riese jedoch erkannte, daß seine Mutter nicht mehr am Leben war, verließ ihn seine Kraft und er wurde von unseren Helden getötet.

DAVIDS TOD

Die Tage, in denen David im Sterben lag, werden in der Bibel von Hofintrigen überschattet. Spätere Legenden wollen vor allem herausfinden, wieso ein Mann, der so fromm und Gott so teuer war, überhaupt sterben konnte. David wurde 70 Jahre alt, die einem Menschen zugeteilte normale Lebensspanne, aber sogar das war ein besonderer Gunstbeweis. Diese 70 Jahre hatte Adam von seinem Leben geop-

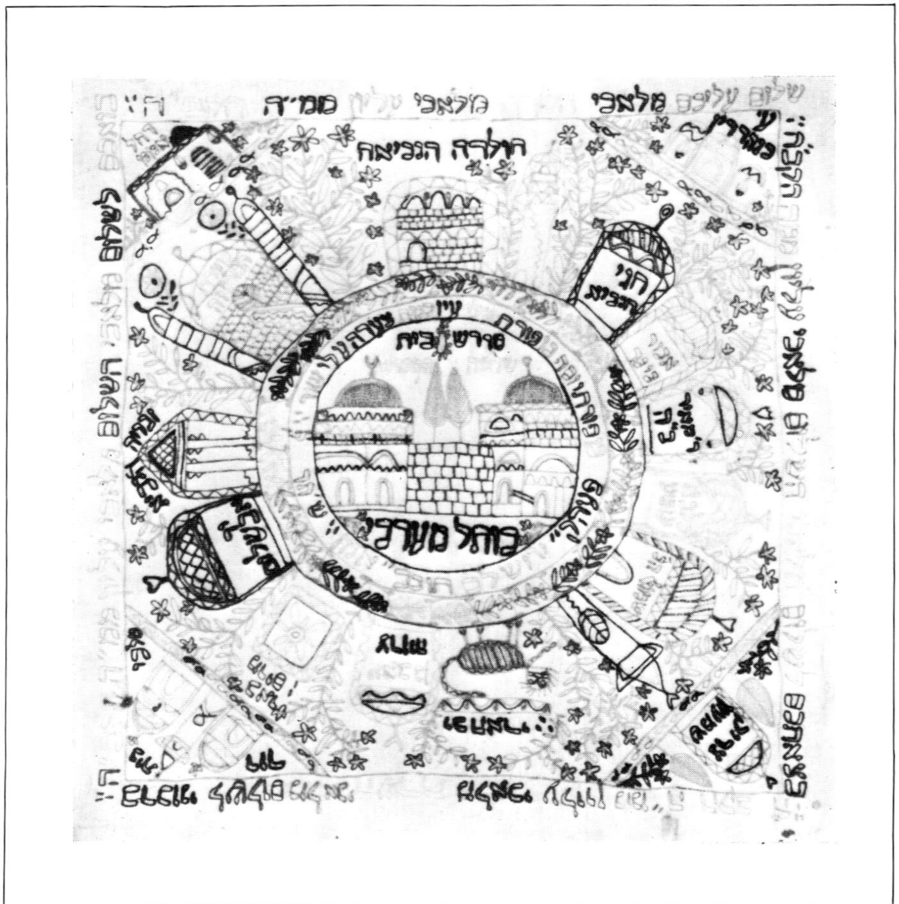

Links: Eine persische Stickerei aus dem 19. Jahrhundert aus Jerusalem. Die Darstellung ist schematisiert; die Westmauer befindet sich in der Mitte. David war der erste, der Jerusalem zu seiner Hauptstadt machte und damit seine Führerschaft unter den Stämmen festigte. Seit dieser Zeit ist die Heilige Stadt Gegenstand der geistigen Sehnsucht der Juden gewesen, wo immer sie gelebt haben, und sie war die Richtung, in die sie sich beim Gebet gewendet haben. Sir Isaac und Edith Wolfson Museum, Hechal Schlomo, Jerusalem.

fert. Gott hatte ihm die künftige Geschichte der Welt gezeigt und Adam hatte gesehen, daß David nur drei Stunden leben sollte. Darauf bat er Gott, 70 Jahre von seinem Leben zu nehmen und sie David zu geben (deshalb wurde Adam nur 930 Jahre alt und nicht 1000; *Pirke de-Rabbi Eliezer* 19).

Gott weigerte sich, David seinen Todestag zu nennen, denn dieser wird keinem Menschen enthüllt, aber er sagte ihm, daß er in seinem 71. Lebensjahr an einem Sabbat sterben würde. Deshalb studierte David jeden Samstag die Tora, denn er wußte, daß der Engel des Todes keine Macht über einen Menschen hat, der sich mit der Tora beschäftigt. Darauf griff der Engel zu einer List. »Hinter Davids Haus befand sich ein Garten. Der Todesengel ging dorthin und schüttelte die Bäume. David stand auf, um nach dem Lärm zu sehen. Er lief die Treppe zum Garten hinunter, diese brach unter ihm zusammen und er starb« (*Schabbat* 30a-b).

Er wurde in seiner eigenen Stadt begraben (I Könige 2, 10). Aber seine traditionelle Grabstätte ist der Berg Zion, der vor allem für orientalische Juden zu einem Wallfahrtsort geworden ist; sie besuchen ihn hauptsächlich zu *Schawuot* (Pfingsten), weil dies laut Überlieferung Davids Todestag ist. Auch Christen und Moslems verehren diesen Ort. Es gibt mehrere Geschichten über Wunder, die sich an Davids Grab ereignet haben.

Eine von ihnen schildert, wie ein moslemischer Pascha in das Grab blickte und versehentlich sein mit Edelsteinen besetztes Schwert hineinfallen ließ. Einige Männer aus seinem Gefolge wurden an einem Seil in das Grab hinuntergelassen, um das Schwert zu holen, doch als man sie herauszog, waren sie tot. Der Pascha setzte sich mit den jüdischen Behörden in Verbindung, und das frömmste Mitglied der Gemeinschaft, der Synagogendiener, wurde in die Tiefe hinuntergelassen. Er blieb am Leben und brachte das Schwert herauf. Später erzählte er, daß er unten einen würdevollen alten Mann getroffen habe, der ihm das Schwert des Paschas übergab. Zur Belohnung verhielt sich der Pascha der jüdischen Gemeinde in Jerusalem gegenüber sehr wohltätig (*Sch'arei Jeruschalajim* 470-75).

David nimmt im Paradies eine bevorzugte Stellung ein. Am Tag des Gerichts wird im Himmel für die Gerechten ein Bankett abgehalten werden, bei dem man ihnen das köstliche Fleisch des Leviatan vorsetzen wird. »Daniel wird zu Gott sagen: ›Herr des Universums, möge es dein Wille sein, daß deine Anwesenheit unter uns weile.‹ Der Erhabene, er sei gepriesen, wird Davids Einladung annehmen . . . und bei David verweilen. Alle Gerechten werden neben ihren Thronen stehen und der Erhabene, er sei gepriesen, wird in seiner himmlischen Herrlichkeit auf seinem Thron sitzen, und David wird auf dem für ihn bereitgestellten Thron dem Erhabenen gegenübersitzen . . .« Nach der Mahlzeit wird das Dankgebet gesprochen, und Gott fordert einen Gerechten nach dem anderen auf, den Weinkelch zu ergreifen und den Segen über ihn zu sprechen. Adam weigert sich, indem er sagt: »Ich hatte einen Sohn (Ismael), der Gott erzürnt hat.« Isaak weigert sich, weil die Nachkommen seines Sohnes Esau den Tempel zerstört haben. Jakob weigert sich, weil er zwei Schwestern geheiratet hat, was die Tora später verboten hat. Mose weigert sich, weil ihm nicht erlaubt wurde, das Gelobte Land zu betreten, und Josua weigert sich, weil er nicht mit einem Sohn gesegnet war. Als David an der Reihe ist, erklärt er sich bereit und sagt: »Ich werde den Segen sprechen, denn ich bin die dazu berufene Person, wie es geschrieben steht (Psalmen 116, 13): ›Ich will den Kelch des Heils erheben und anrufen den Namen des Herrn‹« (Jellinek, *Bet ha-Midrasch* V, 45-6).

Auch in der physischen Welt lebt David als Symbol des jüdischen Volkes und seiner glorreichen Zukunft im messianischen Zeitalter fort.

Salomo

Nach den Kämpfen, die Salomos Vater David ausgetragen hatte, als er sein Königreich erweiterte, herrschte während Salomos Regierungzeit relativ Friede und Ruhe. Doch nach seinem Tod kam es zu Erbstreitigkeiten, das Königreich wurde geteilt, und die Folge war die Auflösung und der Zusammenbruch Israels.

Die Bibel schildert uns mit Salomo einen Mann, der die guten Dinge des Lebens liebt; große, prächtige Gebäude, edle Pferde und schöne Frauen. Trotzdem ist aus zwei Gründen unbestritten, daß er wesentlich zur Größe und Bedeutung Israels beitrug: Er ließ den Tempel in Jerusalem errichten, und er erlangte große Weisheit. Die Rabbiner standen ihm allerdings mit gemischten Gefühlen gegenüber. Sie tadelten ihn einerseits wegen seiner sinnlichen Gelüste und lobten ihn anderseits wegen seines überragenden architektonischen Könnens und seiner großen Intelligenz, die er beide zur Ehre Gottes einsetzte.

FRAUEN UND PFERDE

Ein alter rabbinischer Grundsatz lautet, daß man nicht fragen soll, warum ein bestimmtes Gebot eingehalten werden muß. Wenn wir versuchen, den Zweck der Gebote zu ergründen, könnten wir auf den Gedanken verfallen, diesen Zweck mit andern Mittel zu erreichen und dadurch die Gebote an sich außer acht lassen. Deshalb führt die Bibel für gewöhnlich keine Gründe an – doch es gibt Ausnahmen. Eine von ihnen betrifft den Befehl, der König sollte sich keine große Zahl von Frauen nehmen, damit sein Sinn nicht vom rechten Weg abweiche (Deuteronomium 17, 17). Doch Salomo heiratete außer seinen Konkubinen viele »fremde« Frauen, weil er glaubte, daß er stark genug sei, um ihren Ränken zu widerstehen, und daß sein Sinn nicht »abweichen« würde. Das war natürlich ein Irrtum. Er errichtete sogar in Jerusalem Schreine für die verschiedenen Götter, die seine Frauen anbeteten. Hätte Salomo nicht über den Grund hinter dem Verbot nachgedacht, so hätte er es vielleicht nie übertreten.

Seine politisch wichtigste Ehe ging er mit der Tochter des Pharao ein, weil er dadurch ein Bündnis festigte, das sein Königreich vor Feinden aus dem Norden und Osten schützte. Die Legende behauptet, daß Salomo seine Frau Bithia mehr liebte als alle anderen Frauen zusammen. Die Hochzeit fand an dem Tag statt, an dem der Tempel fertigestellt wurde. Bithia brachte aus Ägypten 1000 Musiker mit, von denen jeder ein anderes Instrument beherrschte, und ließ sie während der Hochzeitsnacht spielen. Über das Bett hing sie einen dunklen, mit Diamanten und Perlen, die wie Sterne leuchteten, bestickten Baldachin, so daß Salomo beim Erwachen glaubte, es sei noch Nacht, und sich nicht erhob. Die Folge war, daß der Tempel nicht geöffnet werden konnte, weil Salomo die Schlüssel unter dem Kopfkissen aufbewahrte, und daher konnte das Morgenopfer nicht dargebracht werden. Das war eine schwere Sünde, und weil Salomo noch dazu seine Hochzeit mit größerem Prunk feierte als die Fertigstellung des Tempels, beschloß Gott, den Tempel zu zerstören. In der Hochzeitsnacht kam der Engel Gabriel vom Himmel herab und steckte ein Schilfrohr in das Mittelmeer. Um das Schilfrohr sammelte sich allmählich Schlick an, der später zum Fundament der großen Stadt Rom wurde, deren Legionen schließlich den Tempel in Brand steckten (*Schabbat* 56b).

Leidenschaftliches Verlangen nach Frauen war nicht die einzige Schwäche Salomos; er liebte auch Pferde. Das bereits zitierte Kapitel im Deuteronomium verbietet dem König auch, Händler nach Ägypten zu schicken, um Pferde zu kaufen, »denn der Herr hat zu euch gesagt: Ihr sollt auf diesem Weg nie wieder zurückkehren«. Dies war ein weiteres Gebot, das Salomo nicht beachtete, denn »man bezog

Pferde für Salomo aus Ägypten und Koe« (I Könige 10, 28). Unter seinen verschiedenen Besitztümern befanden sich »vierzehnhundert Wagen und zwölftausend Mann als Besatzung«, und er ließ in Megiddo für die Pferde prächtige Ställe bauen, deren Ruinen man noch heute sieht.

SALOMOS WEISHEIT

Obwohl Salomo ein Leben in Luxus führte, versöhnte er spätere Gelehrte dadurch, daß er nicht um materiellen Wohlstand bat, als Gott ihm erlaubte, ein göttliches Geschenk zu wählen, sondern um »ein hörendes Herz, damit er (dein Knecht) dein Volk zu regieren und das Gute vom Bösen zu unterscheiden versteht« (I Könige 3, 9). Gott erfüllte die Bitte. »Gott gab Salomo Weisheit und Einsicht in hohem Maß und Weite des Herzen – wie Sand am Strand des Meeres. Die Weisheit Salomos war größer als die Weisheit aller Söhne des Ostens und alle Weisheit Ägyptens.« Er war weiser als gewisse Weisen, deren Namen nur deshalb bekannt sind, weil sie angesichts von Salomos großer Weisheit zur Bedeutungslosigkeit verblassen. »Er war weiser als... Etan, der Esrahiter, als Heman, Kalkol und Darda, die Söhne Mahols. Sein Name war bekannt bei allen Völkern ringsum« (I Könige 5, 9–11). Wenn wir die rabbinische Identifizierung dieser Personen akzeptieren, handelt es sich um eine beachtliche Konkurrenz. Die ersten drei werden jeweils mit Abraham, Mose und Josef gleichgesetzt, während Darda die gesamte Generation der Wildnis vertritt (*Pesikta de-Rav Kahana* 4, 3).

Salomo nützt seine intellektuellen Fähigkeiten gut. »Er verfaßte dreitausend Sprichwörter; und die Zahl seiner Lieder betrug tausendundfünf« (I Könige 5, 12). Die Bibel schreibt Salomo zwei Bücher direkt zu: Sprichwörter und das Hohelied; die rabbinische Überlieferung schreibt ihm ein drittes Buch, Kohelet, zu, denn es bezeichnet sich selbst als »Worte Kohelets, des Davidsohnes, der König in Jerusalem war«, und welcher andere Sohn Davids war König in Jerusalem? Salomo schrieb diese Bücher nicht, um sich selbst zu verherrlichen, sondern um Gottes Worte zu erklären, die Tora, die Mose auf dem Berg Sinai offenbart wurde. Ein großer Teil der Lehren Gottes war unklar geblieben, bis Salomo sie auslegte. »Womit konnten die Worte der Tora vor Salomos Zeit verglichen werden? Mit einem Brunnen, dessen Wasser sich in großer Tiefe befand und von keinem Menschen getrunken werden konnte, obwohl es kühl und frisch war, bis jemand so klug war, Stricke und Seile aneinanderzubinden, so daß er das Wasser erreichen und von ihm trinken konnte.

So war es mit Salomo. Er schritt von einem Sprachbild zum nächsten und von einem Thema zum nächsten, bis er den wahren Sinn der Tora erfaßte« (*Hohelied Rabba* 1, 1). Salomos Stil ist voller Metaphern und Gleichnissen, »Sprachbildern«, und seine Schriften bedürfen daher einer zusätzlichen Auslegung. Das gesamte Hohelied, das wir vielleicht als Anthologie der Dichtkunst, die die körperliche Liebe zwischen Mann und Frau zum Thema hat, sehen, ist in Wirklichkeit eine Allegorie der Liebe, die Gott für Israel und Israel für Gott empfindet. Rabbi Akiba war von der Heiligkeit des Buches überzeugt. »Alle Schriften sind heilig«, erklärte er (mit Schriften meinte er die Hagiographa – den dritten und letzten Teil der Bibel nach dem Pentateuch und den Propheten), »aber das Hohelied ist das Allerheiligste« (*Mischra Jadajim* 3, 5).

Links: Der junge Salomo als Liebender auf einem Linolschnitt von Nikos Stavroulakis. Das Lied Salomos, eine Sammlung von Liebesliedern, wird von der Synagoge als Allegorie auf die Liebe zwischen Gott und Israel ausgelegt. *The Song of Songs,* Anvil Press Poetry, London 1975.

SALOMO, DER RICHTER

Die erste und sofortige Folge der Tatsachen, daß Salomo Weisheit erlangte, war das Urteil über die beiden Dirnen, die das gleiche Kind beanspruchten (I Könige 3, 26 ff.). Wie er dieses Problem löste, verblüffte alle Zeugen und legte den Grundstein für unzählige Geschichten über Salomos Scharfsinn. Er wurde oft angerufen, um bei Streitigkeiten zu entscheiden oder um unbekannte Verbrecher zu entdecken, und sein Rat führte unweigerlich zum Sieg der Gerechten und zur Niederlage der Bösen. Eine dieser Geschichten, die auch in der moslemischen Überlieferung vorkommt, betrifft einen Juden, der in einen fremden Ort gekommen war. Er trug einen großen Geldbetrag bei sich, und da der Sabbat nahte, an dem es verboten ist, Geld bei sich zu haben, sah er sich nach jemand Vertrauenswürdigem um, bei dem er es hinterlegen konnte. Er fand niemanden und beschloß daher, ein Loch zu graben, um es zu verstecken. Sein Wirt beobachtete ihn dabei und benützte einen günstigen Augenblick, um das Geld auszugraben und sich anzueignen. Der Jude war verzweifelt. Er verdächtigte seinen Wirt, besaß aber keinen Beweis. Deshalb wendete er sich an Salomo und führte dann dessen Rat aus. Er ging zu seinem Wirt und fragte ihn, was er tun solle. Er hätte Geld vergraben, aber er trüge noch viel mehr bei sich und wisse nicht, ob er es am gleichen Ort verstecken solle. Der Wirt, der eine noch viel größer Beute

Rechts: Salomo, der Prediger, eine Zeichnung von Ben Schahn, in Holz geschnitten von Stefan Martin. Salomo, dessen Weisheit sprichwörtlich war, wird das Buch Kohelet zugeschrieben, das er angeblich zusammengestellt hat. *Ecclesiastes or The Preacher,* New York 1965.

in Reichweite sah, riet ihm, das Geld zu dem ersten zu legen, begab sich rasch an den Ort und legte das gestohlene Geld wieder in den Boden. Der Jude holte sich sein Vermögen wieder und ging seiner Wege (Gaster *Exempla* Nr. III).

Salomo war dafür berühmt, daß er mit allen lebenden Geschöpfen – Säugetieren, Reptilien und Vögeln – sowie mit guten und bösen Geistern sprechen konnte. In dieser Gestalt ist er vor allem in den moslemischen Legenden bekannt, wo er als der oberste Herr aller Geister oder Dschinn gilt. Diese Vorstellung geht auf die Bibel zurück, in der wir lesen: »(Er) redete über die Bäume, von der Zeder auf dem Libanon bis zum Ysop, der an der Mauer wächst. Er redete über das Vieh, die Vögel, das Gewürm und die Fische« (I Könige 5, 13). Daß er *über* Bäume und Tiere sprach, wurde in der Überlieferung bald dazu, daß er *zu* ihnen sprach. Man darf deshalb nicht über Legenden überrascht sein, in denen Vögel und Tiere Salomos Befehle ausführen und von ihm verwendet werden, um menschliche Probleme zu lösen; sie rufen auch häufig Salomo als Richter in der Tierwelt an.

Ein Mann, der Milch bei sich trug, traf eine Schlange, die am Verdursten war. »Gib mir ein wenig von deiner Milch«, bat die Schlange, »und ich werde dir einen großen Schatz zeigen.« Der Mann war damit einverstanden. Nachdem die Schlange ihren Durst gestillt hatte, führte sie den Mann zu einem Felsen. »Hebe den Felsen hoch«, sagte sie. Der Mann tat es, und da lag ein großer Schatz. Doch bevor er sich bücken konnte, um ihn aufzuheben, ringelte sich die Schlange um seinen Hals und versuchte, ihn zu erwürgen. »Ist das die Art, wie du mich bezahlst?« fragte der Mann. »Ich werde dich töten«, erwiderte die Schlange, »weil du versuchst, mir meinen Schatz zu rauben.«

Der Mann schlug vor, den Streitfall König Salomo vorzutragen, und die Schlange stimmte zu. Nach einigen Vorbemerkungen verlangte Salomo, daß sich die Schlange vom Hals des Mannes löste, weil keine der streitenden Parteien einen Vorteil über die andere haben sollte. Die Schlange glitt auf den Boden. »Und jetzt trage deinen Fall vor«, verlangte Salomo »Ich will diesen Mann töten«, antwortet die Schlange, »weil in der Heiligen Schrift geschrieben steht: ›Du triffst ihn (den Menschen) an der Ferse.‹« Darauf wendete sich Salomo an den Mann: »In diesem Fall sollst du auf die Schlange treten, denn es steht auch geschrieben: ›Er (der Mensch) trifft dich (die Schlange) am Kopf.‹« Der Mann gehorchte und die Schlange starb (Gaster, *Ma'ase Buch* Nr. 144).

Eine der berühmtesten Geschichten betrifft Salomos Zusammentreffen mit Asmodai, dem König der Dämonen, und das sich daraus ergebende Rätsel. Asmodai brachte einen zweiköpfigen Menschen aus der Erde hervor. Salomo war sehr erschrocken und begann, das seltsame Geschöpf zu befragen; es stellte sich heraus, daß er von Kain abstammte und so tief unter der Erde lebte, daß die Reise dorthin 100 Jahre dauern würde. In seinem Geburtsland bewegte sich die Sonne von Westen nach Osten über die Erde, doch er führte ein normales Leben, pflügte, säte und erntete. Salomo verlangte, daß dieses Geschöpf dorthin zurückgebracht wurde, von wo es kam, und erfuhr zu seiner Überraschung von Asmodai, daß dies nicht geschehen könne. Der zweiköpfige Mann mußte bleiben, wo er war.

Er heiratete, ließ sich nieder und wurde sehr reich. Er hatte sieben Söhne, von denen sechs ihrer Mutter ähnelten, aber der siebente hatte wie sein Vater zwei Köpfe. Als der Vater starb, brach um das Erbe ein Streit aus (in den salomonischen Legenden ein sehr häufiges Motiv). Die sechs »normalen« Söhne verlangten, daß das Erbe in sieben Teile geteilt und gleichmäßig verteilt werden solle. Aber der siebente Sohn bestand darauf, daß es in acht Teile geteilt werden solle, von denen er zwei zu bekommen hätte, einen für jeden Kopf.

Man wandte sich an Salomo, der nicht wußte, wie er entscheiden sollte. Er befragte seinen Hof, den Sanhedrin. Sie berieten darüber, gaben jedoch keinen Kommentar ab, weil sie befürchteten, daß Salomo anderer Meinung sein würde. Salomo ging darauf um Mitternacht in den Tempel und betete zu Gott um Erleuchtung. Am Morgen ließ er den zweiköpfigen Mann zu sich bringen und sagte: »Wenn ein Kopf weiß, was mit dem anderen geschieht, dann sind sie ein Mensch. Wenn nicht, dann sind sie zwei.« Er ließ beiden Köpfen die Augen verbinden und sich heißes Wasser und alten Wein bringen. Dann goß er das heiße Wasser und den Wein auf einen der Köpfe. Der Mann schrie sofort: »Mein König und Herr, wir sterben, wir sterben. Wir sind nur eine Person, nicht zwei!«

DIE KÖNIGIN VON SABA

Salomos Vertrautheit mit dem Reich der Tiere und Geister spielt in den berühmten Geschichten über sein Zusammentreffen mit der Königin von

König Salomo verhandelt über den Fall der beiden Frauen, die das gleiche Kind beanspruchen. Aus einer hebräischen Sammelhandschrift vom Ende des 13. Jahrhunderts aus Nordfrankreich. British Library, London.

Saba und über die Erbauung des Tempels eine größere Rolle. Eine moslemische Version berichtet, daß eine Taube, die den Auftrag hatte, mit ausgebreiteten Flügeln vor einem bestimmten Fenster in Salomos Palast zu stehen und die heißen Sonnenstrahlen abzuhalten, plötzlich verschwand. Salomo war zornig und schwor, sie zu töten. Doch die Taube kehrte zurück und berichtete, daß sie viele Meilen in ein fernes Königreich geflogen war, nämlich das Königreich Jemen (das mit Saba identifiziert wurde), in dem eine reiche, mächtige und kluge Königin namens Bilkis lebte, die aber noch nicht den einzigen wahren Gott entdeckt hatte. Salomo nimmt sich vor, die Königin und ihr Volk zu bekehren, und schickte Bilkis mit dem gleichen Vogel eine Einladung nach Jerusalem. In der jüdischen Fassung der Geschichte handelt es sich bei dem Vogel um den Wiedehopf, Salomos bevorzugtem Vogel und Vertrauten.

Der Wiedehopf fliegt mit einem Schwarm anderer Vögel zur Stadt im Osten und ihre Flügel verdunkeln die Sonne über dem Kopf der Königin. Sie nimmt die Botschaft von den Flügeln des Wiedehopfs, nimmt die Einladung an und erklärt, daß sie die siebenjährige Reise nach Jerusalem in nur drei Jahren zurücklegen wird.

Die moslemische Geschichte berichtet, daß die Königin viele Barren Silber und Gold als Geschenke mitbrachte. Salomo kam ihr zuvor, baute eine sieben Meilen lange Straße nach Jerusalem und pflasterte sie mit Silber- und Goldbarren, doch er ließ kluger-

Salomo auf seinem Thron, ein Bild aus einem handschriftlichen hebräischen Pentateuch, Koburg 1395. Es veranschaulicht die Legende, daß sich auf den Stufen des Throns Tiere befanden, die dem König halfen, die Stufen emporzusteigen. British Library, London.

weise Lücken im Pflaster. Als die Männer der Königin von Saba eintrafen, sahen sie die Lücken, bekamen Angst und sagten: »Der König wird uns verdächtigen, daß wir diese Barren gestohlen haben.« Deshalb füllten sie die Lücken mit den mitgebrachten Barren, und siehe, sie hatten genau die richtige Zahl bei sich, es war nicht einer zuviel oder zuwenig. Sie bewunderten Salomos große Weisheit und bereiteten sich auf die Wunder vor, die sie erleben würden.

Die Rätsel, die die Königin Salomo stellte, kommen sowohl in der jüdischen als auch in der moslemischen Fassung vor. Das ist eine Erweiterung der einfachen Feststellung in der Bibel, daß sie »kam, um ihn mit Rätselfragen auf die Probe zu stellen... Salomo gab ihr Antwort auf alle Fragen. Es gab nichts, was dem König verborgen war und was er ihr nicht hätte sagen können« (I Könige 10, 1-3). Allein in der biblischen Geschichte werden über 20 Rätsel angeführt. Eines, das in beiden Versionen vorkommt, betrifft die 3000 Jünglinge und 3000 Jungfrauen, »die im gleichen Jahr, im gleichen Monat, am gleichen Tag zur selben Stunde geboren wurden, die alle gleich groß waren und die gleiche Kleidung trugen«. Salomo sollte die beiden Geschlechter unterscheiden. Der moslemische Salomo beobachtete sie, als sie sich an einem Brunnen wuschen, und bemerkte, daß einige das Wasser auf ihre Handrücken fallen ließen, während andere das Wasser mit der hohlen Hand auffingen. Die erste Gruppe waren die Jungen, und die zweite die Mädchen. Der jüdische Salomo dachte sich einen Test aus und ließ ihnen Nüsse und gebratene Kornähren vorsetzen. Diejenigen, die gierig nach ihnen griffen, waren die Jungen, und jene, die sich zierten, die Mädchen.

Seltsamerweise geht die jüdische Legende im Gegensatz zur moslemischen nicht auf die Bekehrung der Königin ein. Vermutlich ist dieser Unterschied auf die Bibel zurückzuführen: »Die Königin von Saba hörte vom Ruf Salomos.« Nachdem er die Rätsel gelöst hat, ruft sie aus: »Gepriesen sei Jahwe, dein Gott, der an dir Gefallen fand und dich auf den Thron Israels setzte. Weil Jahwe Israel ewig liebt, hat er dich zum König bestellt, damit du Recht und Gerechtigkeit übst« (I Könige 10, 1, 9). Daraus ergibt sich, daß sie den Gott Israels annahm, obwohl dies in der jüdischen Überlieferung nicht ausdrücklich erwähnt wird. Doch in beiden Religionen heißt es, daß Salomo die Königin von Saba geheiratet hat, und eine jüdische Legende besagt, daß ihr Sohn niemand anderer als der König von Babylon, Nebukadnezzar, war.

SALOMOS THRON

Einer der Wunder, die die Königin von Saba beeindruckten, war Salomos Thron. Er war nur eine schwache Nachahmung des göttlichen Throns im Himmel, aber er war dennoch prächtig.

Der Thron wird in der Bibel ziemlich genau beschrieben. »Ferner ließ der König einen großen Thron aus Elfenbein anfertigen und mit bestem Gold überziehen. Sechs Stufen führten zum Thron hinauf. An seiner Rückseite war der Kopf eines Jungstiers und zu beiden Seiten des Sitzes befanden sich Armlehnen. Zwei Löwen standen neben den Lehnen und zwölf zu beiden Seiten der sechs Stufen. Dergleichen ist noch für kein Königreich geschaffen worden« (I Könige 10, 18-20).

Die Legenden fügen diesem Bericht noch mehr Einzelheiten hinzu. Rechts und links von den sechs Stufen standen einander ein goldener Engel und ein goldener Adler gegenüber. Außerdem gab es auf jeder Stufe ein weiteres Tierpaar. Auf der untersten Stufe standen ein Löwe und ein Ochse; auf der zweiten ein Lamm und ein Wolf; auf der dritten ein Leopard und eine Ziege; auf der vierten ein Adler und ein Pfau; auf der fünften ein Falke und ein Hahn; und auf der sechsten ein

Gegenüber: Eine rekonstruierte Kopie einer Wandmalerei aus der Synagoge in Dura Europos (2. Jahrhundert n. Chr.), mit dem Tempel, dem Allerheiligsten in seinem Zentrum und der *Menora* (Kandelaber). Yale University Art Gallery, New Haven, Connecticut, Dura-Europos Collection.

Unten: Salomo, der militärische Befehlshaber, und seine Krieger. Eine Illustration von Nikos Stavroulakis zu dem Vers in Salomos Lied, der das Eintreffen von Salomos Sänfte schildert. *The Song of Songs,* Anvil Press Poetry, London 1975.

Habicht und ein Sperling. Alle diese Geschöpfe waren aus Gold. In einer Überlieferung heißt es, daß ein Dämon in den Himmel hinaufging, ein Stück des Saphirfußbodens unter dem göttlichen Thron mitnahm und es vor Salomo hinlegte. Der Thron hatte eine mechanische Vorrichtung, die Salomo zu seinem Sitz beförderte. Sobald er den Fuß auf die unterste Stufe setzte, nahm ihn der Ochse in Empfang und reichte ihn zu dem Tier auf der nächsten Stufe weiter, bis ihn der ganz oben wartende Adler hochhob und auf den Thron setzte. Über Salomos Kopf flog eine Taube, die ein Exemplar der Tora im Schnabel trug, das sie vor den König legte, »damit er Tag und Nacht darin lesen könne«.

Das war Salomos Richterthron. Rings um ihn standen sieben Throne für die Weisen, Gelehrten, Minister, Leviten und Fürsten Israels, und vor ihm standen 70 Throne für den Hof des Sanhedrin. Direkt vor Salomos Thron befanden sich zwei Thronsessel, einer für Gad den Seher, und der andere für Natan den Propheten, und zu Salomos Rechten stand der Thron für seine Mutter Batseba.

Sobald Salomo den Thron bestieg, erinnerten ihn Herolde an seine Pflichten. Bei der ersten Stufe rief der Herold: »Er soll sich keine große Zahl von Frauen nehmen«; bei der zweiten: »Der König soll sich nicht zu viele Pferde halten«; bei der dritten: »Er soll nicht zu viel Gold und Silber anhäufen«; bei der vierten: »Du sollst das Recht nicht beugen«; bei der fünften: »Du sollst nicht parteiisch sein«; bei der sechsten: »Du sollst keine Bestechungsgelder annehmen«; und bei der Spitze: »Wisse, vor wem du stehst«.

Wenn die Gerichtssitzung begann, näherten sich die Zeugen angsterfüllt und zitternd, weil der Lärm der Tiere sie erschreckte; der Ochse muhte, der Löwe brüllte, der Wolf heulte, das Lamm blökte, der Leopard knurrte, die Ziege meckerte, der Falke schrie schrill, der Pfau kreischte und der Sperling piepste, und die Maschinerie des Thrones begann laut zu rattern. All das hielt die Zeugen davon ab, falsche Aussagen zu machen (Jellinek, *Bet ha-Midrasch* V, 34-9).

Das Schicksal des Thrones ist von einem Geheimnis umgeben. Salomos Sohn Rehabeam hat ihn angeblich dem Pharao als eine Art Entschädigung für seine verwitwete Tochter gegeben. Sennacherib von Assyrien raubte ihn, aber als er vor Jerusalem geschlagen wurde, mußte er ihn an Hesekia zurückgeben. Viele Jahre später brachten ihn die Ägypter wieder in ihren Besitz. Der Pharao Necho versuchte ihn zu besteigen, wurde aber von einem Löwen verletzt und hinkte seither. Der Thron ging dann in den Besitz des Königs von Babylon, Nebukadnezzar, über. Auch er litt, als er versuchte, die Stufen zum Thron zu ersteigen. Weitere Besitzer waren die Herrscher von Persien, Griechenland und Rom, aber nur Cyrus durfte auf ihm sitzen; das war seine Belohnung dafür, daß er den Juden in der Babylonischen Gefangenschaft erlaubte, nach Jerusalem zurückzukehren.

DIE ERRICHTUNG DES TEMPELS

Als Salomo begann, den Tempel zu errichten, konnte er alle Dämonen und Geister in seinen Dienst zwingen, da sich jeder Teil des Reiches Gottes an der Errichtung seines irdischen Hauses beteiligen mußte.

Den Standort des Tempels hatte bereits Salomos Vater erworben, als er

die Dreschtenne Araunas des Jebusiters kaufte und dorte einen Altar aufstellte (II Samuel 24, 18 ff.). Der Standort wurde Salomo bestätigt, als ihm eines Nachts eine Stimme vom Himmel befahl, zum Berg Zion zu gehen. Dort gab es ein Feld, das zwei Brüdern gehörte, von denen der eine Junggeselle und sehr arm war, während der andere reich war und eine große Familie hatte. Es war Erntezeit, und Salomo sah, wie der arme Bruder nachts heimlich auf das Feld kam und von seiner Ernte etwas zu der seines Bruders dazugab, weil er annahm, daß sein Bruder zwar reicher war, aber auch mehr brauchte als er, um seine große Familie zu erhalten. Salomo war von dieser Selbstlosigkeit und brüderlichen Liebe so beeindruckt, daß er an Ort und Stelle beschloß, den Tempel hier zu errichten.

Daß die Geister sich daran beteiligten, war beinahe ein Zufall. Sofort nach dem Beginn der Bauarbeiten erfuhr Salomo, daß einem seiner Diener ständig Geld und Essen gestohlen wurden. Er untersuchte den Fall und es stellte sich heraus, daß ein böser Geist der Übeltäter war. Salomo konnte den Schuldigen erst ergreifen, als er zu Gott betete und ihm der Engel Michael einen besonderen Ring brachte. Wenn Salomo diesen Ring trug, besaß er Macht über alle Dämonen und konnt sie vor sich erscheinen lassen. Einige mußten die Fundamente errichten, andere Silber und Gold schmelzen, während der Vampirgeist Ornias, der der Dieb war, Steine behaute.

DER SCHAMIR

Die für den Tempel verwendeten Steinblöcke mußten auf bestimmte Art und Weise behauen werden. Die Tora verlangte, daß für die Bearbeitung des Altarsteins kein Schneidewerkzeug verwendet wurde. In einer Überlieferung heißt es, daß der Tempel sich selbst baute; die Steine kamen freiwillig aus den Steinbrüchen und legten sich am Standort des Tempels der Reihe nach übereinander (*Sohar* I, 74a). In anderen Quellen wird jedoch behauptet, daß Salomo den wunderbaren Schamir einsetzte. Was dieser Schamir genau war, steht nicht fest. In den ältesten Quellen wird er nicht beschrieben, aber die mittelalterlichen Sachverständigen halten ihn für eine Art Wurm oder Insekt, der oder das sich durch die härtesten Minerale einschließlich Diamanten bohren konnte. Mose verwendete ihn, um die Namen der zwölf Stämme Israels in die Edelsteine auf der Brustplatte des Hohepriesters einzugravieren.

Doch wie gelangte Salomo zu diesem wunderbaren Geschöpf? Von den Geistern erfuhr er, daß Asmodai, der König aller Dämonen, wußte, wo sich der Schamir aufhielt. Asmodai lebte auf einem Berg, auf dem es einen Brunnen gab, der ihm Trinkwasser lieferte. Jeden Tag, bevor er in den Himmel ging, um an den Diskussionen in der himmlischen Akademie teilzunehmen, legte er einen Stein über die Öffnung des Brunnens und versiegelte ihn. Sobald er zurückkehrte, untersuchte er das Siegel, um sich zu vergewissern, daß niemand sich am Wasser zu schaffen gemacht hatte, und trank erst dann.

Salomo nahm sich vor, Asmodai gefangenzunehmen. Deshalb schickte er seine rechte Hand Benaia nach ihm aus, und gab ihm nur eine Kette, einen Schlauch voll Wein, etwas Wolle und seinen besonderen Ring mit dem eingravierten göttlichen Namen mit. Als

Benaia zum Brunnen kam, bohrte er ihn von unten an, so daß das ganze Wasser auslief. Dann verstopfte er das Loch mit der Wolle. Darauf bohrte er ein weiteres Loch von oben in den Brunnen, ohne jedoch das Siegel zu berühren, und füllte den Brunnen mit Wein. Als er fertig war, kletterte er auf einen Baum und wartete, bis der Dämonenkönig zurückkehrte. Der ahnungslose Asmodai trank die Flüssigkeit aus dem Brunnen, die er für Wasser hielt. Er war über den ungewohnten Geschmack erstaunt, aber die Flüssigkeit schmeckte ihm so sehr, daß er mehr trank, als für ihn gut war, und er sinnlos betrunken umfiel. Benaia stieg rasch von seinem Baum hinunter und legte Asmodai die Ketten um den Hals. Dieser erwachte und wollte sich losreißen, wurde aber durch den Ring mit dem göttlichen Namen bezwungen und vor Salomo gebracht.

Salomo wollte von Asmodai wissen, wo sich der Schamir befand. »Gott hat ihn dem Engel des Meeres anvertraut«, erwiderte Asmodai, »und der Engel hat ihn dem Wiedehopf zur Aufbewahrung übergeben. Der Wiedehopf bringt den Schamir zu Bergen, die noch keines Menschen Fuß betreten hat, und benützt ihn, um die Felsen zu durchbohren. Dann streut er dort Samen aus, die wachsen und die wüsten Gegenden bewohnbar machen.«

Salomo schickte sofort einen seiner Männer nach dem Wiedehopf aus und gab ihm nur eine Glasscheibe mit. Der Mann fand das Nest des Wiedehopfs und legte die Glasscheibe darüber. Als der Wiedehopf zurückkehrte und feststellte, daß er nicht in sein Nest gelangen konnte, flog er wieder fort und holt den Schamir aus seinem geheimen Versteck, damit er sich durch das Glas bohrte. Kaum hatte er den Schamir auf das Glas gelegt, stieß der Mann einen lauten Schrei aus, so daß der Wiedehopf erschrak und davonflog und der Mann den Schamir ergreifen konnte. Der arme Vogel regte sich so darüber auf, daß er sein dem Engel des Meeres gegebenes Versprechen gebrochen hatte, daß er sich das Leben nahm. Aber der Schamir befand sich jetzt in Salomos Besitz, und dieser war in der Lage, seine Fähigkeiten bei der Errichtung des Tempels zu verwenden (*Gittin* 68a-b).

Während der sieben Jahre, die der Bau des Tempels dauerte, starb kein einziger Arbeiter oder wurde auch nur verletzt, und alle ihre Werkzeuge und Geräte behielten ihren ursprünglichen Zustand bei. Doch sobald der Tempel fertig war, verschlechterte sich der Zustand der Männer und der Ausrüstung rasch, so daß man sie nicht für den Bau von heidnischen Schreinen einsetzen konnte. Die Handwerker erhielten ihre Belohnung im Jenseits.

DER BESIEGTE SALOMO

Salomos Zusammentreffen mit Asmodai brachte ihn eine Zeitlang in Schwierigkeiten. Er verhöhnte den Dämon, indem er behauptete, daß dieser relativ machtlos sei, denn obwohl er der König der Geisterwelt war, ließ er sich durch einen Sterblichen wie Salomo fesseln. Asmodai erklärte Salomo, daß er ihm seine Macht beweisen würde, wenn ihm dieser seinen magischen Ring lieh, Salomo erklärte sich ohne zu überlegen dazu bereit. Asmodai schüttelte sofort seine Ketten ab, hob Salomo hoch, warf ihn 1000 Meilen weit weg, und regierte als König in Jerusalem.

Salomo mußte drei Jahre als Bettler durch die Welt wandern und versuchte dabei, die ungläubigen Menschen davon zu überzeugen, daß er tatsächlich der große, weise König Salomo sei. Diese Demütigung verfolgte zwei Zwecke. Erstens war sie eine Strafe dafür, daß Salomo das göttliche Gebot in bezug auf Frauen, Pferde und den großen Reichtum übertreten hatte; zweitens ging damit Gottes Wunsch in Erfüllung, daß Salomo Naama, die Tochter des Königs von Ammon, heiratete, die die Mutter von König Rehabeam und damit eine Vorfahrin des Messias wurde. Salomo kam nach Ammon und nahm Arbeit in der königlichen Küche an. Er bewies solches Geschick, daß er bald zum Oberkoch befördert wurde. In dieser Eigenschaft lernte er die Prinzessin Naama kennen und die beiden verliebten sich ineinander. Sobald der König davon erfuhr, verbannte er beide aus dem Palast. Sie wanderten durch wüste Gegenden, bis sie in eine Stadt am Ufer des Meeres gelangten. Salomo kaufte einen Fisch für die einzige Mahlzeit, die sie täglich zu sich nahmen. Als Naama ihn zubereitete, fand sie einen Ring, den der Fisch verschluckt hatte. Es war Salomos magischer Ring, den Asmodai ins Meer geworfen hatte.

Mit dem Ring am Finger versetzte Salomo sich und Naama nach Jerusalem, wo er Asmodai vertrieb und mit seiner neuen Frau Naama als Königin wieder den Thron bestieg (Jellinek *Bet ha-Midrasch* II, 86-87).

Diese Heirat Salomos stieß auf Widerstand, und genau solchen Widerstand setzte Salomo laut einer anderen Legende der Heirat seiner Tochter entgegen. Er erfuhr durch eine Vision, daß sie sich in einen überaus armen Mann verlieben würde. Salomo wollte diese Verbindung unbedingt verhindern und sperrte sie in einen Turm, den er im Mittelmeer erbaut hatte. Als wäre dies noch nicht sicher genug, ließ er den Turm von sieben Eunuchen bewachen. Doch »auch mächtige Wasser können die Liebe nicht löschen«, wie Salomo selbst schrieb. Ein armer, junger Bursch verirrte sich eines Nachts auf dem Festland in der Nähe des Turms. Er verkroch sich im Kadaver eines Ochsen, der auf dem Feld lag. Dort war es warm und er schlief ein. Ein riesiger Vogel ergriff den Kadaver mitsamt dem jungen Mann und trug ihn auf das Dach des Turms, um die Knochen abzunagen. Der junge Mann war der der Prinzessin bestimmte Ehemann. Sie traf ihn im Turm und nachdem er ihr erklärt hatte, wie er dorthin gelangt war, ließ sie ihm ein Bad ein und brachte ihm frische Kleider. Sie war von seiner Schönheit und Weisheit tief beeindruckt, und sie verliebten sich ineinander. Er heiratete sie nach dem jüdischen Gesetz, indem er den *Ketuba*, den Ehevertrag, mit seinem Blut schrieb und die Engel Gabriel und Michael als Zeugen aufrief, während er die Heiratsformel sprach.

Als sie schwanger wurde, fanden die Wächter, daß man es Salomo mitteilen mußte. Die Weisheit und das gute Aussehen seines Schwiegersohnes beeindruckten Salomo so sehr, daß er mit der Heirat einverstanden war (*Tanhuma*, Verl. Buber, Einleit. S. 136).

SALOMOS TOD

Die Bibel erzählt uns nicht, unter welchen Umständen Salomo starb. Er »entschlief zu seinen Vätern« (I Könige 11, 43). Die jüdische Legende hat zu diesen Thema ebenfalls merkwürdig wenig zu sagen. Die Moslems hingegen erzählen eine faszinierende Geschichte. Salomo ahnte, daß sein Tod

Gegenüber: Die Tempelgefäße. Die Bundeslade mit den beiden Tragholmen befindet sich oben in der Mitte. Links der Krug mit Manna und Aarons Stab, der Blätter trieb; rechts der Weihrauchaltar. Unten rechts der Tisch mit Schaubrot mit den zwölf Laiben, und links der Opferaltar. In der unteren linken Ecke sieht man den Ölberg. Aus einer großen hebräischen handschriftlichen Bibel, die im 14. Jahrhundert in Katalonien kopiert wurde. British Library, London.

Eine phantasievolle Darstellung, wie der wiederaufgebaute Tempel im messianischen Zeitalter aussehen wird. Aus der Haggada, die Josef Leipnik aus Hamburg 1740 verziert hat. British Library, London.

nahe bevorstand, aber der Tempel war noch nicht fertiggestellt und er wußte, daß nach seinen Tod die Dschinn, die er in seinen Dienst gezwungen hatte, die Arbeit sofort einstellen würden.

In Salomos Garten wuchs jeden Tag ein neuer Baum, und er pflegte jeden nach seinem Namen und seinem Zweck zu fragen. Eines Tages sagte der neue Baum: »Ich werde zur Errichtung des Tempels verwendet werden. Mache aus mir einen Stab und stütze dich darauf.« Salomo wußte jetzt, daß sein Ende nahe bevorstand. Er tat, was ihm der Baum gesagt hatte, ging in den Tempel, stützte sich auf den Stab und betete darum, daß die Dschinn nichts von seinem Tod erfuhren.

Sein Gebet wurde erhört. Salomo starb über den Stab gebeugt. Jeder, der vorüberging, einschließlich der Dschinn, nahm an, daß er ins Gebet vertieft war, wie es seine Art war, und wollte ihn nicht stören. Tage, Wochen und Monate vergingen und die ganze Zeit über nagte sich eine weiße Ameise in den Stab und fraß ihn allmählich von innen her auf. Nach einem Jahr löste sich der Stab in Staub auf, Salomo fiel zu Boden, und das Volk und die Dschinn erkannten, daß er tot war. Aber zu dieser Zeit stand der Tempel, Salomos Meisterwerk, bereits in voller Pracht fertig da (*Rappoport* III, 207-9).

Elija

Elija ist eine der Schlüsselfiguren der jüdischen Legende. Man versteht unschwer, wieso er auf allen Ebenen des religiösen Bewußtseins im Mittelpunkt der Aufmerksamkeit steht. Sowohl der Mystiker, der nach einer Vision des Göttlichen strebt, als auch der jüdische Analphabet, für den Elija ein hilfreicher Freund ist, wenden sich an ihn. Elijas Bild nahm viele Gestalten an und erfüllte viele Funktionen. Doch alle bezogen sich auf die beeindrukkende Geschichte Elijas in der Bibel.

ELIJA IN DER GESCHICHTE

Er ist eine geschichtliche Persönlichkeit, denn er lebte im 9. Jahrhundert v. Chr. während der Herrschaft von Ahab und Ahazia. Doch er verkörpert ewig gültige Werte, er scheint sogar zwei Welten zu umfassen. Er lebt in der gebildeten städtischen Hofgesellschaft, doch er bringt die elementare religiöse Leidenschaft der Wildnis in diese Gesellschaft. Diese paradoxe Kombination verleiht Elijas Geschichte ihre einmalige Aura.

Er erscheint plötzlich auf der Bühne, ohne jegliche Vorbereitung durch den Schreiber, als erwarte man von uns, daß wir aus den Quellen alles über ihn wissen, und er begründet sofort seine Machtbefugnis: »Der Prophet Elija aus Tischbe in Gilead sprach zu Ahab: ›So wahr der Herr, der Gott Israels lebt, in dessen Dienst ich stehe; in diesen Jahren sollen weder Tau noch Regen fallen, es sei denn auf mein Wort hin‹« (I Könige 17, 1). Dann verschwindet er genauso schnell, wie er gekommen ist, ohne Ahabs Reaktion abzuwarten. Die Geschichte geht sofort weiter: »Danach erging das Wort des Herrn an Elija: ›Geh weg von hier, wende dich nach Osten ...‹« Diese eröffnenden Worte der Erzählung prägen alle folgenden Berichte über Elija und seine Rolle in der jüdischen Überlieferung.

Er erscheint plötzlich. Er spricht mit Nachdruck. Er ist geheimnisumwittert. Und er ist allein. Auf diese Einsamkeit weist die Bibel immer wieder hin. »Weil die Israeliten deinen Bund verlassen haben ... ich allein bin übriggeblieben« (19, 10, 14); »Ich allein bin als Prophet des Herrn übriggeblieben« (18, 22). Sein Wettstreit mit den 450 Propheten Baals betont seine Einmaligkeit. Es ist, als laste auf seinen Schultern die gesamte Bürde der Verantwortung dafür, daß Gottes Bund mit Israel fortdauert. Die Wahl, die das Volk treffen muß, wird auf sachliche, einfache Art dargelegt: »Wenn Jahwe der wahre Gott ist, dann folgt ihm. Wenn aber Baal es ist, dann folgt diesem!« (18, 21).

Trotz aller ihrer Schliche und ihrer Selbstverstümmelung können Baals Propheten ihren Gott nicht dazu bringen, als Feuer zu erscheinen und das Opfer eines Ochsen anzunehmen. Elija verhöhnt sie und betont ausdrücklich seine Überlegenheit und die seines Gottes, indem er Wasser auf den Altar gießt und dann »zu der Zeit nun, da man das Speiseopfer darzubringen pflegt«, darum betete – um zu zeigen, daß es sich um kein außergewöhnliches Ereignis handelt – und »das Feuer des Herrn kam herab« (18, 36, 38). Die Reaktion des Volkes: »Jahwe ist Gott; Jahwe ist Gott« (18, 39), ist eine absolute, kompromißlose Antwort auf die Wahl, vor die er gestellt wurde, und wurde später als großes Glaubensbekenntnis eingeführt, das am Ende des Gottesdienstes siebenmal wiederholt wird. In seinem großen Eifer im Dienst Gottes befiehlt Elija die Abschlachtung der Priester Baals. Diese Leidenschaft erinnert an jene von Pinkas' Sohn Eleasar, der eine Seuche bendete, indem er mit seinem Speer einen Israeliten und seine midianitische Geliebte durchbohrte (Numeri 25, 8). Manche rabbinische Überlieferungen gehen soweit, daß sie Elija mit Pinkas identifizieren.

In den beiden anderen wichtigen Episoden in Elijas Leben gibt es Parallelen zu Mose und Enosch. Im Exodus wird Mose eine teilweise Offenbarung

Links: Der Messias reitet auf einem Esel in Jerusalem ein. Ein Holzschnitt von Siegmund Forst. Oben im Himmel wird der göttliche *Schofar* (Widderhorn) als Zeichen für den Beginn des messinanischen Zeitalters geblasen.

Gegenüber: Elija trifft am Paschaabend auf einem Esel ein. Während der Paschamahlzeit *(Seder)* wird ein Glas Wein für Elija beiseitegestellt. In diesem Bild aus einer deutschen handschriftlichen Haggada aus dem 15. Jahrhundert reiten die Mitglieder der den *Seder* feiernden Familien anscheinend zusammen mit Elija auf einem Esel. Library of Congress, Washington.

Unten: Elija, der den *Schofar* bläst, führt den Messias nach Jerusalem hinein. In der jüdischen Überlieferung heißt es, daß bei der Ankunft des Messias die Juden aus der ganzen Welt in das Heilige Land zurückkehren werden, und dieses Ereignis ist hier dargestellt. Aus der 1609 in Venedig gedruckten Haggada.

Gottes gewährt. Er darf Gottes Herrlichkeit nicht sehen, aber »Gott stellt ihn in eine Felsspalte«; und als Gottes Herrlichkeit vorüberzieht, darf er nur Gottes »Rücken« sehen, während sein Angesicht »niemand sehen kann«. Auf dem gleichen Berg, dem Horeb, erfährt Elija die göttliche Anwesenheit am innigsten. »Der Herr zog vorüber«, und Elija befand sich in einer Höhle, vielleicht in der gleichen »Spalte«, in der sich Mose befunden hatte. Hier ist die Offenbarung jedoch kein Anblick, sondern ein Geräusch, ein »sanftes, leises Säuseln«. Dieses Zusammentreffen mit Gott auf dem heiligen Berg ist offenbar der Höhepunkt von Elijas Mission, denn sofort danach macht er sich auf die abrupte Weise, an die wir uns in der Erzählung von ihm gewöhnt haben, auf, um einen Nachfolger zu finden. »Als Elija von dort weggegangen war, traf er Elischa« (I Könige, 19, 19).

DIE ENTRÜCKUNG ELIJAS

Elija verschwindet bald von der Bühne, aber er stirbt nicht, sondern wird genau wie Enosch »aufgenommen«. In einem großartigen literarischen Abschnitt der Bibel erfahren wir, wie Elija in den Himmel emporfährt. Der Autor schildert die Ereignisse so einfach wie möglich. »An dem Tag, da der Herr Elija im Wirbelsturm in den Himmel aufnehmen wollte« (II Könige 2, 1). Dann bleibt der Leser im ungewissen, während Elija und Elischa von Gilgal nach Bet-El, von Bet-El nach Jericho und dann über den Jordan wandern, der durch ein Wunder von Elijas Mantel geteilt wird. Elischa bittet um einen doppelten Anteil an Elijas Geist, und dieser antwortet kryptisch: »Wenn du siehst, wie ich von dir weggenommen werde, wird es dir zuteil werden. Sonst aber wird es nicht geschehen.« Dadurch wird der Zuhörer, der Leser, aufmerksam, denn er möchte ebenfalls »sehen«, wie Elija weggenommen wird. Es geschieht ganz plötzlich. Elijas Abgang erfolgt genauso abrupt wie sein Auftritt. »Während sie miteinander gingen und redeten, erschien ein feuriger Wagen mit feurigen Pferden, und trennte beide voneinander. Elija fuhr im Wirbelsturm zum Himmel empor. Elischa

sah es und rief laut: Mein Vater, mein Vater! Wagen Israels und sein Lenker! Als er ihn nicht mehr sah...« (62, 12).

ELIJAS WIEDERERSCHEINEN

Weil Elijas Tod nicht schriftlich aufgezeichnet ist, gelangten spätere Generationen zu der Überzeugung, er sei noch am Leben, und dies führte zu vielen Berichten über sein Wiedererscheinen und seine anhaltende Unterstützung der Juden sowohl als Einzelpersonen als auch als Volk. Es heißt zum Beispiel, daß er das persische Judentum vor Haman rettete, und daß er die Juden Bagdads im 10. Jahrhundert, die Juden Istanbuls im 16. und die Juden Krakaus während der Herrschaft Kasimir IV. vor der Verfolgung rettete. In der rabbinischen Literatur wird sehr häufig auf ihn Bezug genommen, und die meisten dieser Hinweise betreffen Hilfeleistungen für die Armen und Frommen. Elija wird der Ausspruch zugeschrieben, daß »Gott alle guten Eigenschaften suchte, die er Israel geben konnte, und nichts Besseres fand als die Armut«. Die Quelle fährt fort: »Daher das Sprichwort: Armut paßt so gut zu Israel wie ein roter Zügel zu einem Schimmel« (*Hagiga* 9b).

In seinen Jugendjahren war Rabbi Akiba sehr arm. Er hatte die Tochter eines reichen Mannes geheiratet und konnte sie nicht so erhalten, wie sie es gewohnt war. Doch Elija zeigte ihnen, daß ihre Armut nur relativ war. In einer kalten Nacht konnte Akiba für das Bett seiner Frau nur armseliges Stroh beschaffen. Elija erschien ihnen in einer Verkleidung und rief verzweifelt: »Gute Leute, gebt mit bitte ein wenig Stroh für meine Frau. Sie hat gerade entbunden und ich habe nichts, worauf sie liegen könnte.« Akiba und seine Frau reagierten positiv, denn ihnen wurde klar, daß ihre Notlage nicht gar so schlimm war (*Nedarim* 50a).

Rabbi Akiba war natürlich einer der größten Gelehrten, und Elija unterhielt zu vielen von ihnen eine enge Beziehung, unterstützte ihre Bemühungen, die Rechtsvorschriften durchzusetzen, und beschwichtigte ihre Zweifel.

»Rabbi Kahana verdiente seinen Lebensunterhalt, indem er von Haus zu Haus ging und Weidenkörbe verkaufte. Einmal versuchte eine römische Dame, ihn zu verführen. Er sagte zu ihr: ›Laß mich gehen und mich bereit machen!‹ Er ging auf das Dach und stürzte sich hinunter. Da erschien Elija, fing ihn auf und sagte: ›Ich mußte eintausend Meilen reisen, um hierher zu kommen.‹ Rabbi Kahana antwortete: ›Nur meine Armut hat mich dazu gebracht.‹ Darauf gab ihm Elija einen Topf voller Münzen« (*Kidduschin* 40a).

DER ENTHÜLLER VON MYSTERIEN

Viel der theologischen Probleme der Rabbiner hingen mit Belohnen und Bestrafen im Jenseits zusammen. Elija konnte solche Fragen gut beantworten, denn er hatte den Himmel tatsächlich besucht. Es gibt sogar eine Überlieferung, derzufolge er sein Leben als der Engel Sandalfon begann, und daß sein in der Bibel angeführter Aufenthalt auf der Erde nur eine physische Unterbrechung in seiner spirituellen Existenz war.

»Rabbi Baroka pflegte den Markt in Lapet zu besuchen. Eines Tages erschien ihm dort Elija, und Rabbi Baroka fragte ihn: ›Ist einem der hier anwesenden Menschen bestimmt, ins Jenseits gelangen?‹ – ›Nein‹, erwiderte Elija. Inzwischen war ein Mann eingetroffen, der schwarze Schuhe trug und keine Fransen an seiner Kleidung hatte. ›Dieser Mann wird in das Jenseits gelangen‹, erklärte Elija. Rabbi Baroka rief den Mann zu sich und fragte ihn, womit er seinen Lebensunterhalt verdiene. ›Ich bin Gefängniswärter‹, erwiderte dieser, ›und ich halte die Männer und Frauen voneinander fern. Nachts stelle ich mein Bett zwischen den Männern und Frauen auf, um zu verhindern, daß etwas Unrechtes geschieht.‹ . . . Dann erschienen zwei weitere Männer auf dem Schauplatz. ›Auch diese beiden werden ins Jenseits kommen‹, stellte Elija fest. Rabbi Baroka fragte sie, worin ihre Arbeit bestand. ›Wir sind Spaßmacher. Wenn jemand traurig ist, heitern wir ihn auf. Und wenn wir zwei Menschen sehen, die streiten, versuchen wir, Frieden zu stiften‹« (*Taanit* 22a).

Einmal wurde Elija bestraft, weil er zu viele himmlische Geheimnisse verraten hatte. Er hatte die Gewohnheit, das Studierhaus zu besuchen, dem der Patriarch Rabbi Juda vorstand. Eines Tages kam er zu spät. Er entschuldigte sich damit, daß Neumond war und an diesem Tag im Himmel zusätzliche Gebete gesprochen werden mußten. »Außerdem brauchen Abraham, Isaak und Jakob lange, weil sie nicht zusammen beten dürfen. Sie beten also einzeln nacheinander. Würde man ihnen gestatten, gemeinsam zu beten, wäre ihr Gebet unwiderstehlich. Gott müßte darauf reagieren und der Messias würde sofort kommen.« Rabbi Juda wollte wissen, ob es auch auf der Welt Menschen gab, deren Gebete so mächtig waren. »Die Gebete von Rabbi Hajja und seinen Söhnen», erwiderte Elija. Rabbi Juda rief sofort eine Fastenzeit aus und lud Rabbi Hajja und seine Söhne ein, die Gemeinschaft beim Beten zu leiten. Wenn sie das Wort für Wind aussprachen, wehte der Wind. Wenn sie um Regen beteten, regnet es. Ihre Aufregung wuchs, als sie zu dem Gebet für die Auferstehung der Toten kamen. Der Himmel war beunruhigt, denn es war klar, daß Elija zuviel gesagt hatte. Er wurde daher mit Schlägen aus Feuer bestraft. Darauf verwandelte er sich in einen Bären und vertrieb die Versammlung. Deshalb hörten die Gebete auf und es ist noch nicht zur Auferstehung gekommen (*Baba Mezia* 85b).

Daß Kinder für die Sünden der Väter leiden, stellt eines der größten Probleme im biblischen Bericht über die göttliche Gerechtigkeit dar. In der Legende schwächt Elija diese Schwierigkeit ein wenig ab. »Im Jenseits werden Kinder, die wegen der Sünden ihrer Väter sterben, bei den Gerechten stehen, und ihre Väter werden bei den Verderbten stehen, und sie werden zu Gott sagen: ›Wir sind wegen der Sünden unserer Väter gestorben. Laß jetzt unsere Väter wegen unserer Verdienste zu uns kommen.‹ Gott wird antworten: ›Eure Väter haben nach eurem Tod gesündigt; ihre Sünden klagen sie an.‹ Elija wird sie verteidigen und zu den Kindern sagen: ›Fragt Gott, was größer ist, das Attribut der Gnade, oder das Attribut der Strafe?‹ Gottes Antwort wird lauten, das Attribut der Gnade. Dann müßt ihr ihm sagen: ›Wenn wir wegen der Sünden unserer Väter gestorben sind, obwohl das Attribut der Gnade größer ist, um wieviel mehr müßten sie jetzt zu uns herüberkommen.‹ Darauf wird Gott erwidern: ›Ihr habt recht, sie werden zu euch herüberkommen‹« (*Kohelket Rabba* 4, 1).

VORLÄUFER DES MESSIAS

Obwohl diese Geschichte es nicht ausdrücklich erwähnt, gibt es eine unterschwellige Verbindung mit Maleachi 3, 23: »Bevor aber der Tag des Herrn kommt, der große und furchtbare Tag, seht, da sende ich euch den Propheten Elija. Er wird das Herz der Väter den Söhnen zuwenden und das Herz der Söhne ihren Vätern.« Dies legten die Rabbiner natürlich als Hinweis auf das messianische Zeitalter aus. Elija ist angeblich entweder die Verkörperung des Messias oder zumindest sein Vorläufer. Ihm wird oft zugeschrieben, daß er Wissen über den Messias und die Umstände seines Kommens weitergibt.

Eine der berühmtesten rabbinischen Geschichten über Elija und den Messias gibt das Gespräch zwischen ihm und Rabbi Josua ben Levi wieder. »Rabbi Josua ben Levi traf Elija am Eingang zur Höhle von Rabbi Simeon ben Johai . . . er fragte ihn: ›Wann wird der Messias kommen?‹ Elija erwi-

derte: ›Gehe hin und frage ihn‹. – ›Aber wo ist er?‹ – ›Am Tor Roms.‹ ... Rabbi Josua ging hin und fand ihn ... Er fragte: ›Wann kommt der Meister?‹ Er antwortet: ›Heute‹ ... Rabbi Josua kehrt zu Elija zurück und sagte: ›Er hat falsch zu mir gesprochen, weil er sagte, daß er heute kommen würde und nicht gekommen ist.‹ Elija sagte: ›Er meinte, heute wenn du auf meine Stimme hörst (Psalmen 95, 7)‹« (*Sanhedrin* 98a). Am Ende der Zeit wird Elija kommen und jedes ungelöste Problem des jüdischen Rechts lösen. Es wird im Talmud mit dem aramäischen Wort *teku* abgeschlossen, das bedeutet »Laßt es stehen«, d. h., es gibt keine Antwort. Dieses Wort wurde als Abkürzung für »der Tischbiter wird alle Zweifel und Verwicklung lösen« ausgelegt.

Manche Gelehrte stellen einen Zusammenhang zwischen Elijas Wissen vom Messias und dem Brauch her, daß bei der Beschneidungszeremonie ein eigener Stuhl für ihn bereitgestellt wird. Der Stuhl des Elija neben dem des *Sandek*, der das Kind hält. Elija

Eine Beschneidungszeremonie unter portugiesischen Juden. Der *Sandek* (Pate) hält das Kind. Der leere Stuhl gehört Elija, der angeblich bei jeder Beschneidung anwesend ist. Stich von B. Picart, 1722.

Oben: Der Stuhl des Elija für die Beschneidungszeremonie. Dieser Stuhl wurde 1809 angefertigt und befand sich früher in der großen Synagoge von London. Jewish Museum, London.

Gegenüber: Die *Havdala*-Zeremonie, die am Samstag in der Abenddämmerung den Abschied von Sabbat kennzeichnet. Ein Kind hält eine Kerze, die in das Glas Wein getaucht wird, das sein Vater in der Hand hält. British Library, London.

ist bei jeder Beschneidung im leeren Stuhl symbolisch anwesend, denn wer kann wissen, ob nicht gerade dieser Säugling der Messias ist? Andere behaupten, daß Elija zugegen ist, um böse Geister abzuwehren, die das Kind angreifen könnten, wenn es am verletzlichsten ist. In manchen jüdischen Gemeinden legen die Frauen während des Geburtsvorganges ein Amulett mit Elijas Namen unter das Kissen.

Im Volksglauben wird Elija vor allem mit der Geburt von berühmten jüdischen Mystikern in Zusammenhang gebracht. Elija sagte die Geburt des Gründers der chassidischen Bewegung im 18. Jahrhundert, Rabbi Israel ben Eliezer, der Baal Schem Tov, vorher. Der Vater des Mystiker, Rabbi Eliezer, war ein sehr gastfreundlicher Mensch. Er stellte Späher im Dorf auf, damit sie Fremde in sein Haus brachten. Einer dieser Besucher war der verkleidete Elija. Sein Gastgeber empfing ihn so herzlich und behandelte ihn so gut, daß er beim Abschied seine wahre Identität enthüllte und Eliezer verriet, daß er einen Sohn haben würde, der »die Augen Israels erhellen« würde *(Maasijot Peliot* 24-5).

Der Gründer der im 16. Jahrhundert entstandenen kabbalistischen Sekte von Safed, Rabbi Isaak Lurija, wurde am achten Tag nach seiner Geburt beschnitten, wie es das jüdische Gesetz vorschreibt, aber erst, nachdem Elija seinem Vater erschienen war. Angeblich wäre die Zeremonie verschoben worden, wenn Elija nicht dagewesen wäre, um das Kind zu halten. Nach der Zeremonie gab Elija das Kind seinem Vater zurück und sagte: »Nimm dein Kind. Acht gut auf deinen Sohn, denn er wird ein helles Licht in der Welt sein« *(Schivhe ha-Ari)*. Lurijas Schüler, Rabbi Hajjim Vital, schrieb über seinen Meister: »Er beschäftigte sich nur mit dem Studium des Talmud ... dann erschien ihm Elija und riet ihm, sich in die Einsamkeit zurückzuziehen ... und so saß er in einem Haus am Ufer des Nils, wurde vom Heiligen Geist erfaßt, und Elija erschien ihm immer wieder und lehrte ihm die Geheimnisse der Tora« (Wiener S. 83).

Es gibt zahlreiche Berichte über jüdische Mystiker, die »eine Offenbarung« erlebten, durch die sie in die himmlischen Mysterien eingeführt wurden. Die verehrteste Gestalt der Kabbala, Rabbi Simeon ben Johai, der angebliche Autor des *Sohar*, wurde laut dem Talmud während der 13

בנו בחרת ואותנו קדשת
מכל העמים ומועדי ק׳
קדשך בשמחה ובששון
הנחלתנו ברוך אתה יי
מקדש ישרא׳ והזמנים
אתה
מלך

Der Gebirgszug des Karmel, der Ort des Wettstreits zwischen Elija und den Propheten des Baal.

Jahre, in denen er sich mit seinem Sohn in einer Höhle vor den Römern versteckte, von Elija in den Mysterien Gottes und des Universums unterwiesen. Nicht nur durch Elijas Anwesenheit bei der Beschneidung, sondern auch durch zwei weitere Rituale bleibt er dem jüdischen Bewußtsein stets gegenwärtig. Die Sehnsucht nach dem Kommen Elijas und die zuversichtliche Erwartung, daß dadurch Gottes Reich auf Erden errichtet wird, werden jede Woche am Ende des Sabbat durch die Zeremonie der *Havdala* ausgedrückt, bei der eine bewußte Trennung von Heiligem und Profanem, von Sabbat und Wochtentagen vorgenommen wird. Elijas Wundertaten und sein großer religiöser Eifer werden in Liedern besungen. Der Refrain eines der bekanntesten Lieder lautet: »Der Prophet Elija, der Tischbiter aus Gilead, möge er bald mit dem Sohn Davids, dem Messias, zu uns kommen.« Die rabbinische Überlieferung besagt, daß Elija nicht am Sabbat selbst kommen wird. Es ist daher sehr wahrscheinlich, daß er am Ende des Sabbat eintreffen wird, wenn sich die jüdische Welt in einem besonderen religiösen und frommen Zustand befinden sollte. Aber das vielleicht beeindruckendste Ritual, bei dem Elija eine wichtige Rolle spielt, findet am Pascha-Abend statt. Bei einer besonderen, Seder genannten Mahlzeit, wird ein Glas Wein für Elija bereitgestellt, und in einem bestimmten Augenblick »wird die Tür für Elija geöffnet«. Dieser Augenblick der Zeremonie ist ergreifend, weil die Juden in mittelalterlichen europäischen Gemeinden oft dem zornigen, durch die christliche Ostergeschichte über die jüdische Schuld aufgestachelten Mob ausgeliefert waren. Das Öffnen der Tür war deshalb nicht nur ein Ausdruck der für Pascha charakteristischen Gastlichkeit, sondern auch eine Herausforderung an den Feind und eine Geste des Vertrauens zu Gott, der sein Volk verteidigen und Elija tatsächlich in diesem Augenblick senden würde, um das Kommen des Messias zu verkünden. Aber wird Elija kommen? Es gibt eine chassidische Geschichte über einen frommen Juden, der seinen Rabbiner fragte: »Ich habe etwa vierzig Jahre lang an jedem Seder-Abend Eljia die Tür geöffnet und darauf gewartet, daß er kommt, aber es war nie der Fall. Was ist der Grund dafür?« Der Rabbiner antwortete: »In deiner Nachbarschaft lebt eine sehr arme Familie mit vielen Kindern. Besuche den Mann und schlage ihm vor, daß du und deine Familie den nächsten Pascha in seinem Haus feiert, und daß du ihn und seine Familie mit allem versorgst, was er für die acht Pascha-Tage braucht. Dann wird Elija am Seder-Abend bestimmt kommen.« Der Mann tat, was der Rabbiner ihm sagte, doch nach Pascha beschwerte er sich bei ihm darüber, daß Elija wieder nicht gekommen sei. Der Rabbiner erwiderte: »Ich weiß genau, daß Elija am Seder-Abend in das Haus deines armen Nachbarn gekommen ist, aber du konntest ihn nicht sehen.« Der Rabbiner hielt dem Mann einen Spiegel vor das Gesicht und fuhr fort: »An diesem Abend war dies das Gesicht Elijas« (Wiener S. 139).

Ester

Das Buch Ester unterscheidet sich von allen anderen Büchern der Bibel. Sowohl der Stil als auch der Inhalt erinnern an eine Erzählung aus Tausendundeiner Nacht. Der Schauplatz ist ein prächtiger Palast mit einem Thronsaal und vielen Vorzimmern, in denen sich kostbare Silber- und Goldgegenstände befinden. Es gibt Bankette mit Hunderten Gästen, lärmende Festlichkeiten und Liebesaffären. Hinter dem Palast liegen prachtvolle Gärten, dann die großartige persische Stadt Schuschan, und noch weiter dahinter die 127 Provinzen, die König Artaxerxes beherrscht. Es gibt Intrigen und Gegenintrigen, zahlreiche Tote und auch große Freude. Außerdem ist die Atmosphäre des Buches beinahe profan, wenn nicht sogar unreligiös. Der Name Gottes kommt kein einziges Mal vor, und es ist seltsam, daß es bei den jüdischen Feiern anläßlich des Sturzes des Erzfeindes Haman keine an Gott gerichteten Dankeslieder oder Psalmen gibt. Auch in der Stunde der Verzweiflung beten die Juden nicht zu ihm.

Und doch liefert dieses Buch die Grundlage für das Purimfest, eine glückliche, manchmal lärmende Feier, bei der in der Synagoge in einer sehr entspannten Atmosphäre das Buch oder genauer die Rolle Ester gelesen wird. Der Name des jüdischen Helden Mordechai wird mit Jubel begrüßt, während der Name Haman zu Buhrufen, Hohngelächter und dem Klappern von Rasseln führt. Zu dieser Zeit gibt es auch Kostümbälle, und in den Theatern werden satirische Stücke gespielt. Der »normale« religiöse Hauptzweck besteht darin, daß man die Anweisung des Buches befolgt: man schickt den Armen Geschenke. Dennoch ist das wesentliche Gefühl bei diesem Fest zweifellos der Triumph über die Feinde. Es ist die einzige Gelegenheit im jüdischen Kalender, bei der den Juden gestattet ist, sich gehen zu lassen und den Sturz ihrer Unterdrücker zu feiern, denn Haman ist nicht einfach eine Gestalt in einer Geschichte. Er ist das Symbol für alle Tyrannen, und im Gegensatz zum Pharao ist der Grund für seine Feindseligkeit gegen die Juden ihre Einmaligkeit. »Es gibt ein Volk, das über alle Provinzen deines Reichs verstreut lebt. Seine Gesetze sind von denen aller anderen Völker verschieden« (Ester 3, 8). Der Zweite Targum (aramäische Midrasch) des Buches geht ausführlich auf Hamans Feststellung ein, zählt alle religiösen Aktivitäten des jüdischen Volkes auf und führt unbegründete, boshafte Beschuldigungen an, die Haman angeblich dem König gegenüber erhebt: »Am siebenten Tag halten sie den Sabbat; sie gehen in die Synagogen, lesen aus ihren Büchern, übersetzen aus den Büchern der Propheten, verfluchen unseren König und unsere Regierung und sagen: ›Das ist der Tag, an dem unser Gott ruhte. Möge er uns Ruhe vor den Heiden gewähren‹ ... Am fünfzehnten Tag (des Tischri) feiern sie das Sukkot-Fest. Sie bedecken ihre Dächer mit Laub. Sie gehen in unsere Parks und schneiden Palmzweige für das Fest ab; sie sammeln Zitronen und verwüsten die Weiden. So vergeuden sie das ganze Jahr mit ihren sinnlosen Bräuchen.«

Auf diese Weise wandelte die jüdische Überlieferung eine pseudo-historische Erzählung in eine symbolische Darstellung eines in der jüdischen Geschichte immer wieder vorkommenden Themas um.

Es gibt jedoch andere Aspekte der Erzählung, die man erklären oder auf die man näher eingehen muß. Die Auslassung des göttlichen Namens wurde korrigiert, indem man in einem Satz Mordechais einen Hinweis auf die Gottheit sieht. Er sagt dabei zu Ester: »... wird den Juden anderswoher (von einer anderen Stelle) Hilfe und Rettung kommen« (4, 14). Das Wort »Stelle« *(Hamakom)* ist in der rabbinischen Diktion ein gebräuchlicher Ausdruck für Gott. Daher konnten die Rabbiner unbesorgt behaupten, daß Mordechai hier Gott direkt erwähnt hat.

Sie hatten auch Probleme mit der

Unten: Haman führt den reitenden Mordechai. In der Geschichte Ester hatte Haman vorgehabt, Mordechai zu demütigen, aber König Artaxerxes befahl ihm, die Rollen zu tauschen. Ein Mädchen schüttet den Inhalt eines Nachttopfs über Haman, weil sie ihn für Mordechai hält. Polnische Volkskunst aus dem 19. Jahrhundert.

Gegenüber: Eine modere Purimfeier in Tel Aviv. Das Purimfest erinnert an die Befreiung der Juden von der persischen Unterdrükkung, die im Buch Ester beschrieben wird. Die Feiern sind lang, fröhlich und abwechslungsreich, und nehmen oft wie hier die Form von historischen und von Karnevalsumzügen an.

Situation, in der sich Ester befand. Laut der Geschichte nahm sie an einer landesweiten Schönheitskonkurrenz teil. König Artaxerxes sollte das schönste Mädchen im ganzen Königreich zu seiner Königin wählen. War es nicht ein wenig ungehörig, um nicht zu sagen unmoralisch, daß sich ein jüdisches Mädchen einer solchen sinnlichen körperlichen Untersuchung aussetzte? Die Antwort des Talmud (*Megilla* 13a) lautet, daß Ester die Schönheit und Grazie einer alten Dame besaß. Sie war nämlich 75 Jahre alt, und ihr reifer, gelassener Charme beeindruckte den König! Außerdem war Ester bereits verheiratet. Mordechai war nicht nur ihr Vormund, sondern auch ihr Mann. Sie teilte übrigens nie das Bett mit Artaxerxes, denn Gott schickte ihm einen weiblichen Geist, der genauso aussah wie sie (*Sohar* III, 276a).

Der Midrasch fügte dem Buch ein traditionelles Element hinzu, das sich auf die Rolle der jüdischen Kinder bei der Rettung des Volkes bezieht. Ihr hartnäckiger Eifer beim Studium der Tora unter der Aufsicht ihres Lehrers Mordechai war daran schuld, daß sich schließlich das Blatt für Haman wendete. Haman wollte zuerst die Kinder töten und fand sie mit Mordechai in der Schule, wo sie die Tora studierten. Ihre Mütter brachten ihnen Essen und Trinken und wollten die fastenden Kinder dazu überreden, vor ihrem Tod noch zu essen. Doch die Kinder weigerten sich, übergaben ihre Bücher den Lehrern und sagten: »Wir haben

gehofft, daß wir für das Studium der Heiligen Schrift mit einem langen Leben belohnt werden würden. Aber da wir nicht würdig sind, müßt ihr die Bücher zurücknehmen.« Ihre Schreie, zu denen die Ausrufe ihrer Mütter und Lehrer hinzukamen, drangen zu Gott im Himmel. Er sagte: »Ich kann die Stimmen der kleinen Lämmer hören.« Mose antwortete: »Das sind keine Lämmer, sondern weinende jüdische Kinder. Sie haben drei Tage lang gefastet und sollen morgen getötet werden.« Gott empfand Mitleid, zerbrach das Siegel auf dem Vernichtungsurteil, und Israel war gerettet (*Abba Gorion* 37-8).

Oben: Die Söhne Hamans werden gehenkt. Mordechai und seine Gefährten schießen mit Pfeilen auf sie. Aus dem jüdisch-persischen *Ardasir-Buch* um 1650. Staatsbibliothek Preußischer Kulturbesitz, Berlin.

Links: Eine Rolle *(Megilla)*, die das hebräische Buch Ester enthält. Das Buch wird beim jüdischen Purimfest vorgelesen. Dieses Exemplar wurde im 19. Jahrhundert in Kai-Feng-Fu in China geschrieben. Ein Bogenschütze schießt auf Hamans Söhne. Cecil-Roth-Sammlung.

Gegenüber: König Artaxerxes sucht eine neue Königin, nachdem er Waschti abgesetzt hat. Laut dem Buch Ester stellen sich die schönsten Mädchen seines Reiches vor ihm zur Schau, und Ester wurde erwählt. Aus dem jüdisch-persischen *Ardasir-Buch*, um 1650. Staatsbibliothek Preußischer Kulturbesitz, Berlin.

גמע אורדן בשותן רוכתראן אז
אטראף נהת שאה בהמן
צראחה סכן צו דר מעאנ
בגשוד דר גוהר
או עקד בגשוד גוהר נאב
כא גוהר קימתי בהר באב

Register

Bildnachweis

Archive, London 2, 91; Biblioteca Ambrosiana, Mailand 37; Bodleian Library, Oxford 11, 107, 116; Werner Braun, Jerusalem 6, 14, 15, 42, 59, 138-139; Britain/Israel Public Affairs Committee, London 136; British Library, London 23, 24, 25, 30 oben, 30 unten, 32, 39, 41, 44, 45, 46, 47, 48, 50, 51, 53, 56 oben, 56 unten, 58, 61, 64, 66, 67, 68, 69 oben, 69 unten, 72, 73, 76, 78, 79, 84, 86, 88, 103, 109, 111, 112 115, 117, 122, 123, 127, 128, 135, 138; Abteilung für Antiquitäten, Ministerium für Erziehung und Kultur, Jerusalem 1, 21; Edition Leipzig – F. Schindler 52; Encyclopaedia Judaica, Jerusalem 28, 29, 65, 92; Encyclopaedia Judaica – Yitzhack Amit 8; Encyclopaedia Judaica – Milton Horne 106; Encyclopaedia Judaica – Jewish Observer 130 oben; Encyclopaedia Judaica – Spiral Press 121; Encyclopaedia Judaica Statni Zidovske Muzeum v Praze 77 unten; Hamlyn Group Picture Library 10, 16-17, 130 unten, 134; Das haschemitische Königreich Jordanien, Abteilung für Antiquitäten, Amman 43; Hebrew Union College, Skirball Museum, Los Angeles 101; Hessische Landes- und Hochschulbibliothek, Darmstadt 95; Israel Museum, Jerusalem 105; Jüdische National- und Universitätsbibliothek, Jerusalem 9, 13; Jewish Theological Seminary of America, New York 82; Behram Kapadia, Pitstone 26, 27, 55, 63, 75, 87, 94, 99, 114; Library of Congress, Washington D.C. 131; Mansell Collection, London 18, 132-133; Musées Nationaux, Paris 20; Nationales Seemuseum, Haifa 34; Photoresources Canterbury 35, 62, 71, 74, 77, oben, 80 oben, 80 unten, 90; Pieterse-Davison International, Dublin 54; John Rylands University Library of Manchester 31, 83, 89, 93; Schocken Institutsbibliothek, Jerusalem 96, 97; Staatsbibliothek Preußischer Kulturbesitz, Berlin 140, 141; Warburg Institute, London 22, 57; Sir Isaac und Edith Wolfson Museum, Jerusalem 118; Yale University Art Gallery, New Haven, Connecticut 113, 125; ZEFA, London 38.

Die Illustration auf Seite 121 stammt aus *Ecclesistates, or the Preacher,* Spiral Press, New York, 1965.

Die Illustrationen auf den Seiten 120 und 124 sind © Nikos Stavroulakis und stammen aus *The Song of Songs*, übersetzt von Peter Jay mit einer Einführung von David Goldstein, Anvil Press Poetry, London, 1975.